Human Geography of China

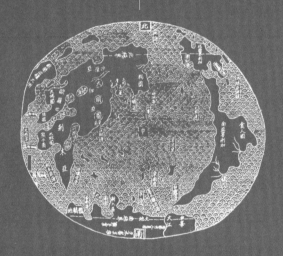

晚明时，意大利传教士利玛窦制作的《坤舆万国全图》

山河万朵

Human Geography of China

中国人文地脉

北方卷

白郎 著

GUANGXI NORMAL UNIVERSITY PRESS
广西师范大学出版社
·桂林·

山河万朵

SHANHE WANDUO

图书在版编目（CIP）数据

山河万朵：中国人文地脉. 北方卷 / 白郎著. 一桂林：
广西师范大学出版社，2016.11（2019.7 重印）
ISBN 978-7-5495-9033-9

Ⅰ．①山⋯ Ⅱ．①白⋯ Ⅲ．①随笔－作品集－中国－
当代 Ⅳ．①I267.1

中国版本图书馆 CIP 数据核字（2016）第 256312 号

广西师范大学出版社出版发行

（广西桂林市五里店路 9 号　邮政编码：541004）
　网址：http://www.bbtpress.com
出版人：张艺兵
全国新华书店经销
广西昭泰子隆彩印有限责任公司印刷
（南宁市友爱南路 39 号　邮政编码：530000）
开本：710 mm ×1 010 mm　1/16
印张：18.75　　　字数：400 千字
2016 年 11 月第 1 版　　2019 年 7 月第 4 次印刷
印数：8 501~11 500 册　　定价：68.00 元

如发现印装质量问题，影响阅读，请与出版社发行部门联系调换。

高原,念天地之悠悠　白郎　摄

山河万朵

中国人文地脉

[北方卷]

Human Geography of China

目录 CONTENTS

云冈石窟北魏造像

山河万朵

【北方卷】

Human Geography of China

中国人文地脉

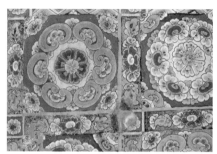

敦煌千佛洞唐代彩绘

山西省平顺县王曲村,唐代建筑天台庵 陈新宇 摄

北京戒台寺的抱塔松 白郎 摄

山西古庙里的明代普贤菩萨塑像　陈新宇　摄

北方明代民宅里的居民　陈新宇 摄

民国时的山西应县宋代木塔

1890 年代，静美的倒影　山本赞七郎 摄

20世纪初年，北京牵骆驼的少年

山河唤回昨日

奥克塔维奥·帕斯说:"对现代性的追寻让我们回到传统。"昨日是一面祖先的镜子,镜光射向明日,当我们凝视这镜光,可测试出今日的深浅。

把国喻为龙,是一个极端比喻。天地的筋骨透出一点蓝,龙缥缈绝尘地浮在光中,闪动着神秘的亮鳞和灵趾,吸收日月的精气,姿态绝伦,舌上衔着朵洁白大花。龙滑过天地,一点点与天地融为一体,成为天地的一部分;天地在龙的里面,也在龙的外面,龙来自于天地,亦归于天地。

百川赴海,千峰向岳。水是龙之血,山是龙之骨。中国的苍茫龙体,横贯一万里,上下五千年。

悲歌可以当泣,远望可以当归,思念故国,郁何累累。山河唤回了记忆并将它收拢于自己漫长的额头。寥廓一笑间,顺着龙之脉,我们驾一叶扁舟逍遥于昨日烟海,顺着龙之脉,我们乘一匹高头大马驰骋于昨日大地。

一尘举,世界起,一花开,大地收。生死契阔,归路云深。里尔克说:"生与死,同属一个核心。谁了解自己本来的家世,谁就会将自己酿成葡萄酒,投身于最纯粹的火焰。"这个核心是大地之爱,归根,复命,在钢筋混凝土时代,怀揣乡愁,努力做有根的中国人。

南北人文地脉

　　人文地脉是文化中国的一个载体和气场。作为巨大复杂的文化实体,中国的地域性差别是非常大的,对这种差别最简单的划分是将其划分为南北两大块。按照自然地理,以秦岭—淮河一线为界(淮河是中国结冰的河流中最靠南的一条大河);而按照文化地理,那么明清以来以长江为界大概更为合理,更有说服力。

　　一则幽默说:让来自不同国家的人以大象为论题写一篇文章,德国人写的是《大象的思维》,法国人写的是《大象的情爱》,俄国人写的是《俄罗斯的大象是世界上最伟大的大象》,中国人写的则是《大象的伦理道德》。

另一则幽默说:一幢杂居着各国人的大楼在失火后,犹太人首先背出了钱袋,法国人立即抢救情人,中国人则奋不顾身地到处寻找老母。

这两则幽默形象地把隐藏在心灵世界中那种浓郁的民族文化特质渲染出来了。

一方水土养一方人,近朱者赤,近墨者黑。淮河以南的橘树能结出又大又甜的橘果,移栽到淮河以北后只能结出又小又酸的枳果。作为人文地理秘密塑造出的涂满釉彩的鲜活个体,生命从来就不外在于人文地理的母胎,人恰恰是区域性人文地理深境中活态文化的一种呈示。

巴克尔认为有四个主要自然因素决定着人们的生活和命运:气候、食物、土壤、地形。泰纳·勃兰克斯认为种族、环境和时代是决定人文地理深境中民族文化的三大要素,其中特别突出的是种族因素,他断言种族因素中的天赋、情欲、本能、直观是决定民族文化特征的"永恒冲动"。荣格一生都在强调"集体无意识"的巨大影响力,在他看来,每个人一生的行为都受到背后一只无形大手的控制,这只大手就是长期以来积淀在传统中具有文化同构特征的综合价值观念——从一个角度讲,这只"无形大手",就是由自然生态和人文生态叠加而成的人文地脉。

人文地脉线团状的长期性沉淀极大地影响了中国南北文化的差异。刘师培说:"大抵北方之地,土厚水深,民生其间,多尚实际。南方之地,水势浩洋,民生其间,多尚虚无。"梁启超说:"燕赵多慷慨悲歌之士,吴越多放诞纤丽之文,自古然矣……长城饮马,河梁携手,北人之气概也;江南草长,洞庭始波,南人之情怀也。"北方辽阔的黄土地和黑土地,景色壮丽,气候干燥寒冷,天空高旷,植被贫乏,在这种环境下,人物的性情多厚重、强悍、豪爽、严谨。而南方水流纵横,山色清华,植物繁丽,气候温暖湿润,云霞低垂清灵,在这种环境下,人物的性情多柔婉、细腻、灵捷、浪漫、精明。北方人的主食是玉米、大豆与小麦,所以培育出了北方人魁伟与刚健的体魄,同时,这些作物的耕作需要人们之间的协作,所以人与人之间的合作精神与政治意识就凸显出来了。而南方人以稻米为主食,所以有着灵巧的心性,同时,"水稻栽培往往促进分散的离心力而不是合作的向心力"(乔伊斯·怀特语),所以南方人散淡的漠视政治的个性就较为突出。鲁迅曾说:北人的优点是厚重,南人的优点是机灵,但厚重之弊在愚,机灵之弊在狡,从相貌上看,北人长南相或南人长北相者为佳。王国维对南人和北人的评价是:"南方人性冷而遁世,北方人性热而入世,南方人善幻想,北方人重实行。"下面林语堂的这番话,是比较能抓住南北人文差异特点的:

003

　　北方的中国人，习惯于简单质朴的思维和艰苦的生活，身材高大健壮、性格热情幽默，喜欢吃大葱，爱开玩笑。他们是自然之子。从各方面来讲更像蒙古人，与上海及江浙一带的人相比则更为保守，他们没有失掉自己种族的活力。他们致使中国产生了一代又一代的地方割据王国。他们也为描写中国战争与冒险的小说提供了人物素材。

　　在东南边疆，长江以南，人们会看到另一种人，他们习惯于安逸，勤于修养，老于世故，头脑发达、身体退化，喜爱诗歌、喜欢舒适。他们是圆滑但发育不全的男人，苗条但神经衰弱的女人。他们喝燕窝汤，吃莲子。他们是精明的商人，出色的文学家，战场上的胆小鬼，随时准备在拳头落在自己头上之前就翻滚在地，哭爹喊娘。他们是晋代末年带着自己的书籍和画卷渡江南下的有教养的中国大家族的后代。那时，中国北方被野蛮部落所侵犯。

　　一阴一阳之谓道，北方属"阳"，南方属"阴"。北方文化像高山一样崇高、庄重、敦厚、朴实、壮阔，南方文化像流水一样灵秀、柔情、细腻、飘逸、梦幻。这实际上是同一文化的两种异质。20世纪后期，全新形态的移民浪潮呼啸而来，南人与北人的交融达到了前所未有的高点。

　　若以区域文化详细划分中国文化的话，可以划分出很多，主要类型有燕赵文化、三秦文化、三晋文化、吴越文化、齐鲁文化、关东文化、荆楚文化、草原文化、岭南文化、青藏文化、巴蜀文化、滇云文化、西域文化、台湾文化等。本书对其中典型性板块的经典细部进行了深度挖掘，想要在综罗百代与广博细微之间找到一扇散发着微香的"月亮门"。

　　在广袤的怅惘和流逝中，中国那无比古老、硕大漫长的鲜活身影浮现在本书中。历史是中国的羁绊也是沃野，如费正清所说，如果中国人要想对今天作出正确的评断，就得面对这样的挑战："中国四千年所有的历史遗址都紧密地靠在一起。对我们来说，这就好像是使徒摩西在华盛顿山上接过了经牌，希腊的帕提侬神庙建筑在波士顿的邦克山上，汉尼拔越过了阿勒格尼山脉，恺撒征服了俄亥俄，查理曼大帝于公元800年在芝加哥举行加冕礼，梵蒂冈俯视纽约的中央花园一样。"

　　瞄准"中国人文地脉"这一靶心，我们大可以施展身手，因为中国实在是太大了，历史更是长得令人目瞪口呆。这和喜欢回忆历史的美国人大不相同，美国历史就算从1776年算起，到今天也只有200多年，难怪法国人讥讽说，美国人喜欢回忆历史，但一回忆到他们祖父的父亲那里就再也回忆不下去了。

早期赴华传教士画像

国外大家说中国传统

　　怀着对东方的憧憬，1795 年，美国费城富商斯蒂芬·吉拉德组建了一支专门与中国进行贸易的船队，船队所属的四艘大船分别被命名为伏尔泰、卢梭、孟德斯鸠和爱尔维修。在吉拉德看来，这四名西方哲人都对中国文化怀有特殊好感，但很显然他并未认真阅读这四人的书，否则不会如此轻下结论，四人中伏尔泰确实怀有某种对中国的敬仰，其他几人却未必。法国启蒙运动时期，宗教在中国社会中的位置引起了伏尔泰的高度关注，他以此来猛烈抨击教会对欧洲社会的干预，在论述世界历史的《论各民族习俗与性格》一书中，伏尔泰将中国作为世界文明史的开端，他甚至令人吃惊地以中国纪年而不是圣经纪年来论述世界。卢梭认为中国式教育对人性中本来的高洁品质形成了阻碍，有人曾批评科举考试制度说，"消磨天下英雄气，八股文章台阁书"，也许卢梭是在表达类似的看法。18 世纪最初的几年，二十多岁的孟德斯鸠曾和长期生活在巴黎的中国天主教徒黄嘉略有过较深接触，孟德斯鸠意识到儒家思想中有一种美好的"世界精神"，同时非常反感中国株连无辜的连坐法，认为类似的谬误在中国法律中还不少，正是这些谬误极大地遏制了个人自由。孟德斯鸠觉得自己比较了解中国，但在地理学笔记中他却写下这么一句话："我相信，我们永远都不可能真正了解中国人。"

黑格尔认为中国文化存在着一种停滞性,中国社会深陷在僵硬的政治体制中。以中国文化的停滞性为轴心点,法国学者阿兰·佩雷菲特在20世纪80年代后期出版了《停滞的帝国》一书,佩雷菲特认为,长期以来,"中国以十足的中国方式在造中国的反……就这样翻来覆去地从过去的杀戮又恢复到过去的状态"。该书的最后一句话是"循环无穷的中国呀"。

也许拉尔夫·爱默生的话集中体现了19世纪大量西方知识精英的看法:中国要想进入近代世界,就必须得由西方人来"重塑"一番。

1634年夏天,北美洲五大湖发生了严重的部落冲突,这些冲突威胁着法属殖民地的皮毛交易,一个叫杰恩·尼克雷的人从魁北克出发前去解决问题。一天,一个土著居民带他去密歇根湖,尼克雷深信,这个无边无际的大湖对面就是中国,为了给中国人留下一个好印象,他准备了一些礼物,还特地穿了一件不知从什么地方弄来的中国绸袍,上面绣有漂亮的花朵和彩鸟。尼克雷的"中国往事"令人发笑,但却是那个时代的真实。四百多年过去了,世界变得面目全非,中国变得面目全非,在狂飙突进的巨大轰鸣中,人类已处于高速运转的"地球村"时代,无论赞扬还是否定,许多旧日的评价犹如尼克雷的发现,已不适用于当代语境。

今天,全球化实质上是以西方为主轴的一张世界图纸,在无可奈何的枯萎中,中国传统的精神根脉和深境在很大程度上已被遮隐。从现代性的诉求和程式来看,中国传统中存在的缺陷和种种弊端是毋庸置疑的,但对于两次世界大战后深受物质文明泛滥之苦的人类来讲,中国传统人文精神中那种与自然同体的世界主义的东西,无疑对未来的世界有着极大启示,因为对人类来说,"世界必须稳定下来,这才是避免陷于悲惨结局的唯一道路"(汤因比语)。

四百多年前,意大利出版了一本轰动整个欧洲的书,这是门多萨用西班牙文写的《中华大帝国史》,该书用理想化的笔调,对中国这个"沉静而有才智的民族"作了政治、经济和文化上尽善尽美的描写。现在看来,该书显然不尽正确,甚至荒谬之处颇多,但书中对中国人文精神的颂词,却一直在引发人们的关注。

在欧洲历史上,康德、谢林、亚当·斯密、威尔斯、托尔斯泰、沙畹、雅斯贝尔斯、弗赖、托尼、李约瑟等大哲都高度关注将人与自然视作一体的中国人文精神。汤因比是其中的代表人物,当有人问及如果允许他在世界历史的某一瞬间重新降生,愿选择何时何地的时候,他毫不犹豫地带着向往的神情说,愿意降生于公元1世纪的中国新疆(也就是那条刚刚兴盛起来的闻名世界的丝绸商道上)。汤因比生前曾多次提及,中国在未来将扮演人类文化主轴的角色。他之所以这样说,主要是基于以下几个方面的考虑:

第一,中华民族的经验。在已过去的21个世纪中,中国始终保持了迈向全世界的帝国实体,成为名副其实的地区性国家的榜样。

第二,在漫长的中国历史长河中,中华民族逐步培育起来的世界精神。

第三,儒教世界观中存在的人道主义。

第四,儒教和佛教所具有的合理主义。

第五,东亚人对宇宙的神秘性怀有一种敬畏,认为人要想支配宇宙就要招致挫败。这是道德带来的最宝贵的自觉。

第六,这种自觉是佛教、道教与中国所有哲学流派共同具有的(除去已灭绝的法家)。人的目的不是狂妄地支配自己以外的自然,而是有一种必须和自然保持协调而生存的信念。

第七,以往在军事和非军事两方面,西方人虽然在把科学应用于技术的竞争中占有优势,但东亚各国将可以战胜他们。

汤因比显然对20世纪以来中国人自己否定传统后的无根化状态认识不足,但他所强调的中国文化所具有的温和的世界精神,有一件事情可从一个侧面来证明:著名的意大利耶稣会教士利玛窦于明朝万历年间来到中国,他发现明朝军队是他周游世界所见到的数量最庞大、装备最精良的军队,与此同时他还发现这支强大的军队完全是防御性的,中国人没有想过要用强大的武装去征服世界(见利玛窦《中国札记》)。

莱布尼茨认为中国人的两大特点是爱好和平与敬神尊祖。费正清强调中国的人文主义特点是:忍耐、爱好和平、讲调和、守中庸、保守知足、崇拜祖先、尊敬老人和有学问的人等等,这一切体现了以人而不是以神为中心的人本主义;而与山水自然融为一体的"采菊东篱下,悠然见南山"式的保守安逸生活,正是中国人理想中的生活。李约瑟则认为中国人的特征是道德伦理观念较重,具有恭敬的自谦的处世心态和人道主义精神,另外,中国人的世界主义和大同思想也是非常突出的。

在歌德看来,传统中国是一个在一切方面都保持节制的民族,这正是它的文化从不间断地传承了几千年之久的原因。这一点,汤因比和池田大作也深刻地认识到了。

学者出身的印度前总统拉达克里希南则认为,美一直拯救着历史上的中国人,并将继续拯救中国人:"中国人是爱美的。整个国家就是一座巨大的艺术宫殿。一切物体——城市与庙宇、田野与花园、桌子与椅子、小小的茶杯与筷子等等,中国人都想使它们变得美丽。最贫穷的仆人也以美的方式吃光剩饭。美是他们生活的面纱,是他们田园的色彩。"

《阴符经》开篇即言:"观天之道,执天之行,尽矣。"透过中国人文精神那陈旧静美的阔大面庞,穿过中国深厚而古老的传统大地,幕然回眸,我们实际上已经察觉到,无论是灿烂的荣光,还是沉重的耻辱,中国古老传统最动人之处,在于人与自然之间神秘而敞开的亲密交流,以及这种交流所形成的生活和文化。正所谓:"云烟影里见真身,始悟形骸为桎梏;禽鸟声中体自性,方知情识是戈矛。"

世纪中国的灵告之声

失败之年——1895年,海军出身的"海归"严复在甲午战争后的一团愤懑之火中抛出了《天演论》译本,此举引发了轩然大波。《天演论》的原本是英国生物学家赫胥黎此前两年发表的《进化论与伦理学》,在该书中,赫胥黎坚定地维护生物达尔文主义,反对社会达尔文主义,书的后半部分讲述的就是人类社会不同于自然界,不适用生物进化论——这也正是达尔文本人的看法,尤其在晚年,达尔文更加旗帜鲜明地反对社会进化论。然而,正值国难当头之际,严复毅然只翻译了《进化论与伦理学》的前半部分,把后半部分删掉,将社会进化论思想引入中国,"物竞天择"这一高度影响此后百年中国的判词首次登上历史舞台。第二年,在上海读到《天演论》的梁启超,在"物竞天择"的基础上,阐

18世纪西方描绘的孔子和中国读书人

发出"适者生存"的观念,发表了激烈宣扬社会进化论的《新民说》《新史学》等影响极大的文章,振聋发聩地宣告"进化者,天地之公例也",呼唤进行社会变革是中国唯一的出路。在19世纪末的急风暴雨中,社会进化论思想风靡整个中国。

由此,20世纪在中国成为与祖先为敌的新世纪,达尔文的进化论在中国被误读,并一步步激化,逐渐成为时代的主流思想。当时有一个小孩叫胡洪梓,在他成年后,将名字改为"胡适",取自"适者生存"。在新文化运动中,胡适尚能强调中国接受现代新文化的同时应使原有的古老传统重获新生,而不是完全代替它。但绝大多数精英却认同新文化必须和旧文化决裂的极端理念,如在鲁迅看来传统的代名词是"吃人",塞满了黑暗和愚昧,如闻一多宣称自己在中文系任教,"目的是要和革命者'里应外合',彻底打倒中国旧文化"。

对此,余英时感慨道:"中国知识分子接触西方文化的时间极为短促,而且是以急迫的功利心理去'向西方寻找真理'的,所以根本没有进入西方文化的中心。这一百年来,中国知识分子一方面自动撤退到中国文化的边缘,另一方面又始终徘徊在西方文化的边缘,好像大海上迷失了的一叶孤舟,两边都靠不上岸。"

中国文化的态势何尝又不是"两边都靠不上岸",古老的《周易》中有一个"阳主阴从"的原理:万事万物都有其主体性,也就是"阳",而"阴"是各种各样来自外部的推动力,只有"阳主阴从","阳"不断获得肯定,"阴"不断被"阳"所用,方是事物流衍过程中的正道。拿中国文化来说,它长期以来形成的富含本土特质的内核,就是主体性,也就是"阳",从历史性的角度看,只有不断肯定这一主体性,并很好地吸纳时代大潮的各种养分(也就是"阴"),中国文化才能保持良好的、具有时代内在均衡感的文化生态场。但是一百年来,中国文化命途可以说走的是一条"阴主阳从"的道路,在这个过程中,中国人的生活逐渐走向了非中国化生活,中国文化逐渐走向了非中国化状态。

在一系列令人眼花缭乱的混乱中,面对现代化与传统的鏖战,朱学勤说:"一个国家的现代化,它的文化传统,它的经济模式的选择,它的政治制度模式的选择,这三者可以有相对的独立性,是并行不悖的。"

与欧洲文明截然不同,传统中国文化属于极度亲自然的道德伦理型文化,这种文化最大的特色之一是人和自然的一体化,如陈寅恪所说:"求融合精神于运动中,即与大自然融为一体。"作为中国文化的深境,自身没有孕育出基督教式的一元性神格宗教,它的母胎内从来就没有出现过先验的至高创造神。类似于西方的神格宗教因素被人心中无限的宇宙和人与人之间的伦理亲情取代了。

认识孔子的"礼""仁""乐"思想,有助于真正认清中国式人文精神的要旨。在孔子看来,人类始终处某种混乱黑暗当中,所以,为人类建立恰当的具有规范性的秩序和制度是必须的,在这种合理化的秩序和制度里,人与人能够美好地共处,即这种秩序能够给人类提供最大的安全感与亲和力。这种秩序就是"礼",它是人们必须遵从的社会伦理律令,也只有遵从它才能出现一个良好的外部人文环境,所谓没有规矩不成方圆。另外就是"仁",如果"礼"是外在的人文秩序原则,那么"仁"就是内在良知的示现,这种心灵深处的充满善和爱的力量,从内向外散发出来,成为自觉的心灵实践。一个遵从"礼"和"仁"的人,就是道德意义上的君子,如果大家都是君子,世界又何至于"礼崩乐坏"呢?反过来,"仁"同时是一种内在的自我约束,它限制人自身的"恶",引导人向"善"靠拢,所以中国古代的有德之士总是要"慎独",即自己观照反省自己,而不是向神忏悔。再就是"乐",这里的"乐"已不简单指的是音乐了,而是超越了一切内在、外在桎梏的心灵觉受,是泛宗教情感意义上的一种来自内心的灵告之声。一个人如果真正懂得了"乐",那他就已和光同尘置身于天地的无限性之中,与其融为"不一不异"的一体,实现了生命自身的解放,尽可"从心所欲而不逾矩",完成生命自身的超越和感恩。总括起来说,"礼"是外在的秩序,"仁"是内在的约束力,"乐"是对自我的灵性解救。"伦理"(礼)、"道德"(仁)、"天人合一"(乐)三者复合地统一起来,就是孔子为人类开出的救世救心的药方,它向人们表明了人生实际上是本自具足的美学盛宴,生命能够自己实现解放,它的救赎和施洗之路并不来自神秘的、外在于万物的至尊神性。

在中国文化中,外在的自然界是一个整体,而人自身也是一个包裹着"灵"与"肉"的有机体,这两个的整体即"大宇宙"和"小宇宙",它们互为依存,熔融直贯。所以方东美的这段话是有意思的:

在中国人看来,自然全体弥漫生命,这种盎然生意化为创造神力向前推进,即能巧运不穷,一体俱化,恰如优雅的舞蹈,勃力内转而秀势外舒。自然乃是一个生生不已的创进历程,而人则是这一历程中参赞化育的共同创造者。所以自然与人可以二而为一,生命全体更能交融互摄,形成我所说的广大和谐……

辜鸿铭曾经指出中国人和中华文明的四大特征是深沉、博大、纯朴和灵敏。他拿毛笔来比喻中国人的精神,颇为精彩独到:是的,用毛笔书写和绘画非常困难,好像也不容易精确,但一旦掌握了它,就能得心应手,创作出精妙优雅的书画来,而用西方坚硬的钢笔是无法获得这种效果的。

"高山仰止,景行行之",在中国古代,拥有最高理想人格的人是那种达到了"天人本一"境界的君子,他是深谙中庸之道的高尚仁者,所作所为有如"和"这种乐器。"和",相传是上古时代的一种乐器,它发出的声音能够协调世间的一切声音。对于这种圣人境界,曾国藩曾教育自己的儿子说:求功名富贵,半由人事半由天命,而努力学做一个圣人,则完全靠自己的努力。

在论及圆满的心灵时,影响巨大的禅宗高僧百丈怀海说:"灵光独耀,迥脱根尘。体露真常,不拘文字。心性无染,本自圆成。但离妄缘,即如如佛。"百丈怀海此言,让人想起克里希那穆提说过的一句话:"爱并不在时间的尽头,如果它不在当下出现,便永远不会出现了。爱一不见,地狱就在眼前了。地狱里的改革,其实只是把地狱装潢一下罢了。"

某种神秘主义紧紧抓住了中国人的内心,这种神秘主义把大自然、社会、个体生命、个体心性视为一体,在它蓬勃而博大的气象驱使下,人们觉悟到将责任和自由统一起来的心地良知,这一良知的精神原点犹如一棵蓬勃灵动的长生之树,在生活中外化为仁、义、礼、智、信五个树杈。

古语道,以类万物之情,以通神明之德。天命之谓性,率性之为道,"道"之法乳一直喂养着古老土地上的子民,沐浴着这片土地上的每块石头、每片树叶。上善若水,无为而为,"道",灌满"爱之灵力",将压住心脏的黑夜掀翻,让天光和春风淌进喉咙。

与此同时,值得反思的是,从公元前2100年左右的夏王朝开始,中国就一直处在家国一体化的宗法血缘制维系下的权力社会,伦理道德往往成为权力的一张王牌,在道德的氛围中,社会体系无法冲破帝王专制的大网,在此过程中,中国形成了一个高度程式化的社会,个体遭到政治的严重束缚,老百姓得不到西方式的民法服务。对于这种状况,黄仁宇曾给出了明确的解释:

血缘关系和礼仪制度促进了中国文化的统一。同样,"仁"的学说也是促进中国社会统一的力量。伴随着对血缘关系和礼仪制度的热衷,这一学说日渐成为中国社会过重的负担。几乎紧随着青铜时代而来的是早期帝国的大一统,正由于此,地方习俗和传统实践根本没有机会发展为成熟的民法……

人天眼目,灵机活泼,一条鱼静静汲满月光,一匹马静静踏遍寒山。游走于山河万朵,是在振衣与濯足之间,谦卑地体验有无。无论溃败,还是新奇,土地都是母怀;"天"中有"人",像哈利波特的隐形斗篷,那无限之花,无心者通之。云气,飞鸟,古樱,樵歌,谷音,紫芝,菜根,独立岩头,山河是两函经。

历史诡莫如深的洗牌方式全然不可思议,"人定胜天"的结果,必然是"天定胜人"。每个人都是大地的一部分。大地之上绝无尺规,毁坏大地就是毁坏我们自己,对中国的拯救最终将来自人地。今天,在钢筋水泥和马赛克的挤压下,人们心中的故乡之火正在大面积熄灭,希望本书能为读者唤回一片野云,让更多的人在日月临身的感恩中,亲近脚下的大地。

燕赵慷慨悲歌之地

Sad Melody in Yanzhao Area

　　齐鲁多鸿儒,燕赵饶壮士。燕赵内跨中原,外控朔漠,土地深厚,阳光清旷,天气萧凉,自古就是雄视中原的兵家用武之地,以出英雄豪杰而闻名,唐代大诗人杜牧感叹此地是"王不得不可为王之地"。

　　燕赵大地盛产菊花和高粱。菊花散发着高洁苍凉之气,它英气逼人的骄人姿态就是燕赵人的写照。菊花同时也暗示了燕赵人特有的悠闲生活。高粱在北方的农作物中是最具有辽阔壮美的气质的,它不像黄云般的麦穗那么轻泉,也不似谷子穗那么垂头萎靡,它高高地独立着,在烈日下遍野碧绿,充满勃勃的生机;高粱熟了可酿成老白干酒,燕赵人就喜欢喝这个,离不开这个;高粱酒热烈、醇厚、浓郁的脾性就是燕赵人的脾性。美国人本尼·迪克特曾用菊花和刀来比喻日本人的民族性格,我们亦可用菊花和高粱来比喻传统的燕赵人。

　　壮丽的碧海青天,巍峨的万里长城。大史家司马迁说:"燕赵自古多悲歌慷慨之士。"然而燕赵大地还蕴涵了无限的优雅之气与闲散的情调，以及太多太多的无奈和苦难。

江南与燕赵比起来，如郁达夫所说："正像是黄酒之于白干，稀饭之于馍馍，鲈鱼之于大蟹，黄犬之于骆驼。"

著名希腊作家卡赞扎基斯在其《中国纪行》中，用蓝焰般的笔头描绘1935年的燕赵大地："中国是不朽的。果实累累，一望无际的平原，春天玛瑙绿，夏天银灰蔚蓝，像母亲。她无数蚂蚁般的孩子身穿蓝色长袍，匍匐在胸脯上吃奶……一切都安详、缓慢、简单；没有夸张的装饰，都是不朽的。你感觉到，这里没有那些发达国家里常见的刹车、匆忙，在那里好像统治一切的是破坏和创造无法抑制的疯狂。而在这里，中国，节奏是缓慢的、深沉的……一代又一代，人、土地和水和谐共处，遵循生育的节奏……一切来源于土地，一切回归于土地。宇宙是一条神秘的蛇，它咬住自己的尾巴，形成一个神圣的环。一切都是神圣的，因为一切都在这个蛇环内升华和运转。头和尾相连。凡是从土地里来的一切，有义务回到土地里去，大地又负责把这一切以新的形势升腾出来。"

晚清时的北京西山碧云寺　柏石曼摄

晚清，紫禁城龙纹柱 小林真一 摄

法海寺大殿前的白皮松　白郎　摄

晚清，慈禧太后像

晚清时，穿旗服的外国女和穿洋装的旗人贵妇

民国初年的老北京市民 唐纳德·曼尼 摄

经营天下非燕不可

　　斯宾格勒在名著《西方的没落》中说："人类所有伟大的文化都是由城市产生的。"北京东朝大海、西面北面重冈叠阜，南面是开阔富庶的温带大平原，它是沟通华北与辽东、内蒙、热河的枢纽，战略地位至关重要，所谓背靠重山，君临大平原，南控江淮，北连朔漠，扼居庸以制胜，拥燕云而驭夏，总握天下大势。在风水术盛行的古代，北京被赋予了尊贵的地位。

　　古老地理著作《禹贡》将燕赵之地归入冀州。我们姑且在地理上把燕赵界定为今天的北京、天津和河北，历史上燕赵的范围还要大得多。

　　在古代，传说燕子飞到燕山一带就不再往北飞了，所以当西周的开国君主周武王把同姓的贵族功臣召公封到这里后，这个新的诸侯国就被称为燕国。据《史记·燕召王世家》："召公与周同姓，姓姬氏。周武王之灭纣，封召公于北燕。"但事实上召公本人并未前往就封，而是由其长子前往治理。燕国大约建立于公元前 11 世纪中叶，到公元前 222 年秦国大将王贲率军灭燕在辽东俘虏燕王喜，燕国作为周朝北方的诸侯大国存在了800 余年。

　　作为最早传入欧洲的中国戏剧，《赵氏孤儿》描写了义薄云天的壮士程婴和公孙杵臼，救护晋国忠臣赵家孤儿赵武。赵武便是赵国建立者赵简子孤祖父。赵国后米成为战国七雄之一。

　　北京是世界十大著名的都城之一，即使从金代算起，它作为都城的漫长历史也已长达 800 年之久。

021

燕赵之地，"西接太行，东临碣石，钜野亘其南，居庸控其北"，北面有燕山山脉和万里长城，西部是太行山脉，东边濒临渤海，南方是丰足的大平原。古代军事地理观察家们称这里：地势雄要，山川巩固，内跨中原，外控朔漠，水甘土厚，物产丰富，以扼制天下。对文治武功皆有卓越手腕的忽必烈统一中国后打算建一个新都，但他在上都（今内蒙古正蓝旗东约 20 里）、大都（北京）之间拿不定主意，这时，僧人出身的邢州人刘秉忠和蒙古贵族巴图鲁就极力劝告说："幽燕之地，形势雄要，南控江淮，北连朔漠，大王若欲经营天下非燕不可"，于是忽必烈便选择大都做了都城。

燕赵地势开阔，沃野千里，兼有三面天然屏障，自古以来就是人文荟萃的政治、经济、军事、文化中心。而在汉代之前，北中国的第一大水脉黄河流向比现在靠北，那时的黄河绕太行山流经燕赵大平原，最后在碣石山一带入海。于是黄河一方面成为燕赵战略上的南部天堑，另一方面也是农业富庶的重要保证。那时候，北中国是整个世界上最令人向往的地方之一，在各个领域里扮演举足轻重的角色，三秦、燕赵、齐鲁等北方区域都是经济最为发达的地区，后来美丽富饶的长江以南区域那时还是地广人稀的阴湿蛮荒之地。经济重心的全面南移是唐朝后期到五代时候的事。

燕赵对于整个北中国的战略地位是显而易见的，打起仗来一旦守不住北部和西部的军事屏障，那么整个黄河流域就很容易沦入北来之敌的手中。楚汉相争时，如果赵王听信了李左车奇袭韩信粮道的计谋，那么在著名的井陉之战中，韩信的军队将在险要的井陉口遭到失败，那句"置之死地而后生"的兵家名句也就成为赵括式的"纸上谈兵"了。如果李自成的起义军攻占北京后，刘宗敏、牛金星等人的行为稍微收敛一些，不至于惹得已经答应投降的吴三桂"冲冠一怒"，打开山海关迎接清军的话，强大的八旗骑兵是否能入主中原还尚未可知。20 世纪 30 年代，如果蒋介石一开始就真心抗日，在燕山一带集结重兵对付日本人，则日本人就算插上翅膀也不可能在短短不到一年时间就占领大半个中国。

丰厚的燕赵文化对世界的最大献礼是北京城。

斯宾格勒在名著《西方的没落》中说："人类所有伟大的文化都是由城市产生的。"北京东朝大海，西面北面重冈叠阜，南面是开阔富庶的温带大平原，它是沟通华北与辽东、内蒙、热河的枢纽，战略地位至关重要，所谓背靠重山，君临大平原，南控江淮，北连朔漠，扼居庸以制胜，拥燕云而驭夏，总握天下大势。在风水术盛行的古代，北京被赋予了尊贵的地位。

风水术从某种意义上说是中国人"天人合一"思想的产物。"天人合一"是中国传统的精华所在，它在科学不发达的古代派生出了"天人感应"和"地人感应"思想，风水术就是这些思想最为直接的体现。在古代，"风水"的幽灵游荡在中国文化的每一个角落，从帝王将相到黎民百姓莫不趋之若鹜。

　　古代风水学认为作为帝都必须有天然屏障可以依靠,既能控扼天下,又不局促偏安于一隅,在地理上要"控制六合,宰割山河"。如北京在地理上有"挈裘之势",意即北京是中国这件裘皮大衣的领口,只要拎住它,整件裘衣就可以随势提起来。如西安有"建瓴之势",瓴是一种盛水的瓶子,因为西安据关中四塞之土,东有黄河天险,地势上俯瞰全国,一旦东部地区有事,可马上出潼关沿黄河东进控制全局。又如洛阳有"宅中图大之势",因为洛阳居于中国的正中腹地,便于向四方拓展。

　　北京所处的位置非常契合风水所谓的法度,它背靠燕山山脉,黄河挽其前,鸭绿江界其后,被誉为朝迎万派的万里河山朝宗之地。北京周围山川环卫,永定河、潮白河等构成了发达的海河水系,地脉的形势全,风气密,符合藏风聚气的风水要求。朱熹在《朱子语录》中赞叹道:"冀都,天地间好个大风水!脉从云中发来,前面黄河环绕,泰山耸左为龙,华山耸右为虎,嵩山为前案,淮南诸山为第二重案,江南五岭诸山为第三重案。故古今建都之地,皆莫过于冀都。"

　　在古人看来,北京是一块"王不得不可为王"的宝地,把都城建立在这里,那么中国这件"裘衣"就可以轻而易举提在手里。事实上,从春秋战国时期燕国的首都"蓟"开始,北京在北中国就从未失去过政治中心的地位。

20世纪初期,老北京艺人

023

1908年,潭柘寺塔林 迈耶 摄

秘香从土地里升起

在北温带，燕赵一带的景物显得寥廓而苍远。坦荡裸露的大地在灼热阳光下伟丽无边，大海稠湿的清气袭向山水和天空。白绸般的白云舒卷飘飞，成群灰白大雁的身影滑过皇家的红墙黄瓦。

千百年来性情豪洒、刚柔相济的燕赵人像北方的老槐树一样栖息在这里，他们体魄强壮，喜欢吃馒头啃大葱，习惯了艰苦的生活，他们是慷慨激昂的燕赵大地的主人。

陶然亭的芦花，什刹海的明波，钓鱼台的柳影，西山的红叶，玉泉的夜月，潭柘寺的钟声；荷香菱荡的白洋淀，海天一色的北戴河，古朴雄伟的万里长城，神秘宁静的承德避暑山庄……哦，碧云天，黄叶地，旧燕赵的景物令人醉萦。啊，残余后的残余。

喧哗光影消散于乡愁

历史上的每一个燕赵人就是一棵红高粱。

　　1935 年一个明月下微蓝的燕赵春夜,包裹在东方文化乡愁中的卡赞扎基斯沉醉在秘密的神香中,他"在这春夜无法入眠。不是因为窗外的月亮照着花影,而是我眼前一直留着另外的美景:绝对的美从土地里升起、开花,在太阳下光彩夺目,仿佛永世不凋。然而,最后还是返回到土地里去了"。

　　燕赵之地深邃空旷,浓酽如酒。这不是清凉的葡萄酒,不是温柔的绍兴女儿红,也不是高贵的茅台酒。这是温带北中国土制的高粱酒,那刺人的烈性,袭人的酒香,醉人的酒液,江南斯斯文文的白面秀才是喝不了的,只有土生土长、淳朴坚毅的燕赵农民才能喝。

　　一望无际的青纱帐,青纱般如梦如幻,青光浮动着古老文明的帐幔。高粱熟了,沉甸甸的红穗子光灿灿的。它沉静的美丽造型令人惊讶,它的红色激起燕赵人的理想与激情。高粱在燕赵雄沉的大地上疯狂地生长,是它唤醒了燕赵人潜伏在强权下的真情人生。到了九月九,酿新酒,上好的高粱酒出在秋天的最深处。

　　历史上的每一个燕赵人就是一棵红高粱。

　　还有棉花,棉花成熟了,四野皆白,明朝末年燕赵就盛产棉花。高粱上下一片红,棉花上下一片白,把萧凉的燕赵沃野装点得分外妖娆。

　　燕赵高旷深碧的天空,像某种海青色瓷器的釉彩,非常容易勾起人们的缅怀之情。在南方,晴朗的日子里,天上总有一两缕很薄的纤云飞着,并且天空的蓝色,总带着一道很淡很淡的白色,燕赵的天空却一碧到底,你站在地上对着天幕注视一会儿,身上仿佛可以生出一双翅膀来,使自己轻悠悠地飘上天去。

　　但是这些年来,天空已没有从前那么蓝了,颜色由深蓝转为了灰蓝,文化被技术蒙上了阴影,我们站在燕赵的土地上已经很难看到一碧万里的蓝天了。

　　林语堂在《大城北京》中缅怀道:"不远处的湖水闪着金色的波光潋影,远处的西山在褐色的暮霭中逐渐隐入了地平线。在晴和的日子里,西山便会映着朝阳,山峦由红转为微紫,再向上的山顶便转为紫红和幽蓝的色彩。前面的下方绿叶丛中隐约露出檐角的奇妙造型,饰有描金绘彩的朱红门柱与粗糙的皂荚树和松树的枝干形成悦目的对比。湖岸之上,彩绘瓦顶的牌楼散布于僻处,大理石桥横跨在碧蓝的湖水之上。仲夏时节,湖水常被绵延数英里的莲花所覆盖……"

在民国时期的旧北京,早晨起来,泡一碗浓茶,向院子一坐,你就能看得到很高很高的碧绿的天色,听得到青天下驯鸽的飞声。到了黄昏,红日西沉,红霞万朵直照得北京城一片鲜红。

这样浩蓝的天空是大自然的倒影,这样的天空使柳树、枫树、樗树、柿树在苍凉中透出静穆而清灵的韵致。到了秋天,漫山红遍,西山数不尽的诸峰,又如笑如眠,带着紫苍的暮色静躺着,你若叫它一声,好像这些远山都能慢慢地走到你的身边来。

另外一种值得一提的树就是老槐树,它遍布燕赵大地的每一个角落。高大茂密的老槐树对河北人来说是一种能够慰藉灵魂的树。今天的河北人大都是移民的后代,他们的历史最远只能追溯到 14 世纪的明朝初年。原来的河北人或死于战乱,或背井离乡逃亡他乡,明太祖朱元璋不得不采取强有力的移民政策把大量的人口迁移到这里。但仅仅过了几十年,当时坐镇北京的朱棣为了从侄儿建文帝手中夺得皇位,又一次在河北一带进行了大规模的屠杀。据有关传闻和史料记载,河北人在这次大屠杀中遭受了灭顶之灾,人口所剩无几,后来,朱棣将北京定为首都后,不得不把大批山西人和其他地方的人迁移过来,所以,今天的河北人有祖先是山西人的说法。

当年的山西人背负着一把故乡的泥土和一些故乡的槐树种来到了河北。从此,河北有许多村庄都把老槐树当作祖先及乡梓的象征,他们教育自己的儿女说:"孩子,别忘了咱家祖上是从山西洪洞县的大槐树底下搬到这儿来的。"

一碧万顷的天光使我们暂时忘却了屠刀和鲜血。天光深入到土地,使桎梏和苦难同时滑落,在燕赵明珠白洋淀,我们捕捉到了燕赵人极致的美。"这女人编着席,不久在她的身子下面,就编成了一大片。她像坐在一片洁白的雪地上,也像坐在一片洁白的云彩上。她有时望望淀里,淀里也是一片银白世界。水面笼起一层薄薄透明的雾,风吹过来,带着新鲜的荷叶荷花香。"(孙犁《荷花淀》)

燕赵天凉好个秋

从灿烂至极归于萧条。燕赵的秋天,特别地来得清,来得静,来得悲凉。

云山苍苍,天气清凉。群雁南翔,白露为霜。

当我们把生命和景物视为一体时,秋天就从燕赵文化的内部突兀出来,成为能够抚摸灵魂的一大堆色彩斑驳的物象。它高旷广大,深不可测,就像一个缀着金边和冷气的幽远世界,既明朗空旷,又沉郁凄淡。

从灿烂至极归于萧条。燕赵的秋天,特别地来得清,来得静,来得悲凉。

古代的寒笳是一种适合在燕赵的深秋吹奏的乐器。站在旷野之上,一曲寂寥的寒笳,令我们登高远望,涕零双堕。

燕赵的秋天,左环沧海,右拥太行,高山峨峨,流水泱泱。

燕赵的秋天,明月照高楼,流光正徘徊,胡马依北风,候鸟巢南枝。

燕赵的秋光使人醉,秋色使人旷,秋气使人空,秋雨使人愁,秋水使人静,秋山使人远,秋花使人淡,秋风使人沉。

春山如黛,夏山如眠,秋山如霞,冬山如雪。在秋天,燕赵一带的群山,层林尽染,满山红叶与浩瀚蓝天交相辉映,这红色是北中国最为朴素的大观。

秋色弥漫,雄沉辽阔,它使我们作为清醒的梦幻者步入燕赵博大的深境中。

掬燕赵篱菊之清芬,赏燕赵秋月之高华。林语堂说:“我爱好春,但是春太柔嫩,我爱好夏,但夏太荣夸。因此我爱好秋,因为它的叶子带一些黄色,调子格外柔和,色彩格外浓郁,它又染上一些忧郁的神采和死的预示,它的金黄的浓郁,不是表现春的烂漫,不是表现夏的盛力,而是表现逼近老迈的圆熟与慈和的智慧。它知道人生的有限,故知足而乐天。明月辉耀于它的上面,它的颜色好像为了悲愁的回忆而苍白了,但是当与落日余辉接触的时候,它仍能欣然而笑。”

这北国燕赵的秋天,比起南国之秋来,更接近平静、澄明、圆融、智慧的心灵,更具有深沉的激情。“南国之秋,当然是也有它的特异的地方的,比如廿四桥的明月,钱塘江的秋潮,普陀山的凉雾,荔枝湾的残荷等等,可是色彩不浓,回味不永。比起北国的秋天来,

正像是黄酒之于白干,稀饭之于馍馍,鲈鱼之于大蟹,黄犬之于骆驼。"（郁达夫语）

哦,却道天凉好个秋,这北国燕赵的秋天,欲说还休,欲说还休,它漫长的美和凝重让人想起以色列著名诗人耶胡达·阿米亥的那首锋利的《秋·爱·史》:

飞机升上高空,欣喜归家的人们
端坐在那些离家人的身旁而两者的面孔是相同的。
激情的气流涌动形成了预报秋天的雨水。
在十字军的废墟,秋的红海葱盛开不败,
它的枝叶在春天里萌发,但它知道是什么发生
在漫长而干旱的夏季与夏季之间。这是它简明的永恒。
那些水塔树立在亚莫迪凯和内格巴的遗迹中得以保存
就像一个纪念品,我们就是这样一个秋的民族,
纪念着马撒大的沦陷和它的自毁,
约大帕他和别他的废墟以及耶路撒冷的毁灭……
尽在西墙那里举行。啊,残余后的残余。就像一个人珍藏
一双破裂的旧鞋,一只烂袜子,一些残存的字母当作留念。
所以这一切都只是等待着,要不了多久,死亡的时刻。
我们所有的生活,在其中发生着的一切,在其中来来往往的人潮,
是一道篱笆围住生命。而死亡也是一道篱笆围住了生命。

晚清北京西什库教堂 拉里贝 摄

清末民初的北京城墙

1860年，北京清漪园文昌阁城关　费利斯·比托 摄

英雄主义沃土

"报君黄金台上意，提携玉龙为君死。"历史上的燕赵曾是奇侠、豪客、英雄、土匪、流氓、大头鬼的乐园，是中国英雄主义的源头和猛汉的降生之地。大文豪苏东坡赞道："幽燕之地，自古多豪杰。"

《隋书·地理志》称燕赵之地"悲歌慷慨""俗重气侠"。

李太白曾在《侠客行》中作笑傲江湖之咏："赵客缦胡缨，吴钩霜雪明。银鞍照白马，飒沓如流星。十步杀一人，千里不留行。事了拂衣去，深藏身与名。闲过信陵饮，脱剑膝前横。将炙啖朱亥，持觞劝侯嬴。三杯吐然诺，五岳倒为轻。眼花耳热后，意气素霓生。救赵挥金锤，邯郸先震惊。千秋二壮士，烜赫大梁城。纵死侠骨香，不惭世上英。谁能书阁下，白首太玄经。"

茫茫苍原，一夫独立，公元696年，胸中装满沉郁块垒的陈子昂登上幽州台（即战国时燕昭王为招揽贤才所建的黄金台）慷慨悲吟，写下《登幽州台歌》，这忧歌中的忧歌像颗子弹击穿了燕赵的神秘星空：

"前不见古人，后不见来者。

念天地之悠悠，独怆然而涕下！"

苍凉的易水愈显枯淡。百岁如流，富贵冷灰；大道日丧，谁为雄才。

元代以来的八百年间，燕赵作为帝王之土长期被笼罩在皇权的辉光里，人性在政治的挤压下日益萎缩内敛。燕赵的天空已经没有疾劲的大雕。虽然从祖先骨子里遗传下来的豪放野性仍然潜藏于心，高粱酒和大碗茶仍然醉人，但元代后我们已经难以在这片土地上看到纵横着阳刚血气的激越古风。

燕赵多悲风，多义士。一句"燕赵自古多悲歌慷慨之士"，令我们胸中的块垒沉郁，百感交集。

铁血是一种罪

张潮说:"心中小不平,酒可以消之,胸中大不平,非剑不能消也。"

　　大哲黑格尔对我们说,历史的演进有一个重要的基础,这个基础就是地理,民族精神的许多可能性从中滋生、蔓延出来。同时,地理并不是历史和民族精神的唯一基础,爱奥尼亚明媚的天空固然大大有助于荷马史诗的优美程度,但是,这个明媚的天空绝不能单独产生荷马。他指出,人类历史的真正舞台在温带,而且是北温带。

　　黑格尔说得一点不错,以处于北温带大陆的燕赵文化来看,历史的经验确实如此,从传说中的黄帝时代开始,它就一直是产生重大历史事件的中心地区。如果把中国比作一个巨人,那么显而易见燕赵就是他宽阔的胸膛,也就是心脏的所在地。这样的地区必然是一个文明所有内在关系的枢纽地带,是王者和霸者必然谋求的领地。

　　我们不难顺藤摸瓜,理出一些头绪以接近历史的真实。早在黄帝时代,河北就发生了著名的涿鹿之战,战争的一方黄帝部落大约发祥于今天陕西省的北部,后来逐渐向东迁徙,东徙的路线是南下到陕西大荔、朝邑一带,再东渡黄河,顺着中条山和太行山脉向东拓展,最后发展到燕赵地区;炎帝部落大约发祥于今天陕西省的渭水流域,其东迁路线是沿着渭水、黄河东进,一直到达山东一带;而战争的另一方蚩尤部落,史书上又称为"九黎族",他们主要活动于山东南部、河南东部和安徽北部。这三个当时中国最大部落之间的战争,其原因至今尚未明了。有一种观点认为,当时整个北半球都暴发了可怕的洪水,滔天的洪水淹没了中国的许多地方,平原地区首当其冲,于是,为了争取生存空间,战争爆发了。先是炎帝部落遭到了蚩尤部落的打击,于是炎帝部落被迫投靠黄帝部落,不久以后就发生了涿鹿大战,战争的结果是黄帝和炎帝部落大获全胜,"九黎族"被吞并。后来黄帝部落与炎帝部落之间又在河北爆发了著名的"阪泉之战",炎帝部落惨遭失败。这两次战争对华夏族(也就是汉族的前身)的形成起到了至关重要的作用。

从那时候开始,连绵的战争在燕赵的土地上再也没有停止过。孟子说:"二百年有一王者兴。"王者常常是从战争中分娩出来的。战争摧毁了原有的一切,使一切重新洗牌,开始新的重塑。以有三千年建城史的北京城为例,从战国时期的燕国都城蓟,到后来的渔阳、琢郡、范阳、幽州、幽燕、中都、燕京、大都、北京,名称有如走马灯般不停地转换,而兴建起来的城市,也一次次毁于战乱,再一次次从废墟中矗立起来。其中最为惨痛的有两次:一次是北中国第一形胜之地大金国的燕京,在狂飙突进的蒙古铁骑蹂躏之下被夷为了平地;一次是"聚万国之珍异,选九州之浓芬"的元大都——这座马可·波罗赞叹为当时世界上最宏大壮丽的"汗八里城",被皇觉寺小和尚出身的朱元璋扫荡得面目全非、满目疮痍。

一个西方人说:"中国就这样翻来覆去地从过去的杀戮又恢复到过去的状态。"我们有充分的证据说明人类最大的敌人就是人类自己。人类创造了文明,然后又毁弃它,像燕赵这样黄钟大吕之地,是不得不产生无数英雄好汉的。

张潮说:"心中小不平,酒可以消之,胸中大不平,非剑不能消也。"血气旺盛的燕赵飘满了血腥,那里的人们被迫接受尚武精神,尽管圣明的耶稣在《圣经》中警告说"血气的东西必亡",但是燕赵人却只能在血气的夹缝中谋求一片适合自己生存的夹缝,他们必须使自己的力量更强大,斗志更坚韧,如果不如此的话,他们将很难存在下去。事实上古代土生土长的燕赵人大都在战乱中死于非命,不断出现的自然灾害及异族入侵使这里成为一个祸患绵绵的区域,而每一次大灾难都对人口形成了强有力的"自然淘汰"。

另外一个不可忽略的背景是,燕赵人口中融入了大量剽悍的北方游牧民族的新鲜血液。那道被当作中国文化象征的万里长城,在燕赵北部的怀来、万全一线一直沿燕山山脉横亘至秦皇岛海滨,远远看去仿佛一条蜿蜒的巨龙。今天,当我们站在被称作燕赵锁钥的山海关下,明代状元萧显徘徊三日后写就的"天下第一关"五个苍劲大字已经引不起我们的陶醉之感。雄阔的万里长城从来就没有成为北中国不可逾越的军事屏障,从战国、西汉到明代,长城修了一次又一次,仿佛固若金汤,但游牧人的铁骑照样踏破城阙屡屡南进,江山永固、海内晏清的愿望只是不切实际的梦幻空花而已。

地接塞外的燕赵文化面对游牧民族的攻击首当其冲。从遥远的战国甚至更早的时代起,到后来的清朝,我们已经数不清燕赵这块土地到底有多少次当过游牧马队的战利品。没完没了的折腾,直到这块土地也成为入侵者的家园,直到这片辽阔而丰厚的大地以一种张力,将这些桀骜不驯的马上民族驯化成了面朝黄土背朝天的庄稼汉。

在旧兵器时代，不断南下的游牧民族虽然常常赢得战争的胜利，但总是被他们占领的农耕区域所同化，这几乎成了历史游戏的一项法则。

燕赵文化就是一块农耕文化与游牧文化通向交汇的前沿阵地。

所以，正宗的燕赵人是血气方刚的自然之子，他们强壮、粗犷、敦厚、老实、直率、鲁莽、义气、勇敢、不拘小节，他们适合做战场上的征服者，是帝王将相和豪气冲天的壮士土匪的候选人。当然，林子大了，什么鸟都有，所以燕赵出现李左车、蒯通、刘秉忠、郭守敬、李春这样巧于心机的人也并不值得奇怪。

另外，燕赵的土地是辽阔的，但也是相对贫瘠的，这个地方的农业在汉代黄河未改道之前曾经一度繁荣，但比不上山东、关中，南北朝以后便不得不依靠运河把南方大量的粮食运过来。五代以后它的经济与南方相比已大为逊色。到了20世纪上半叶，林语堂用"简单的思想和艰苦的生活"来描绘这里的百姓。

在历史上，要适应燕赵寒冷的温带气候和相对艰险的生存环境，人们就必须具备坚强的体魄和坚毅的品质，正如孟德斯鸠在1748年所指出的："土地贫瘠，使人勤奋、俭朴、耐劳、勇敢和适宜于战争，土地不给与的东西，他们不得不以人力去获得。土地肥沃使人因生活宽裕而柔弱懒惰，贪生怕死。"为什么在中国历史上，北方同南方的战争中南方人常遭失败呢？孟氏的话提醒了我们。

纵死犹闻侠骨香

公元前227年，荆轲死于咸阳，那把喂有毒药见血封喉的徐夫人剑没能刺中秦王。

燕赵文化的母胎诞生过中华民族的两大圣人——尧和舜；出过两个了不起的开国皇帝——刘备和赵匡胤；还出过以"半部《论语》打天下"的传奇人物赵普和刚正威严的著名谏臣魏征。

然而真正能够震人心魄、令我们为之击节仰叹的，仍是那慷慨悲歌充满阳刚之美的群体，他们才是燕赵血脉中的正脉。

伯夷、叔齐，这两位商代末年燕赵北部边境孤竹国国君的王子，本可以继承显赫的国君位置，过金枝玉叶的荣华生涯，然而这哥俩的性格也确实奇特，他们不愿蒙受权力之累，于是离开自己的国度，前去投奔素以贤德闻名的周文王，希望到周国养老，过那种与世无争的清静日子。他们在路上遇到了周国旌旗遮日的大军，周文王已经故世，他的儿子周武王正带领大军行进于攻打商朝的途中。伯夷和叔齐大惊失色，他们认为周国作为商朝的属臣反叛自己的国君,实属大逆不道之举。两人拉住周武王的马头苦苦劝说他不要做这种不仁不义之事,但周武王不为所动继续东进。后来,周武王统一天下后,伯夷、叔齐感到做周的臣民是莫大的耻辱,于是哥俩发誓不再吃周朝的粮食,跑到首阳山躲起来,天天靠采山中的薇菜为生,最后竟饿死在山上,死前吟诗道:"登彼西山兮,采其薇矣。以暴易暴兮,不知其非。"伯夷、叔齐的行为多少有点迂腐,但不食周粟的耿介气概令人为之动容。他们在后世成了忠臣的典范。

公孙杵臼、程婴,赵国开创者赵襄子第五代祖、晋国权臣赵朔的门客,当赵氏家族被奸臣屠岸贾尽数杀死之后,两人不惜赴汤蹈火拼掉性命保护赵朔的遗腹子。两人策划了一起悲壮的托孤计划,当时屠岸贾得知公孙杵臼、程婴二人手中暗藏有赵朔的一个婴儿,于是在全国范围内展开斩草除根的大搜捕,不久,程婴假装怕死向屠岸贾报告公孙杵臼的藏身之处,公孙杵臼及婴儿于是惨遭杀害,屠岸贾以为从此可以高枕无忧,而实际上被杀的婴儿是程婴之子,真正的赵氏后代则由程婴含辛茹苦养大。15年后,婴儿长大了,他和程婴使赵家的冤案得以平反,屠岸贾被处死。又过了五年,程婴见赵氏孤儿已长大成人,赵家从前的基业重又开始发扬光大,便跪在公孙杵臼的坟前向他报告喜讯,然后自刎去黄泉下与自己的知己相会。受到公孙杵臼和程婴拼死救护的赵氏孤儿,就是赵武,他的曾孙赵襄子建立了战国七雄之一的赵国。

平原君赵胜,风度儒雅、性情豪洒的赵国君王之子,与孟尝君田文、信陵君无忌、春申君黄歇并驾齐驱的战国四公子之一。赵胜的门下集结了三千名当时燕赵一带的精英人物,其中大都是英勇任侠之士。一次,一个门客步履蹒跚地从赵胜的阁楼下走过,赵胜极为宠爱的小妾看见他的走路姿势,禁不住哈哈大笑起来。门客觉得自己受到了羞辱,便怒气冲冲地去见赵胜,要求赵胜杀掉小妾替自己挽回面子,并威胁说如果不这样他将离去。赵胜甚是为难,一方是自己心爱的美人,另一方是对自己忠心耿耿的门客,怎么办呢? 他再三耐心地劝说门客,但门客仍然坚持。最终赵胜经过一番激烈的思想斗争之后杀掉美人以偿门客之辱。这一举动使三千门客深受感动,遂为赵胜拼死效命。见赵胜如此爱惜人才,天下英才纷纷前去投奔,其中就有五短身材、其貌不扬的毛遂。毛遂在赵国生死存亡的关头为赢得楚国援军起到了关键性作用,他被赵胜赞为"三寸之舌,强于百万之师"。"有酒唯浇赵州土,卖丝绣作平原君",这是清初第一词人纳兰性德对赵胜的感念之句。

公元前 227 年,荆轲死于咸阳,那把喂有毒药见血封喉的徐夫人剑没能刺中秦王。太子丹的刺杀计划彻底宣告失败,不久,燕国就像软弱的兔子被秦国这只猛虎吃掉了。大刺客荆轲死后,他那气宇轩昂照天照地的白衣白冠随着时间的粉饰变得越来越清晰,越来越高大;这个历史上最负盛名的刺客,值得我们好好地分析一下。荆轲年轻时候是燕赵一带的游侠,当时燕赵一带任侠之风盛行,游侠特别多,曾经有一段时间,荆轲去了赵国的首都邯郸,在那里,他受到邯郸最有名的游侠鲁勾践的挑战,精于剑术的鲁勾践试图与他比试一下,就跟他争抢道路,并用难听的话破口大骂,没想到荆轲竟一声不吭,仓皇离开了邯郸,于是鲁勾践把荆轲看作一个性格懦弱徒有虚名的人。过了一些年,荆轲刺秦王的事传到了鲁勾践的耳朵里,那时,邯郸也已被秦国占领了,鲁勾践惭愧不已地说:哎,可惜当年没有同我一道好好地切磋一下剑术。当初我却不能识别英雄,荆轲肯定是把我当作小人,认为我不值得计较才离开的呀。

荆轲离开邯郸后到了燕国,同一个杀狗的屠夫和擅长击筑的乐师高渐离结为知己,他们几人常常在大街上喝得酩酊大醉,高渐离一边击筑,荆轲一边放声高歌,高兴了就笑,悲伤了就哭,旁若无人。燕国德高望重的老侠客田光看出荆轲这个人非同寻常,就对他很好,很赏识他。等到燕国太子丹准备刺杀秦王四处寻找适合的人选时,田光向他极力推荐了荆轲,并评价他手下的一大群燕赵勇士说:"我私下观察,觉得您手下没有可以用的人,夏扶是血勇之人,怒而面赤。宋意是脉勇之人,怒而面青。秦舞阳是骨勇之人,怒而面白。他们都远不及荆轲,荆轲为神勇之人,怒而色不变。"田光评价得很正确,当荆轲和秦舞阳走进咸阳威严壮丽、戒备森严的官殿时,13 岁就敢杀人的秦舞阳脸色马上变得苍白无比,与荆轲的镇定自若和冷静形成了鲜明对比。我们可以肯定地说,如果没有了荆轲,中国的公元前 3 世纪将会平淡许多。"风萧萧兮易水寒,壮士一去兮不复返",中国历史上还有比这更悲凉、更凄美、更荡气回肠的背影吗?

李若水,铁骨铮铮的燕赵男儿,北宋 167 年幽深岁月中出现的第一硬汉。"靖康之难"后他随两个颇具艺术天分的亡国之君宋徽宗和宋钦宗坐着牛车前往金国,一同作为俘虏的还有三千名王公贵族皇亲国戚。在途中,当金国元帅粘罕侮辱可怜虫似的大宋天子时,李若水目眦尽裂,破口大骂,粘罕大怒,命人割去他的双唇,血流满面的李若水毫无惧色,仍然大骂不绝,结果又被割去舌头、割破喉管致死,时年 35 岁。李若水的壮举连金国人都被震撼了。他们评价说:"辽国灭亡时,慷慨赴死的义士有十几人,而大宋朝灭亡时,义士却只有李若水一人而已。"

张世杰,南宋最后关头的全国军事长官,与文天祥、陆秀夫齐名的大忠臣。在生死存亡关头,他放弃了元朝高官厚禄的引诱,指挥军队拼死抵抗蒙古军队,最后的守地广东奎山失守后,陆秀夫仗剑把妻儿赶入大海中,自己背着小皇帝赵昺跳海而亡,而张世杰也坚贞不屈,以溺水之举壮烈殉国。

明代正德年间,河北草根刘六、刘七两兄弟发动了大规模的农民起义,口号是"虎贲三千,直抵幽燕之地;龙飞九五,重开混沌之天",表达了要开辟一个崭新天地的英雄豪气。以上,我们对激昂刚烈的燕赵古风作了片断性回顾,就像燕赵辽远高旷的秋天一样,燕赵古风使我们体验到生命深沉凄丽的意义。这种意义的刚烈和博大使我们油然生出敬意。燕赵的古风是悲怆的,这种悲怆源于傲岸的英雄气概;燕赵的古风是通脱的,这种通脱源于人物的豪洒情志。大智大勇的蔺相如和老骥伏枥的廉颇演绎了一段气吞山河的将相和;祖逖"闻鸡起舞,中流击楫";猛张飞百万军中取上将之头如探囊取物,当阳桥头横矛立马大喝一声"燕人张翼德在此,谁敢与我决一死战",犹如晴天打了一个霹雳,吓得一代枭雄曹操屁滚尿流,抱头鼠窜;常山赵子龙怀抱阿斗在长坂坡如入无人之境,一连杀死了曹军五六十名将校……我们就像祥林嫂向人诉说她的儿子阿毛一样一遍又一遍津津乐道于燕赵英雄好汉们的旧年传奇,与此同时,燕赵古风也像古龙笔下姿态万千的武林精神注入到我们的心头。燕赵在史上出现过乐毅、赵奢、李牧、曹彬、高怀德等等一代名将,也出现过刘备、赵匡胤这样了不起的开国皇帝。刘备和赵匡胤尽管善于玩弄政治权术,但从他们身上我们能看出燕赵人重感情、讲义气的特点。刘备的结拜兄弟关羽被东吴孙权杀死之后,他不顾大多数文武大臣的劝阻,不顾北方魏国可能乘机袭击的危险,尽起全国兵马七八十万去为自己的兄弟报仇,尽管惨遭失败,刘备本人也因此心力交瘁死于白帝城,但从中我们不难看出刘备是个重感情的人,他实现了当初桃园结义时"同生共死"的誓言;经过这次失败,蜀国元气大伤,再也没有统一全国的能力了。而赵匡胤黄袍加身做了皇帝后,没有像历史上的许多开国皇帝那样滥杀功臣,而是用"杯酒释兵权"的方式高明地解除了功臣对自己权位的危胁,避免了"敌国破,功臣亡""狡兔死,走狗烹"的悲剧,这说明他没有忘掉与自己出生入死一起打天下的哥们儿。

当然了,我们还记得另外一些燕赵人,比如说那位华而不实只会"纸上谈兵"的赵括将军,比如说那位"笑里藏刀"的李义府先生;那位老奸巨滑做了四个不同朝代宰相的不倒翁冯道老太师,我们就更是不敢忘记了。

从匣中抽出的金刀渐渐生锈

高蹈的燕赵古风已经无可奈何地没落了。

晚清时,以汉学为一生寄托的日本汉学家内藤湖南,怀着凭吊之情在《禹域鸿爪记》中说:"时月已高离外城之壁,平日多尘之空气,值此仲秋亦澄净清洁,白昼熏黑污陋、沙没车轮之市街,此时若冰清玉洁也。城壁每三百码有一拓宽之处,名为扶壁。余等于崇文门东面约第五个扶壁之隅,雉堞破损之处铺毡设筵。城壁上虽皆铺设砖石,然杂草茂盛,没过人头,甚至生有高达数丈之树木。城外濠水映照月光,处处人家灯影稀疏,透过如烟杨柳,隐约可见三四中国人徘徊于濠边,哼着小调。眺望过去,难以想象此都城今为君临四亿生灵之大清皇帝居城,无限凄凉,不觉泪下。"

沧海一声笑,欢乐英雄,紧握刀锋。燕赵文化的丰腴肌体,诞生了无数的风流豪杰,然而他们终像泱泱江水中的浪花消失得无影无踪。当我们低咏陈子昂的《燕昭王》,心头不由得长出一片乌暗的巨云:"南登碣石馆,遥望黄金台。丘陵尽乔木,昭王安在哉。霸图怅已矣,驱马复归来。"

今古茫茫慷而慨,往事历千年,燕赵文化已发生了天翻地覆的转变,旧的价值体系被打碎,新的价值体系被确立。燕赵文化的内层发生了复杂而微妙的变化,这种变化的剧烈程度丝毫不亚于技术领域。

在某种半是自豪半是试探的心理驱使下,我们试图从近代燕赵中找到与古代燕赵一脉传承的精神——那种慷慨刚烈闪射着阳刚之美的英雄主义古风。然而,我们的愿望落空了,"旧时王谢堂前燕,飞入寻常百姓家",一切都改变了,燕赵古风的两大特点"深沉"和"崇高",前者被保留下来,后者则杳无踪迹,极为罕见。我们仅仅在头上包着白帕子的雁翎队身上看到一二燕赵古风的残影。火焰是如此微弱,残影是如此暗淡。20 世纪50 年代后期,河北徐水公社激动地向全国人民宣布他们遵照毛主席的指示最先跑步进入了共产主义,单从勇气上来看这倒不失为具有燕赵古风的虎虎生气,但如今却成了一则令人辛酸的历史笑话。但我们无论如何也不能接受的事实是,抗日战争期间,燕赵是狗腿子和汉奸最多的地区之一,惊诧之余,唯一合理的解释是,高蹈的燕赵古风已经无可奈何地没落了。

20 世纪后半叶,燕赵人仍然敦厚朴实,豪爽重情,正直大度,古道热肠,与此同时他们也较南方人保守老成,安于现状。今天的燕赵人"面瓜"不多,但阳刚之气已不能同山东人和东北人相提并论了。

于 1920 年在华北游历的英国作家毛姆,在其《在中国屏风上》中写过一个闪烁着迟暮光圈的黄昏:

穿过城门,里面是一条狭窄的街道,两边的商店鳞次栉比:很多店面装饰着红色或金色的细雕花窗格子,呈现出一种特有的衰败光华,让你恍然之间觉得在那些昏暗的角落里,还陈列着各式各样东方的奇珍异宝。无论是高低不平的狭窄人行通道还是曲径深巷,到处熙熙攘攘;那短促的喊声是背负着沉重货物的苦力在开道,而沙哑的吆喝声则是小贩在沿街叫卖。

这时,一匹毛色光洁的骡子,拉着一辆北京"轿车"缓缓行来。车篷是天蓝色的,硕大的车轮上装饰了一圈钉子,赶车人坐在一侧的车辕上晃荡着双腿。正是日暮时分,在一座寺庙金黄、陡峭而奇异的大屋顶后面,夕阳将天边染上一抹红色。"轿车"默默地从你身边驶过,朝向那苍茫的暮色,你不禁遐想,那架着二郎腿、悠闲地坐在车中的是什么人。那也许是一位满腹经纶的饱学之士,正应诺前去拜访一位朋友,他们将秉烛夜谈,共同追忆一去不返的唐宋时光;或是一位歌女,身着玲珑绸缎制成的鲜艳衣裳,乌黑的头发上簪了一块碧玉,她正被召往一个宴会,在席上她要演唱小曲,还要与那些风流倜傥的公子哥们雅致地酬答。北京"轿车"似乎载着所有的东方神秘,消失在渐浓的夜色中。

毛姆笔下消失在渐浓夜色中的这辆北京"轿车",与忧郁碎屑中的夕阳、夕光,与没落的燕赵古风的基调是如此贴近,它发出的几声老迈的吱嘎声,几乎要让人哭出声来。

1874 年的北京南堂

晚清，河北南皮人张之洞

鼎以三足而立

欧洲著名的教士圣普里安说："你们必须知道这个时代已经老了。它已经失去了挺立的力量，也失去了使它强壮的精力和体力。"大历史学家汤因比指出："在人类曾经创造过的二十八个文明中，至少有十八个已经死亡和消失了。"

作为北温带的历史主角，燕赵人保持了法国人博丁所认为的执着的性格、魁伟的身体和旺盛的精力。然而，由于政治力量的强力介入，不知从什么时候起燕赵文化的核心就在潜移默化之中发生了裂变，它在历史上的一体性的文化实体一分为三——北京、天津、河北。

现在看来，"燕赵文化"这几个字多少潜藏着古典化的意味了。到21世纪，谁还能说同样习惯于吃大豆白面喝高粱酒的北京人、天津人、河北人，他们的人文情貌大体上是一回事？

不知从什么时候起，古老的燕赵文化就演出了一幕三足鼎立的历史剧。

河北佬与良民文化

明清以来，河北人就是辜鸿铭所说的温良中国人的代表。

一说到河北，我们就想起了万里长城、北戴河；想起了"邯郸学步""黄粱美梦"；想起了柏林寺、赵州桥、深州蜜桃、赵县雪梨、保定酱菜，沧州的金丝小枣、铁狮子……

一说到河北人，我们就想起了出没于青纱帐和荷花淀中的敌后武工队，他们腰间扎根灰布条，头上裹块白毛巾，一副敦笃厚道的模样。《地道战》《小兵张嘎》等电影流行的年头，我们充分领略了河北这块土地的情怀，领略了这里人民的宽广无私的奉献精神。河北人是北中国农民中最典型的一个群体，在他们身上集中体现了中国人传统的东西，传统的美德，传统的弊端，以及千百年来所积淀下来的苦难感。

不得不承认进入近代后河北人日益丧失了古代燕赵崇高的尚武精神，除了沧州一带的人还不时耍弄拳棍、脾气较为火爆之外，大多数河北人已经变成了忠厚老实、笑容可掬的良民了。有白种人血统的文化怪杰辜鸿铭称中国文化是良民文化，他认为一个典型的中国人可用一个词来形容——"温良"。他在《中国人的精神》中对此解释说："我所谓的'温良'，绝不意味着懦弱或是软弱的服从。正如前不久麦嘉温博士所言：'中国人的温良，不是精神颓废的、被阉割的驯良，这种温良意味着没有冷酷、过激、粗野和暴力。在真正的中国式的人中，你能发现一种温和平静、庄重老成的神态，正如你在一块冶炼适度的金属制品中所能看到的那样。'这种温良乃是同情与智能这两样东西相结合的产物。"明清以来，河北人就是辜鸿铭所说的这种温良中国人的代表。

或许是受到北京这座帝王之都八百年浩大王气的威慑和压制，或许是身处政治权力的旋涡中心被严密看管的缘故，河北人越来越把豪洒威猛的固有禀性深深地掩藏起来，他们整年整月把头埋在土地和热炕窝里温和地打发沉重的人生，只有到了危急的关头，他们勇敢无畏的天性才会显露出来。河北人就像一匹驰骋疆场的刚烈战马，由于不堪承受重压，不堪忍受永无止境的折磨，所以一方面不得不忍辱负重谋求生存和希望，另一方面富有棱角的烈性脾气也变得温和老成、暮气横秋，那些早年英姿飒爽的傲岸英气已经被潜藏起来,成为苦难生涯中吃苦耐劳的老黄牛精神的原动力。我们不大准确地把河北人比喻为迷途知返的老马,然而,河北人已经很少骑马了,"南人乘舟,北人骑马"的古谚在河北消失得无影无踪。

金观涛曾指出,中国文明的停滞性根源于中国传统形成了一个强大的超稳定系统。

英国人亚当·斯密曾说:"中国一向是世界上最富的国家,土地最肥沃,耕作最精细,人民最多而且最勤勉。然而,很长时间以来,它似乎就停滞于静止状态了。今天旅行家关于中国耕作、勤劳及人口稠密状况的报告,与500年前视察该国的马可·波罗的记录比较,几乎没有什么区别。"关于中国停滞的问题被曾在戴高乐、蓬皮杜、德斯坦时代担任过7任部长的法国人阿兰·佩雷菲特写成了一本书,书名就叫《停滞的中国》。1971年夏,佩雷菲特率"文革"期间第一个西方官方代表团访问中国,对中国历史烂熟于胸的他认为当时的国家政权与1792年乾隆时代的中国有某种相似。

亚当·斯密和阿兰·佩雷菲特所指出的中国文明的停滞性,在1978年后的30年中发生了根本性的内在变化,中国大地像一个巨大的车轮急速运转,往昔的价值体系、文化体系、经济体系变得令人瞠目结舌。

百年前,对燕赵地区来说,文明停滞性的主观基因在于人们因循守旧的保守性。清朝灭亡后的一段时期,以河北为中心的北中国地区成为旧制度旧文化的顽固堡垒,它们是南方革命者批判和发起攻击的对象。

"亲不亲,家乡人,美不美,家乡水。""金窝银窝,不如自己的狗窝。""鸟飞返故乡兮,狐死必首丘。"自古以来,河北人就像北温带枝叶茂盛的老槐树一样情愿永远矗立在自己的家乡,他们在这里生生不息,代代繁衍,不论外面的世界多么精彩,也毫不动摇自己的生活方式,毫不为其诱惑。新的思想、新的东西要想进入河北显然比其他地方困难得多,因为河北人很固执,他们坚持自己的道理,在他们身上有一种"任凭弱水三千,吾只取一瓢饮"的犟劲。河北人的旁边住着一大群素来敏感于政治浪潮、喜好谈论时事的北京人,然而河北人似乎不大关心政治,河北人的旁边盘踞着北中国的一大商业中心天津,那里人的商品经济头脑非常好使,然而德国人利希霍芬在晚清时期考察河北各地后评价说:"河北人缺乏商业精神。"

是不是因为被自己土地上古老的长城压抑得太久了，是不是因为经历了太多金戈铁马的战争创伤，河北人才变得守土重情，成为中国传统良民的衣钵传人？

河北人是重亲的，他们很少有忘本的时候，即使是那些远离家乡的人们，也不过是一只只暂时停留异乡的候鸟，他们的心中永远燃烧着一团熊熊大火，永远有一个支撑着他们通向一切的难以解释的梦幻情结，这个情结就是故乡。

河北人对祖先的崇敬和感恩之情难以用文字来描绘，难以用语言来表达。在河北人那里，祖先是人生最大最鲜艳的一面旗帜，是人生行为和方向的指导人，是导师。"祖先"和"故乡"是河北人心灵神秘的依靠。

但是河北人从来不是一些谨小慎微、优柔寡断、精打细算、自私自利的老实人，他们是农业文化的沃土培养起来的天性散漫、大大咧咧、诚实可靠、性格坚毅的"自然之子"，他们使人想到毛主席的那句"吕端大事不糊涂"。这个吕端，就是正宗的河北人，他是北宋太宗时期有名的宰相，宋太祖评价他是"小事糊涂，大事不糊涂"。得吕端真传的河北人，那可就太多了。

河北人并不是自古以来就因循守旧、顽固不化，只要稍微举上几个事例，就不难看出这一点。那位以"胡服骑射"而名留青史的赵武灵王，就是河北人勇于创新的一个典范，他带头脱下宽大莽重的裙裳而改穿细腰精干的胡服，以骑兵代替战车，拉开了战国军事史上改革浪潮的序幕。又如那位被历代怀才不遇的文人墨客所念念吊怀的燕昭王，他为了得到精英人才使国家走向强大，不惜花大量的钱在都城郊建了一座高大的黄金台，上面堆满了金子，以虔诚的姿态来招揽天下英才，结果很快就有乐毅、剧辛等一大批杰出人才从四面八方赶来，燕国从此走向了强大。又如那位秦朝时河北的著名方士徐福，竟然勇敢地带了一千名童男童女，坐着漂亮的画舫、奏着仙乐到茫茫的大海中去为秦始皇寻找长生不老药，这一去就再也没有回来，颇有点"壮士一去不复返"的味道，结果搞来搞去此人竟被一些日本人认作伟大的祖先神武天皇，至今仍有不少日本人到河北来吊怀。晚清时洋务运动的中流砥柱张之洞不也是河北佬吗，其人大力倡导新式教育、兴办新式实业、操练新式军队，为一代开明良臣。上述史实足见河北人并不是保守的"倔驴"。

尚武精神在河北算是彻底地没落了，看来河北人是真的不喜欢大刀和枪杆了，那么他们会在文化方面收拾旗鼓大有作为了吧？然而，实际情况却是这里的文化水平远赶不上南方各省。就拿科举考试来说吧，作为环拱京师、地位显赫的直隶（即河北）大省，在清代的科举考试中，河北人在总共114名状元中仅占4人，他们是陈德华（雍正甲辰科）、张之万（道光丁未科）、陈冕（光绪癸未科），及末代状元刘春霖（光绪甲辰科）。在科举考试上，江苏、浙江、安徽等南方地区频占鳌头，在明清时代出现的224名状元中，他们占去了一大半,整个北方加起来只有 29 人。这充分说明五代以后随着整个经济重心的南移,到了明清时期,文化重心也彻底地"孔雀东南飞"了。

历史上叱咤风云的河北沦为"天子脚下无英才"的平庸之地了,仿佛一夜之间,母体上蕴涵着的沛然元气被北京和天津两大城市给吸干了。

北京和天津在河北人心目中有着特殊自豪的意义,因为它们本身就是河北的一个部分,只是到了后来才脱离了出去,正是河北,哺育并滋养了它们,使之成为北中国的冠冕。

从地理上看,河北、北京、天津三地就像一个母亲怀抱着自己的两个儿女。翻开一些介绍河北的书籍,开头总是这样的:

打开祖国的地图,首先收入眼帘的是一颗光芒四射的红五星,她照耀着全国各族人民,从胜利走向胜利,这就是祖国的首都北京。到北京去,不论从椰林葱郁的海南岛,林海雪原的兴安岭,还是从牛羊成群的内蒙大草原,都首先要经过河北的大地。河北位于首都北京的周围,并与天津毗连……

仔细品味一下这些自豪的语句,河北人对北京、天津的亲近之情溢于言表。河北就像个失去了昔时丰神瑰姿的干瘪老母,北京、天津这两个伟岸大器的儿女使她感觉无限欣慰,尽管儿女的光环遮掩住了母亲。

1907 年,华北一朵漂亮的白色芍药花 迈耶 摄

法海寺明代壁画中的文殊菩萨

北国"恶之花"

为纪念自己发兵的"龙兴之地",朱棣将直沽改名为天津,意即"天子渡河之地"。

在漫长遥远的古代,天津是个被历史遗忘的角落,那些煌煌巨著的史书很少提到过它。那时的天津留在人们记忆中的是海天一色的万顷碧波,成群结队的灰羽海鸥在明净的海岸上鸣叫,除此之外,不时来往着一些驾舟到渤海捕鱼捞虾的渔民。

古黄河曾三次改道在天津附近入海,3000 年前在宁河县附近入海,西汉时期在黄骅县附近入海,北宋时在天津南郊入海。金朝时,黄河南移后夺淮入海,天津一带的海岸线从此固定下来。

天津作为一个地名出现在明代永乐年间,大明建文二年(1400),镇守北京的燕王朱棣从直沽兴兵沿大运河南下发动"靖难之役",与侄子朱允炆争夺帝位,大功告成披上龙袍后不久,永乐二年十一月二十一日(公历 1404 年 12 月 23 日),为纪念自己发兵的"龙兴之地",朱棣将直沽改名为天津,意即"天子渡河之地",并于同年在三岔河口西南的小直沽一带设置了守卫京城的军事机构天津卫,后又增设天津左卫和天津右卫,统称天津三卫。到清朝顺治九年(1652),天津卫、天津左卫和天津右卫三卫合并为天津卫。

鸦片战争以后,天津在屈辱中带着梦想从燕赵文化的边缘腾空而起。就像灯红酒绿的花花世界上海和香港一样,天津也是近代中国畸形发展的产物,是交织着耻辱与富丽的"恶之花"。1840 年之前,香港岛是个人烟稀疏的荒凉海岛;而上海不过是个仅有十条小街道的蕞尔小城,这里的人们常常撑着乌篷船做点小本生意,他们以会讲苏州话为人生的一大荣耀,把到过南京作为充分展示虚荣心的一大快事;天津那时的情形比上海、香港好得多,它是通向煌煌大都北京城的漕运和海运的主要集散地,也是北京东边的交通和军事咽喉关口,但从全国范围来说,它在一般人的眼里仅仅是北京的卫星城而已。然而,历史却令人惊诧地选择了这三个地方,使它们迅速成为古老农耕文明通向现代文明的最初瞭望台,成为过去通向未来的城市诗篇的交汇地。

美国的中国问题专家罗兹·墨菲说："世界上大都市的兴起，主要依靠两个因素：一个大帝国或政治单位将其行政机构集中在一个杰出的中心地点（罗马、伦敦、北京）；一个高度整体化和专业化的经济体制，将其建立在成本低、客量大基础上的贸易和工业制造点，集中到一个显著的都市化地点（纽约、鹿特丹、大阪）。"

北京和天津正是这两种大都市的典型。在相当长的时段里，如果没有了北京，天津的一切都无法想象。与上海、香港不同的是，天津几乎可以说是由北京派生出来的一朵大鲜花。

伴随北京城浩然王气的突起，以及整个北中国经济重心的南移，元朝以后中国形成了这样的格局：经济中心在温润富裕的南方，而政治中心则在以北京为尊的燕赵及其他北方地区。这种政治经济中心分离的最直接后果是漕运和海运的空前发展，南方以粮食为主的产品需要大量地运往北方。这种深刻的背景使占尽地利的直沽（天津）登上了历史舞台。元代，这里已是北中国漕粮运输的转运中心，政府设立大直沽盐运使司，管理盐的产销。大明宣德十年（1435），明政府在天津设置管理漕运的专门机构，当时行驶在大运河上的粮船达万艘，运输漕粮 500 万石。

拥有渤海、大运河、永定河、潮白河、海河水系构成的便利水运网络，加之地处北京东段咽喉门户要地，天津最终成了"九河津要，七省通行"的重镇。

19 世纪后半叶，天津实际上成了西方列强击向中国心脏的一张王牌，它是北中国的贸易中心，是当时的第二个"上海"，是洋人全面侵华的另一个大本营。在这个大本营里，万商云集，商贸活动盛极一时，许多漂亮的公园和欧式高楼只对外国人开放。

20 世纪初期，北京有"天桥"，南京有"夫子庙"，天津则有颇具地方特色的"三不管"。"三不管"是个地名，位于天津卫的南面，当时天津西至南门外大街有块很大的荒地，叫城南洼，由于靠近日本租界，日本人擅自将其划为"日租界新界"，1903 年，清政府与日本驻天津总领事谈判后正式明确了日租界的范围，日本被迫把城南洼退给了中国。但他们很不甘心，称这片地方为"预备租界"。由此这块地方成为划分不清、界定不明的特殊地带，每当这里发生案件时，官府怕惹麻烦不敢管，各国租界知道这块地没有划入租界，也不管，于是市井中流传着"民不管，官不管，洋不管"的说法，"三不管"的大名渐渐传开。这一带成为天津三教九流各路牛鬼蛇神的汇集地，也是民间艺人聚集卖艺的场所，每天都有各种身怀绝技的艺人在此"撂地"卖艺。"撂地"按规格分为三等，上等的搭有遮凉布棚，中等的设有一些板凳，下等的在地上画个白圈算是临时表演场地，江湖圈里把这种做法叫作"画锅"，调侃这种做法是靠"画出来的锅"吃饭。畸形繁荣的"三不管"是天津旧时代的一个缩影地。

不管怎么说，工业时代的西风已强悍登临，一座崭新而昌盛的大都市终于矗立在了渤海之滨,它是洋人插向帝都的一把匕首,它正在以中国文化所罕见的气象展示那新奇的勃勃生机,大悲院、杨柳青年画、小站稻米、狗不理包子……它文化的内部充斥着传统的市井气,而那铺天盖地的洋楼则和相距不远的紫禁城遥相辉映,令人百感交集,扼手浩叹。

帝都的天鹅绒大幕

1880 年 4 月 1 日的美国《纽约时报》称,大清国的皇亲国戚足足有四万多人。

就像一匹脱缰的骏马从燕赵文化的围栏中突围出来, 在舒卷的白云和坦荡的大地相连之处,一座登峰造极的伟大城市屹立在世界的东方,它不断延伸的历史贯穿着整部中华文明,它的形象雍容华贵,它的风骨浩大优雅,它的雄霸王气震慑四方。

巍峨舒展的长城、云蒸霞蔚的皇家园林、华光凝照的红墙黄瓦、肃穆庄严的皇权、红旗、伟人、丹桂飘香的四合院、轻捷的画眉、清幽的合欢树、京剧、古画、喇嘛塔……北京!一座集豪迈与柔情于一身的高深莫测的帝王之都,它贯穿了"南国水乡的富饶婉丽,北方草原的粗犷豪放,西部大漠的苍凉凄郁,东部沿海的热情繁华"。在古老博大的中国,有哪座城市能像北京这样把"戈壁滩如云、马队的剽悍与苏杭丝绸鱼米之乡的温情,最悠久的文明与最现代的气氛都凝聚于一身呢"?

与其他世界上著名的都城比起来,北京三千年的建城史太过于漫长了。早在传说中的黄帝时代,黄帝部落的都城就在距离北京不远的涿鹿,周武王灭商后曾把黄帝的后裔封在蓟国, 而把燕国封给大功臣召公,后来燕国灭掉蓟国把都城建在了蓟。从公元前226 年秦王嬴政灭燕,到唐朝末年的一千多年间,蓟城称渔阳、幽州、幽燕、蓟县、涿郡、范阳,是扼守中国北部的政治、军事、商业和交通的一方重镇。公元 938 年,辽太宗耶律德光将幽州升为南京(燕京),作为四大陪都之一。1153 年在北京历史上是具有划时代意义的一年,这年,金国海陵王完颜亮正式把燕京作为国都,从此北京成为比长安、洛阳、开封等名都更为重要的北中国轴心城市。过了一百多年,被欧洲历史学家称为"上帝之鞭"的蒙古骑兵统一中国后,于 1127 年将北京(大都)定为首都,由此开始,那以后的640 年北京连续成为元、明、清三个朝代的都城,"左环沧海,右拥太行,北枕居庸,南襟河济"的北国重镇上升为受万里山河朝拱的大都会。

与罗马、巴黎、伦敦、巴格达、开罗这些都城不同的是,中国的都城未免换得太过于频繁。人无千日好,花无百日红。历史上中国都城的每一次辉煌,都暗示了不久将来的毁灭。与其他都城飘忽不定的命运一样,北京也饱受了战争的创伤,它多次倒在改朝换代的血泊中。燕京,大金国女真人作为征服者的光荣之地,后被蒙古人的铁骑烧掠一空,成了一片凄凉的废墟。元大都,当时所有城市的光辉典范,马可·波罗笔下彩云簇拥、壮丽倾人的梦幻之都,繁华得无法想象的人间富贵红尘:"华区锦市,聚万国之珍异,歌棚舞榭,选九州之芬……结春柳以牵愁,凝秋月而流盼,临翠池而暑清,褰绣幌而雪暖。一笑千金,一食万钱。此诚他方巨贾,远土浊官,乐以销忧,流而忘返。"这座居住着百万之口的城市,几天之内就被小和尚出身的朱元璋给毁了。它的精华部分全部被夷为平地,据说这样做是为了除掉蒙古鞑子的污秽王气。

北京城作为都城的第三次大规模规划重建,在明成祖朱棣时期。这位从亲侄儿建文帝手中夺得天下的永乐大帝雄心勃勃地开始营造他的一国之都。他驱使百万军民大兴土木,从四川、云贵、湖广运来楠杉大木,从房山县运来汉白玉石材,在山东临清烧造城砖,在苏州烧造铺地金砖。从 1404 年到 1420 年,前后历时 16 年之久,新北京的主体工程才基本结束。新的北京城充分蕴涵着中国文化精神的礼仪秩序,它的布局讲究威仪、对称、气魄、均衡、尊严,皇权是这个城市建筑灵魂式的中心环节和崇拜对象。明清的北京城被高大壮丽的城墙所围绕,它庞大的身躯由三个部分组成:宫城(又叫紫禁城,位于中央,周长 3 公里,前一部分为朝廷,后一部分为皇帝寝宫),皇城(为朝廷官员的住宅区和各行政衙门所在地,周长 9 公里),京城(市民住宅区和商业区,周长 23 公里,三个城方正宏大,从里向外排开)。马背上的满族人入主北京后被它无与伦比的尊贵气象倾倒了,他们对此垂涎三尺,决定把首都定在这里,并且在入主中原的二百多年里未对北京作大的改动,只是在郊区的湖光山色中建造了众多穷奢极侈的皇家园林,其中最有名的是所谓的"三山五园":圆明园、畅春园、香山的静宜园、玉泉山的静明园和万寿山的清漪园。

北京带着一片金黄色的亮彩现出吉光片羽,然而它的龙身重叠在朦胧的层层面纱之中,使我们敏锐的眼眸如坠云中。我们有点听不清它太过深沉太过漫长的脉动了。

这座英气与暮气交织横溢的帝王之都,当它从燕赵文化圈里突兀出来之后,冷酷威严的斧钺和皇权实际上已经阉割了它当初悲歌慷慨的人文气概,这种由祖先那儿蔓延下来的血性阳刚之气藕断丝连地向着深层的文化腹地发展,它显得丰富多变,灵动而敏感,它是北京人最隐秘的心灵基因之一。

北方雄阔的风景使偌大的北京城看上去既站立于地上,又融于空中。类型迥异的文化积淀把这座文明古都弄成了一个大染缸,它的腐蚀力和凝固力极强,呈现出保守的典雅样态。对北京文化形成重大影响的群体文化圈主要有下面几种:

一是皇家宫廷文化圈。皇帝老儿神秘莫测地扮演着北京城众星捧月的"月"的角色，他是最大的亮点，使北京人沐浴浩荡的皇恩，并使他们脚下的土地成为天子脚下的一方沃野；皇帝在庄严的紫禁城和漂亮的皇家园林里随心所欲地耍威风，寻欢作乐，他在殿堂之上过着唯我独尊的生活，死后葬在京郊的风水宝地，以他为中心形成了一个特定的威严高耸的文化圈子。北京皇城的金色琉璃瓦、合欢树和槐树令日本作家芥川龙之介难忘，他对皇帝和紫禁城的评价是："那里，只有梦魇。只有比黑夜的天空还要庞大的梦魇。"

　　二是贵族文化圈。这个文化圈子明显是从皇帝那里派生出来的，皇亲国戚王公贵族们，他们吃的是龙肝凤脯，穿的是绫罗绸缎，戴的是珍珠玛瑙，住的是豪华大院，出门有华丽的轿子等候着，进门有丫环香软的小手服侍着，他们是金枝玉叶，是钟鸣鼎食之家，是一生下来就注定要享受荣华富贵的贵人，一般人是无法进入他们当中成为其中一员的。1880 年 4 月 1 日的美国《纽约时报》称，大清国的皇亲国戚足足有四万多人，这些人正如狄更斯所形容的那样，是个"庞大的恐龙家族"。贵族文化圈，尤其是清代的世家八旗子弟，他们悠闲散漫的生活作风对一般的北京人具有磁铁般的影响力；晚清时期北京城内著名的王府有恭王府、摄政王府、庆亲王府、郑亲王府、克勤郡王府、顺承郡王府、礼亲王府、宁郡王府、孚王府和敬公主府等等。

1907 年直隶省京杭大运河 沙畹 摄

　　三是官僚士大夫文化圈。这个圈子里的人，成分非常复杂，他们是地位显赫毕恭毕敬的朝廷京官，手里掌握着大权，从外地爬进这个圈子是人生的幸事，需要有超常的拍马手段才会得以升拔。所谓京官津商，北京城里多的是官僚，天津城里多的是商人，官僚们最拿手的好戏就是看皇帝的脸色行事和搞窝里斗，目的都是一个，为了谋得更大的权力。有了权力就意味着拥有了一切。他们要学会必恭必敬不卑不亢的愚忠本领，要学会在各种各样场境下演戏的神情，他们战战兢兢，每日如履薄冰，因为伴君如伴虎，皇帝老儿一不高兴了，就可能把你砍了丢出去喂狗，他们心头潜藏着别人难以察觉的极大快感，因为他们已经获得的位置是天下人梦寐以求的，然而他们还是不大放心，因为说不定哪天就有人在皇帝面前参他一本，或是耍个花招就把他的乌纱帽给撤脱了。官僚文化圈有点像柏杨说的酱缸，是一种"奴才政治，畸形道德，个体人生观和势利眼主义"的混合体，生活在"酱缸"之中，日子久了，自然产生一种苟且心理，一面是自大炫耀，另一面是自卑自私。"朝为田舍郎，暮登天子堂。"官僚们的内心世界很复杂，清朝末年著名的传教士丁韪良认为"北京已经成为堪与君士坦丁堡媲美的阴谋中心"，他评价那些大大小小的京官说："在文学上他们是大人，在科学上他们是儿童。"

　　四是精英文化圈。来自全国各地的文化精英在这里聚集一堂，使北京成为北中国的文化中心和藏龙卧虎之地。"槐花黄，举子忙。"北京是科举考试的最高裁判席，每次进京应试的举子近万人，这里有全国的最高学府国子监、全国规格最高的讲学场所辟雍、人才荟萃的翰林院、规模巨大藏书丰富的彝伦堂(皇家图书馆)，有京师大学堂，有专门买卖古玩字画的琉璃厂，有繁华的商业场所大栅栏，有幽静的西山八大处，有烟霞扑地的钟灵山水。精英文人对北京的向往是必然的，他们的才华在这里如鱼得水，许多良好的机会使他们一不小心就轻而易举地跻身于名流的行列。

　　五是市民文化圈。"宁为天子脚下一丸泥，不做他方一撮土。"北京人实实在在地品尝到了北京的好处，他们在中规中矩的四合院里活得倒也滋润，种两盆花养只鸟什么的，做点小本生意，赚不来大钱但乐得清闲自在；他们不大去招谁惹谁，富有同情心、人情味和幽默感；他们豁然大度彬彬有礼，缺乏商业精神；他们是都市中的"自然之子"，是京剧迷，容易陶醉在风景如画的良辰美景中；他们是深谙生活之道的良民，保守而服从权威；他们懂得如何机警地避开政治的风险，并从残酷的生活中提炼牛奶和鲜花。总的说来，他们大都是些可敬可爱的人，习惯于在葡萄架下喝冰茶雪藕，或在茶馆里自豪地用京片子国语大声地谈论国家大事，政治是他们日常生活中的一桩大事，"政治是北京生活中的盐，没有政治，北京人的生活就会变得寡淡无味"。对于那些有志于政治的人来说，北京正好是一个风云激荡的大舞台。老舍曾说北京市民中多的是大大小小的"官迷"。"京油子，卫嘴子"，北京能说会道的侃爷遍街都是，其中不乏"三寸不烂之舌"不让张仪、苏秦之人。曹禺《北京人》中的陈妈可以随便瞧不起府外的任何人,因为她是一个曾经很荣耀的大家族的奶妈;许多北京人有一种类似于陈妈的优越感,因而他们在与外地人彬彬有礼的交往中,心头包含着一层居高临下的东西。记得曾参向他的老师孔子描述自己的理想时说:"暮春者,春服既成,冠者五六人,童子六七人,浴乎沂,风乎舞雩,咏而归。"魏晋竹林七贤之一的嵇康则说:"浊酒一杯,弹琴一曲,志愿毕矣。"值得一提的是,在老北京市民中,曾出现过许多高人韵士。

综前所述,皇家宫廷文化圈、贵族文化圈、官僚士大夫文化圈、精英文化圈及市民文化圈构成了混杂的复合型文化。它们深刻地交织在一起,使这座帝王之都的神光乍离乍合,真实面容扑朔迷离,再加上不断有大量的新鲜血液注入到它的文化机体当中,于是变幻中的北京在我们的视角中就愈发地模糊起来。

然而,模糊的北京有时却也清晰。比如说那华光绝尘的"燕京八景"——琼岛春阴、太液秋风、玉泉趵突、西山晴雪、蓟门烟树、卢沟晓月、居庸叠翠、金台夕照;比如说那鲜丽古典的景泰蓝,色泽光润的雕漆,晶莹剔透的玉器,小巧玲珑的内画壶,精细柔软的京绣,工艺艳彩的绢花,挑补花;比如说全聚德烤鸭、东来顺涮羊肉、仿膳小吃、六必居酱菜;比如说那高大的前门、崇丽的天坛、莹洁的汉白玉华表;比如说那满街神灵活现的侃爷、倒爷、官老爷。

北京的传统人文地脉是大雅大俗的,雄健而灵柔,它风情万种的彩色体态在巨大的激情中保持着人性、社会性与大自然之间伟大的调和。

晚清时,明十三陵的翁仲

053

1888 年，醇亲王奕譞

儿时的光绪帝在皇家护卫的照看下骑马

被帝国斜阳刺中的北京

　　白鸽在夕阳下低低地徘徊，天光冷照着什刹海，太和殿在垂首，金黄色的铜瓦呈现出壮丽的退让之美。

　　许烺光在《美国人和中国人》中说，北京城对于中国人的吸引力就像好莱坞对于满怀明星梦的美国人一样。

　　埃德加·斯诺说："北平是命运将尽的一种奇观，一种中世纪的残余，在这奇妙的城墙中，藏有若干世纪的宝物和掠夺品，在这中间住有一百多万人。在这城市中，有前朝的文武官吏，有学者和地主，有僧侣和匠商，有谈吐高雅的洋车夫；这城市的设计和建造都是高贵的，一个艺术的宝藏。这地方有良家子弟和堕落分子，有狂欢宴席上的外交阴谋，有失去品格的媚力，有过分横暴的恶行；这城市有活泼的温泉，有葱郁的秋景，有在霜雪的树和结冰的湖上闪耀的冬季阳光；这城市有永久的退让和轻易的欢笑，有闲暇和家庭之爱，有贫乏和悲惨，有对于垢污的漠视；然而这地方也有出乎意外的壮举，革新的学生们为全民族制造斗争的标语，由戈壁沙漠吹来的大风，使得华丽的庙宇和金黄的殿顶蒙有最古老的生命的尘土。"

　　林语堂说："我们是老大的民族，看尽了一切过去与一切现代生活的变迁。"这个"老大民族"的心脏正是在北京。看尽了一切，于是就看淡了一切，于是就老于世故，眼中只有自己，于是就圆熟、忍耐，无可无不可，老猾俏皮，和平主义，知足，幽默，保守。

　　1909 年 6 月 19 日，谢阁兰从汉口坐 30 个小时的火车到了北京，不久，他在给音乐家德彪西的信中写道："北京才是中国，整个中华大地都凝聚在这里。然而不是所有眼睛都看得到这一点。"

　　移民浪潮沿着时间的光河呼啸而来，老北京人和新北京人是两个内涵完全不同的文化板块。

马背上的万里江山

刀,忧郁地飘着满洲人寒冷的花香,指向了南方。

硝烟弥漫着南北朝时的刘家王朝。年轻的宋文帝刘义隆由于猜忌自己的大将檀道济而决定除掉他。以能征善战闻名天下的檀道济被砍头前对宋文帝叹息道:"你毁坏了自己的万里长城啊。"不久,刘宋王朝就在屡屡失败中衰亡。

与之相似的一幕出现在了明朝。努尔哈赤和他的继承者皇太极尽管属于人中龙凤,具有罕见的统治才干和带兵打仗的能力,但是他们雄鹰般的利爪并不见得能够捕获所有的猎物。他们在萨尔浒战役中大获全胜,从而奠定了在整个东北地区的胜利,但继续向南推进却麻烦不少,因为他们的军队多次被精熟兵法的熊廷弼、袁崇焕打败,努尔哈赤本人正是在与袁崇焕的战斗中受伤最后致死的。更何况对于满洲人来说,巍峨的长城是一道非常令人头疼的拦路蛇。

看来满洲人是没戏唱了,夺取大明大好河山对他们来说是一个可望而不可即的春梦,然而意想不到的事情终于再一次发生了。在现实通向未来的大道上,历史的天平彻底倾向了满洲人一边。首先是李自成和张献忠的起义军把摇摇欲坠的大明朝推向了危险的悬崖,使其无暇北顾;再就是满洲人前进中最大的绊脚石熊廷弼和袁崇焕由于受到皇帝的猜忌先后被杀头。另外,大顺王李自成攻占北京后,镇守北京北门锁钥山海关的总兵官吴三桂本来已经打算投降,但是没想到李自成的心腹大将刘宗敏却抄了他的家,抢去了他心爱的江南美人陈圆圆;吴三桂得到消息后,"冲冠一怒为红颜",立即大开城门,转而投向了满洲人的怀抱。满洲人在此之前已经受困多时,苦于找不到跨越长城的方法,如今山海关兵不血刃、唾手而得,真是喜从天降。满族人庞大的骑兵部队即刻向南疾进,兵锋直指北京城,他们一仗就击败了沉浸在胜利的蜜汁中尚未缓过劲来的起义军。

马上民族的锋芒势不可挡,满洲铁骑犹如钢铁洪流一泻万里。顺治元年(1644),年仅7岁的大清皇帝爱新觉罗·福临在魁伟剽悍的叔父多尔衮和母亲孝庄太后的辅佐下,成为雄沉的紫禁城新的主人。这时候,长江以南的南明小朝廷仍在为一些鸡毛蒜皮的小事发生内讧,他们写点八股式的老泡菜文章还行,打仗哪里是满洲人的对手,交起手来落花流水,几下就完蛋了。过了一些年,一个以北京为中心的一千多万平方公里的大清帝国在中国的版图上形成了,它的统治范围西到巴尔喀什湖、帕米尔高原,东达大海,北到戈诺阿尔泰、萨颜岭,南抵台湾、南海诸岛。

明月照积雪,海风吹大地。出没于白山黑水的满洲人像蒙古人一样雄健,这支马背上的民族洋溢着刚劲的不可扼制的原始血性。他们性情洒脱耿直,勇敢尚武。他们就像北方的骏马一样孤傲坚毅。他们习惯于无拘无束地在阳光下喝酒、吃肉、骑射、捕鱼打猎、播种庄稼、繁衍后代、为朋友慷慨赴死……他们是骑马的武士、笑傲山林的自然之子。

现在,满洲人的血变得像铁一样冷,在狂热的民族主义驱使下,他们开始像当年的蒙古人一样征战四方,企图把南方华丽得不可思议的江山据为己有。他们强大的马队集结在山海关下,军旗猎猎作响,每个人的眼神都透出豺狼般的冷利,他们悄悄掏出了刀。刀,忧郁地飘着满洲人寒冷的花香,指向了南方。

在南方,北京,这座古老的帝王之都是一座菊花之城,菊花的品种甲于天下。然而,距离菊花开放的季节尚早,刚刚进入初夏5月,满族人便杀了进来,他们赶跑了李自成的起义军,并被北京城伟大的景象惊呆了。满洲人沉浸在征服者的极度兴奋之中。然而,这一次他们吸取了李自成的教训,仅仅休整了几天之后,便继续以一泻千里之势横扫南方。他们彻底得手了。

满洲人的骁勇仿佛无可阻挡。他们仅仅靠汉人给他们讲《三国演义》学来的一点计谋,就轻而易举地夺取了天下。他们像绿林里的罗宾逊一样窜进了汉族传承几千年之久的文化大乐园,这个大乐园里多的是金珠宝玉、山珍海味、奇花异草、美女佳景。等天下没什么事了,满洲人就可以安下心来享受这无边的荣华富贵了。

在满洲人入关后将近一百年的时间里,为了避免自己像历史上的鲜卑、氐、羯、羌等等民族那样被汉文化浩瀚若大海般的文化所同化,清朝皇帝严厉禁止自己的民族成员同汉族人实行文化交往,普通满洲人不准学习汉文汉语,不准随便同汉人应酬,他们必须居住在条件优越的满城里训练骑射的技艺。然而,这毕竟不是个长久之计,没过上多少年,在优越环境中成长起来的新一代满洲人就再也不愿意像他们的父辈那样生活了。他们骑射的技艺不是越来越精湛而是越来越糟糕,他们不再下河捕鱼下地干活,而是像菩萨一样由汉人供养起来,他们的皮肤变得白柔红润,双腿显得笔直,而不像父辈那样因长期骑马长就弯弓似的罗圈腿,他们穿着黄袍马褂、戴着绣边的黑色瓜皮小软帽在春风沉醉的夜晚无所事事。新一代的满洲人名副其实地成了特权阶级,他们吃香的,喝辣的,性情娇惯,在父辈打下来的江山中逐渐由剽悍善战的"大地之子"沦为坐享其成的花花公子。这真是一种悲哀的结局,然而这些终日游手好闲的新贵族受人侍候之余总要找点事情做吧。于是从祖先那里一脉相传的自由自在的精神禀性被他们挥霍出来,周围无尽的良辰美景和汉文化酥香的风韵撩拨得他们心尖痒痒的,终于忍不住出来瞧一瞧、试试身手,慢慢地,就沉迷于其中而乐不可支了。

满洲人用武力征服了汉族,迫使汉人穿长袍留辫子,然而他们在文化上终究无法同汉人相抗衡,在抵挡了一阵子之后,他们便心安理得地端起了汉文化的衣钵,并制造出了"满汉全席"。满洲人出了中国历史上最会玩的皇帝乾隆,他的各种韵事被添油加醋地到处传播,成为百姓们茶余饭后津津乐道的话题;满洲人还出了历史上最不会玩的皇帝同治,这位弱如柔柳的君王是老佛爷慈禧的亲儿子,大概在宫里待得闷,放着一大堆漂亮的老婆不要,常常微服出宫去街上嫖娼,结果得了梅毒抑或天花,年纪轻轻才19岁就死了。

英国的阿克顿爵士曾说,权力意味着腐败,绝对的权力绝对腐败。满洲人有如铁刀,权力有如锈,由于满洲人疏于磨炼,于是一种腐化的过程就在冥冥之中悄然而作。每一年的深秋季节,大批王公贵族要挽弓佩剑,他们全副武装地簇拥着皇帝到长城以外的木兰皇家猎场去狩猎,以温习武艺舒展筋骨。木兰围场很大,辽阔的山林空气新鲜,到处是飞禽走兽。满洲贵族们在马背上斗志激昂,气喘吁吁地欢呼着,一边不停地掏出情人绣的香帕拭去汗水。到了夜晚,在高朗的秋月下,他们围着篝火又喝又跳。整个盛大的木兰围猎活动与其说是传承尚武传统,不如说是满洲人的一次耗资巨大的集体游乐。

到了1840年,满洲人玩得不开心了,因为有一个远方的夷人之国吃豹子胆了,他们居然敢来侵犯天下至尊的"天朝大国",这还了得?于是朝廷派出镇压农民起义屡立奇功的"中兴名将"杨芳率军前去教训这些金发碧眼的洋鬼子。结果呢?英国人的坚船利炮稀里哗啦几下就把杨芳镇住了,这位"中兴名将"无法理解如此猛烈的火力是怎么回事,他想来想去,认定洋鬼子是在施展一种罕见的妖术,于是下令部下扛来一桶桶大粪泼向英国人以破除妖术。当突如其来的恶臭扑向英国人,他们被迫捂住了鼻子,他们实在没有搞懂手持长矛大刀的中国人在耍什么花招。

英国人打开了大清帝国的门户,这下贪玩的满人有点担心的意思了。

一抹晚清夕照

老慈禧最喜欢看谭鑫培演的戏,有一次在宫中看他演《翠屏山》,一高兴就封了他一个四品官。

1909年6月19日,法国诗人谢阁兰从汉口坐30个小时的火车到了北京,不久,他在给音乐家德彪西的信中写道:"北京才是中国,整个中华大地都凝聚在这里。然而不是所有眼睛都看得到这一点。"

对于清代之前北京灿烂的剪影,我们仅能雾里看花似地触及它的文化深境。它真实的龙体在云中漫步,只透出些模糊的光芒来,令人如观水月。

我们眼中鲜活的北京城是晚清以后的北京城,是老舍笔下的北国之都,是饱含着悠闲风情与热烈血腥的煌煌帝都,它气宇轩昂,惊恐不安,带着含蓄而激烈的诗情向我们走来。

　　明清时期北京城的常住人口大体上一直保持在七十万左右，到了晚清基本上也就这样。那时，一共有二十多万满洲人住在皇城外围的内城里。正如巴尔扎克所认为的那样，是那些无所事事的人造就了风雅生活；晚清时期，满洲人骁勇的野性荡然无存了，漫长的富裕闲雅把他身上最后的一点草原血性磨掉后，他们便驯服地在繁缛礼节和声色犬马中消遣人生。从某种角度来看，晚清旗人文化将儒文化所倡导的艺术式生活发挥到了极致。

　　旗人们喝茶、哼京调、嚼蟹、放风筝、捏胡桃、放鹰、遛狗、喂鸽子、拈香、游庙、爬山、练书法、画画、讲狐狸精、吹笛、看戏、煨人参、养鸟、下棋、猜拳、浇花、踢毽子、斗鸡、斗草、斗促织、搓麻将、服春药、抽鸦片、逛妓院、侃大山、抽水烟、参加宴会、议论时事、嗑西瓜籽、生儿子、睡大觉。他们大多已不会讲满洲话了，他们操着一口流利圆润的京腔，提着漂亮的鸟笼，"您哪，您哪"地在北京城里悠闲自得地游来荡去。

　　老舍说，在清朝最后的几十年，"上自王侯，下至旗兵，旗人会唱二簧、单弦、大鼓与时调。他们会养鱼，养鸟，养狗，种花和斗蟋蟀。他们之中，甚至也有的写一笔顶好的字，或画点山水，或作些诗词——至不济还会诌几套相当幽默悦耳的鼓儿词。他们没有力气保卫疆土和稳定政权，可是他们会使鸡鸟鱼虫都与文化发生最密切的关系……""就是从我们现在还能在北平看到的一些小玩艺儿中，像鸽铃、风筝、鼻烟壶儿、蟋蟀罐子、鸟儿笼子、兔儿爷，若是细心地去看，就还能看出一点点旗人怎样在最细小的地方花费了最多的心血"。

晚清京剧名角谭鑫培

　　贵族们成了纸迷金醉的及时行乐者,如画的江山像摆置在案板上的肥肉任人宰割,洋人的军舰在长江里游弋,巨额的白花花的银子不停地往外流,北方一百多万平方公里的土地遭到瓜分,两百多个不平等条约被强迫签订,国家被强暴,人民被屠杀。欧洲人甚至组成联军乘坐铁甲大舰数度侵入北京,把无数的奇珍异宝抢劫一空,然后一把大火将"万园之园"圆明园烧为灰烬。这种时候,八旗子弟也曾提心吊胆了好一阵子,对于洋人,他们无论如何是惹不起的,他们早已不是当年纵横天下的八旗兵了,还是保住自己那条命要紧,忍一忍就什么都过去了,小不忍则乱大谋,等身边的危险一过去,贵族们就又高兴起来,纷纷开始喝小酒,提着鸟笼到一片金黄之彩的皇城下闲逛。他们重又舒舒服服地坐在松柏下藤椅上品花,花上两毛钱就耗过一个漫长的下午;在那个地方儿,在茶馆儿里,吃热腾腾的葱爆羊肉,喝白干儿酒。他们重又三三两两地聚在浓翠的垂柳下乘凉,或是在什刹海的明波上泛舟,或是到西山八大处去消夏,或是到玉泉山打一壶天下第一的泉水回来品茶,或是钻进漂亮的菜馆里去吃芸豆糕、千层酥、佛手卷、酥合子。画眉那婉转清亮的叫声拨弄得人浑身酥软,贵族们优哉游哉地呷口香片茶,有时候高兴了,便学着小尼姑哼几句《思凡》里的段子:

　　小尼姑年方二八,正青春被师父削去了头发,每日里在佛殿上烧香换水。见几个子弟游戏在山门下,他把眼儿瞧着咱,咱把眼儿瞧着他。

　　春暖花开的日子正好放风筝,夏日炎炎只好在茶馆里听蝈蝈叫、斗蟋蟀儿,秋天可以赏菊,冬天便看飘雪,在家里吃涮羊肉。狗日的洋鬼子在大清国头顶上屙屎撒尿,这可真令人愤怒,但这又有什么办法呢,咱斗不过别人,好在大清国有的是金山银山,洋人搬走了一些,咱还剩下一大半呢,何况还有英明的皇上替咱撑腰。这样仔细一想,贵族们心头的阴云也就散了。老舍曾说:"人是兽,钱是兽的胆子。"大清国有的是银子,尽可放开胆子去寻欢作乐。

　　旗人日常生活中最重要的一项,就是泡茶馆。老北京的茶馆,大体上可分三类:一是清茶馆,只供应清茶,偶尔加杂耍、鸟鸣;二是书茶馆,除了喝茶之外,另外还加有各种评书、京韵大鼓、梅花大鼓,茶客们买上杯清茶,再弄点五香瓜子焖蚕豆什么的,那份逍遥真是赛过神仙,茶馆里有手持一把折扇的堂倌,上面写着鼓词曲目,茶客花几吊钱就是了;三是棋茶馆,茶客们在里面可边喝清茶边下棋。茶馆的样式颇有点古朴老式,里面放着大八仙桌,大长板凳。在老舍的笔下,老北京的茶馆"屋子非常高大,摆着长桌与方桌,长凳与小凳,都是茶座儿。隔窗可见后院,高搭着凉棚,棚下也有茶座儿。屋里和凉棚下都有挂鸟笼的地方",玩鸟的旗人"每天在遛够了画眉、黄鸟之后,要来这里歇歇腿,喝喝茶,并使鸟儿表演歌唱"。

　　旗人喝茶一般喜欢喝花茶。乾隆皇帝是个喝茶的行家里手,他评定泡茶用的泉水,第一为北京的玉泉水,第二为塞上伊逊泉,第三为济南珍珠泉,第四为镇江金山泉。有的旗人喝茶更奢华,专门派人清晨时去取留在荷叶上的露水来泡茶。写《红楼梦》的半个旗人曹雪芹也是个懂茶的人,他写妙玉用雪水煮茶招待宝玉、黛玉、宝钗一段精彩至极,当林黛玉问及"这也是旧年的雨水"时,妙玉说:"你这么个人,竟是大俗人,连水也尝不出来。这是五年前我在玄墓蟠香寺住着,收的梅花上的雪,共得了那一鬼脸青的花瓮一瓮,总舍不得吃,埋在地下,今年夏天才开了……隔年蠲的雨水那有这样轻淳,如何吃得?"

"提鸟笼,曳长裙",这是对晚清旗人的写照。旗人养的鸟分南北两种,北鸟以能鸣叫为主,种类一般分为画眉、百灵、红子、黄鸟、胡伯劳、蓝靛颏、红靛颏等;南鸟以观赏为主,种类一般有鹦鹉、八哥、鹩哥、白玉鸟、珍珠鸟、沉香鸟、芙蓉鸟等等。南鸟色彩华丽的形体,北鸟婉润滑亮的鸣唱,无不令人神销魂遣。旗人们"采篱皇城下,悠然卧鸟声",俨然一个个置身于富贵红尘中的陶渊明老先生。鸟儿成了旗人悠闲生活的寄托品,成了生活与大自然之间的媒介之物。晚清时在中国颇为活跃的英国人立德夫人在其《穿蓝色长袍的国度》中回忆说:"我们在北京的时候,那里有一个盛大的集市。最诱人的是有头羽的鹰。这是我所见过的最美丽的鹰。每只要价3两银子,大概有12只……驯过的鹰每只要价40或50两银子,旁边还有一只新捕获的小鹰。鸟市有许多脖子上带一圈金黄色羽毛的小鸟。听说一只受过训练的鸟要卖500个大洋。一只北京人驯养的会抓球的鸟,据说把球抛到空中,它能一次抓回3个来。我还见到了最漂亮的黑鸟,这是只蒙古乌鸦,又大又肥,漂亮的蓝黑羽毛闪闪发光。"

莺歌燕舞,粉墨登场。另外一件让旗人趋之若鹜的事是到戏园子里听京剧。戏园子在京城里称作"票房",京剧称"二黄",去那里听京剧为"玩票",玩票的就是"票友"了。自从1790年由程长庚率领的"四大徽班"(三庆班、四喜班、和春班、春台班)为恭祝乾隆皇帝八十八大寿进京演出以后,吸收了徽剧、汉剧、昆曲诸多特点的京剧就诞生了。从此旗人们找到了一种消遣人生的高雅方式。他们聚集在翠峰庵、肃王府、达王府、言乐会等地,前呼后拥,在红缎绣花的楠木戏桌前眉飞色舞,笑逐颜开,扮演了一副副现代狂热的追星族们老祖宗的嘴脸。京剧散发出一种鲜香的妖艳之气,这种妖艳之气在帝都弥散、浸淫,并成为冥冥之中的亡国之音。

京剧对好死不如赖活着的光绪皇帝来说是一种安慰,他打得一手好板鼓,他的生父醇亲王奕譞更是在府中养了个叫"恩庆科班"的戏班子,整日沉缅于其中。大权在握的皇亲恭亲王奕訢、肃亲王善耆,以及博迪苏公爵、博绪、载洵、载涛等王公贵族,都是有名的戏迷。将大清江山游戏于掌中半个世纪的老佛爷慈禧,是旗人中最大的戏迷,她动不动就花大钱举行宴会,叫最有名的戏班子登场亮相,大太监李莲英投老佛爷所好,苦练嗓子,唱起来不让当时名伶,加上又极懂得拍马屁的要领,于是很快就成了宫里的红人。老慈禧最喜欢看谭鑫培演的戏,有一次在宫中看他演《翠屏山》,一高兴就封了他一个四品官。

061

　　皇族子弟德珺如迷恋京剧的程度就更不可思议了。他因为沉浸在京剧当中而不愿意去当官，整天在家中喝酒吃肉，与票友一起唱戏，倾家荡产也再所不惜。一开始，他学演旦角，但是由于脸长得长，扮相出来后人们戏称他是"驴头旦"。后来他又改演小生，这回扮相总算过得去，嗓子也不错，于是更加肆无忌惮一发不可收拾，后来干脆不顾家族成员的反对正式当演员去了，终于成了名噪一时的红小生。朝廷想到德珺如的祖父是封疆大吏，就又一次给他一个官做，但他仍不屑一顾，一辈子全身心地迷醉在梨园里。到了晚年，他还把自己的女儿许配给了"伶界大王"谭鑫培的儿子。

　　北京城成了八旗子弟的巨型游乐场。他们在汉文化的京味沃土上培育出来更加精巧、雅致、适度、温和、悠闲、气派的"旗人文化"。如果不是大清朝寿终正寝的话，他们将在自己的乐土上玩下去，直到永远。可惜的是历史粉碎了他们的贵族生涯，使他们的地位一落千丈，于是，他们的文化随他们流入到老北京的每一个角落，进而影响到每一个老北京人。吴沃尧曾经用极其尖酸的笔法形容过民国初年一个在茶馆里吃烧饼的没落旗人："高升看见旗人从腰里掏出两个京钱来，买了一个烧饼，在那里撕着吃，细细咀嚼，像很有味的光景。吃了一个多时辰，方才吃完，忽然又伸出一个指头儿，蘸些唾沫，在桌上写字，蘸一口，写一笔。高升心中很是奇怪，暗想这个人何以用功到如此，在茶馆里还背临古帖呢。细细留心看他写什么字，原来他哪里是写字。只因他吃烧饼时，虽然吃得十分小心，那饼上的芝麻，总不免有些掉在桌上，他要拿舌头舐了，拿手扫来吃了，恐怕人家看见不好看，失了架子，所以在那假装写字蘸来吃。""他又忽然在那里出神，像想什么似的，把桌子一拍，又蘸了唾沫去写字。原来有两颗芝麻掉桌缝子里了，他故意装作突然醒悟的样子，把桌子拍一拍，那芝麻自然震了出来，他再做成写字的样子，自然就到了嘴。"

京味的沐浴

老北京文化的风情令人感叹"北方伟大生活的幽闲"。

　　1924年是在政治的诡秘中徐徐降临北京城的。安徽农家子弟出身的直系将领冯玉祥命令荷枪实弹的部队开进了紫禁城。冯的亲信部下、河北籍将军鹿钟麟举着他的小手枪把末代皇帝溥仪赶出了皇宫。溥仪的英国老师庄士敦哀叹道："在黄昏中蹒跚了13年的紫禁城终于在这一天进入了黑沉沉的夜晚。"

　　北京城经久不衰的封建帝王之气黯然隐去了，在浩浩荡荡的世界潮流中，"大树将倾，非一绳所能维系"，帝王时代从此寿终正寝。

一个新的时代并未就此来临。20世纪头三十年,作为政治旋涡的中心地带,走马灯一般更替频繁的政权,使北京成了军事野心家和政治阴谋家粉墨登场一展身手的舞台。兵荒马乱的年代里,像灾难深重的中国一样,北京在深沉的苦难中低垂着头颅。

然而,狰狞森严的帝王幽灵已不再是威慑人们心灵的暴力力量,在大清帝国的丧钟声中,积压了三千年之久的民间人文精神不可扼制地开始了自由上升,饱含着迷惘的痛楚、谨慎的伦理、沉稳的中庸之道,以及貌似温和的喜悦激情,它急迫地冲破了权力的镣铐与政治的枷锁。

20世纪二三十年代的北京,也就是后来经常勾起人们感怀的"老北京",它把巨大的温馨留给了处在战争夹缝中的北国故都,它宽和纯雅的气息流散至今。

1928年到1949年,北京改名为"北平",这是这座古都第二次叫"北平";1368年(洪武元年),朱元璋手下大将徐达率部北伐,攻占元朝都城大都后将其改名为北平府;1427年,篡夺帝位的明成祖朱棣将都城从南京迁到北平,改"北平"为"北京"。

1912年进入民国后,旗人文化的众多特质被大量沦为贫民的八旗子弟传递到了市井民间,然后又被融入北京固有的燕赵传统中去,并对传统进行重塑。

基督教徒说:"那个能够忍受到底的人是唯一的幸福者。"

歌德说:"在这个世界上,有两种和平的力量,即义和礼。"

辜鸿铭说:"中国人最美妙的特质是,作为一个有悠久历史的民族,它既有着成年人的智慧,又能够过着孩子般的生活——一种心灵的生活。"

"老北京文化"不是一曲燕赵悲怆的英雄主义之歌,而是一坛渗入了阳刚阴柔两股劲道的醇厚老酒。

暮气沉沉的北京在及时行乐,它的人民纯朴而灵敏。

晚清时,买冰糖葫芦的孩子

063

　　林语堂在《大城北京》中论及老北京的精神时说："在一九四九年之前,北京曾经是世界上最大的开放性的都城之一。它吸引着来自世界各地的人们。巴黎和北京被人们公认为世界上两个最美的城市,有些人认为北京比巴黎更美。几乎所有到过北京的人都会渐渐喜欢上它。它的难以抵御的魅力恰如其难以理解和描绘的奥秘。事实上所有古老的大城市都像宽厚的老祖母,她们向孩子们展示出一个让人难以探寻净尽的大世界,孩子们只是高高兴兴地在她们慈爱的怀抱里成长。像北京这样的城市,人们每年都在对其增进了解。在巴黎生活了十年后,只有那些勇敢之士才会宣称他们已经了解了那个城市。北京也是如此。这是一个有待探寻的城市,绝不是周游几日就能了解的。要真正了解它,非长住其中不可。民国初期,我见到许多来北京作十天半月游的欧洲人,结果却是决定在此定居。"

　　林语堂捧着深切的温馨缅怀道:"在北京,人们既得享碧蓝的天空,又不得不吸食尘土。俗话说:无风三寸土,雨天满地泥。北京的确如此,但这主要说的是人行道。宽阔的哈德门车马大街,宽达十五英尺左右,延伸在中央大道两旁。柏油马路没有尘土,在风天骑车经过总理衙门前铺好的柏油路时,你会明显地感觉到这种好处。此外,北京洛克菲勒医院的研究结果证明,由于北京有强烈的日光照射,尘土中细菌的百分比大大降低。太阳光将尘土晒至黯淡的深黄色和灰色。一色黄灰的房屋墙壁,被寺庙赤褐色的古墙点缀着, 地衣覆盖的屋脊呈黑色或灰蓝色, 如此单一凝重的色彩只有在阳光灿烂的大晴天,才会闪烁夺目,显出特色……北京城距西山十至十五里,西山越向远处越显高峻,上有数百年的古庙,从汩汩山泉中流出的清澈溪水,一直流淌进城中的太液池。香山狩猎公园占地面积广大,以其白塔、古树和岩石而著名,据说是乾隆皇帝的猎鹿场所,其中还建有许多富家别墅,如今要到此处,从西直门乘车只需半小时。玉泉山上用白色大理石建成的白塔,在阳光下灿烂夺目。颐和园中的万寿山也总是遥遥相对,依稀可见。北京城内的小溪都源于西边山中,其中有一些虽污浊滞缓,但玉泉山的泉水却清得令人难以置信,凉得让人无法入浴,在阳光的照耀下如玉石般翠绿晶莹,因其山得名为玉泉山。站在西山卧佛寺或碧云寺,人们得以鸟瞰这一辉煌的城市。五里长厚重的灰墙清晰可见,若在晴天,远处门楼看起来如同灰色大斑点。惊人的大片绿色呈现于闪烁的金黄色殿脊间,那就是远处的太液池。"

　　老北京文化的风情令人感叹"北方伟大生活的幽闲"。这座曾经做了八百年帝王老巢的古都,在帝制垮台后终于成老百姓的天下了,人们自由地为生计奔忙着,舒展的筋骨随意在天安门前挥舞,他们可在前门下大口地喝老白干或菊花酒,可上紫禁城里指指点点,可在皇城里大声地骂某个旗人,可像达官贵人一样大模大样地提着鸟笼进有名的茶馆去喝茶神侃,可到天坛的白玉台阶上跷着二郎腿坐下。总之,他们已经是自由自在的人了,只要不干违法乱纪的事,他们想做什么都不会有人管。他们有全中国最美丽的建筑为伴,而那丽人粉颈云发一般的湖山更是令人全身清爽,他们尽可呼吸鲜空气,无拘无束地生活。当过满洲人奴仆的老北京人确实不由得心头一热,产生了只有自己才能品尝到的春风得意的快感来。于是哪怕是最普通的人,也像《四世同堂》中的祁瑞宣一样,"很自傲生在北京,能说全国尊为国语的话,能拿皇帝建造的御苑坛社作为公园,能看到珍本的书籍,能听到最有见解的言论"。

等到天子彻底完蛋了,北京人才更加亲切地嗅出了天子脚下这座城市迷人的芬芳。他们更加热爱这座城市,更加觉得自己是这座城市不可分割的一小部分。

阳光像汹涌的海水沐浴着老北京人。到处是悠然的遛鸟者,"白天皮泡水(喝茶),晚上水泡皮(洗澡)"的茶客,自鸣得意的票友,拉黄包车的,卖冰糖葫芦的,卖糖人的,算命的,剃头的,提大茶壶的,摆场子的,变戏法的,开馆子的,拣破烂的,要饭的……北京前所未有地成了平民的乐园,它那昔日富丽堂皇的幽深姿体飘散出仪态万千的人情味。尤其是天桥和什刹海,里面五花八门的"京味"风情,令人流连忘返,其乐融融。

1921 年 6 月 21 日,日本著名作家芥川龙之介从北京寄出一张明信片,上面写道:"来北京甫三日,即迷恋于北京矣! 虽不能住在东京而旅居北京,乃余之凤愿。昨夜,观戏于三庆园,归途于前门,上弦月高悬,其景色难以形容。与壮大的北京相比,上海如同一蛮市。"芥川龙之介在北京足足游玩了一个月,他是以日本《每日新闻》特派员的身份前来北京的,目的是撰写中国见闻记。《每日新闻》北京分社设在八宝楼胡同,芥川当时就住在这里,穿上中国长袍的芥川龙之介,整日漫游琉璃厂、古玩街、茶馆、剧院,甚至还经常乘坐人力车或骑毛驴到万寿山、白云观、天坛、北海等名胜。他"登上城墙放眼望去,几座城门像是被那苍茫的白杨和洋槐的街道一点一点向内编织出来似的。在处处开放着的花也是好的,特别是看到在城外旷野上奔走的骆驼的样子时,会从内心涌出一股难以名状的感觉。"

1924 年,朱丽叶·布莱顿的《北京》一书正式出版,该书堪称关于老北京文化的英文典范。唯美的布莱顿描写道:"分析北海这块被遗忘的角落的迷人之处,是不可能的。这魅力是一种应仔细品尝的味道,是一股沁人心脾的香气,是我们眼中的色彩,倒映湖中的柳影;是灰色的石堤,如同沿湖岸扭动的巨龙。这魅力存在于南飞的鸦群中,存在于微风吹动的青草中。那青草爱抚着破旧的汉白玉石栏,一如鲜嫩的灌木在金色屋顶中伸展。它们还存于蓝蓝的水中琉璃瓦的倒影,存在于被淡紫色的通道略微染成紫色的乌鸦翅膀上,存在于黄昏站立在岩石上的挺拔的苍鹭,苍鹭们像立在基座上的铜像一样凝然不动。也存在于对于惆怅地凝视着我们的历史的思忆中,存在于轻柔地融入尘埃的今日之忧伤中。"

　　布莱顿尤其喜欢天坛，这座壮丽而古雅的东方经典建筑触动了她的灵魂："凝眸注视那大片微微颤动的青草和那些庄严矗立的绿树，纵横交叉的大理石甬道把它们划成大大小小的格子。这些草木似乎吸收了周围空间、光线和空气中所包含的一切宁静与柔和。如果时间允许，你可以在清晨来这里，晨曦薄雾中的天坛顶盖仿佛悬浮在半空，梦境般隐约迷离。正午时分，阳光灿烂辉煌，此刻的天坛又别是一番景色。傍晚，夕阳西下，如一轮火球坠入西山之后，晚霞映红了大理石，色彩格外鲜艳。清晨、正午、傍晚的天坛，风景各异。但若想真正体会天坛的精妙绝伦，你得选择月明星稀或瑞雪缤纷的夜晚，月光是如此神秘，雪花是那样轻盈，只有此时此刻，你才能切身体验到天坛，这人类建筑的瑰宝，与那树木的美妙，与那苍穹的空旷是如此和谐，它是如此准确地反映了生命与永恒的真谛！只有此时此刻，你才能领悟这树丛与建筑象征了智慧、爱心、敬畏与无所不在的宁静。神用这些启示教育混沌无知的人类。"

　　老北京人这回不但找回了做人的尊严，也找回了一座本该属于他们的城市。如今在这座城市里，"有令人惊叹的戏院，精美的饭馆子，市场，灯笼街，古玩街，有每月按期的庙会，有穷人每月交会钱到年节取月饼蜜汁的饽饽铺，有露天变戏法的，有什刹海的马戏团，有天桥的戏棚子；有街巷小贩各式各样唱歌般动听的叫卖声，还有走街串巷到家收旧货的清脆的打鼓声，卖冰镇酸奶的一双小铜盘子的敲击声，每一种声音都节奏美妙；可以看见婚丧大典半里长的行列，以及官轿及官人跟班的随从；可以看见旗装的满洲女人和来自塞外沙漠的骆驼队，以及雍和宫的喇嘛，佛教的和尚；变戏法儿的，叫街的，唱数来宝的，唱莲花落的乞丐，各安其业，各自遵守数百年不成文的传统规矩，叫花子与花子头儿的仁厚，窃贼与盗贼的保护者，清朝的官员，退隐的学者，修道之士与娼妓，讲义气的青楼妓，放荡的寡妇，和尚的外家，太监的儿子，玩儿票唱戏的京戏票友，还有诚实恳切风趣诙谐的老百姓"。

　　老北京人住在简朴却异常温情的四合院里，心中涌起无限暖意。这是一个使人互相之间产生敬意和同情心的人情空间，人们讲究礼仪，相互帮助，聚在一起乘凉、喝茶、说诙谐的俏皮话，不管他们中的谁出了点什么事，周围的人绝不会袖手旁观。有的四合院住了一大家子人，而有的则几家人合住在一起，人们在缓慢的生活节奏中失去了对贫苦生活的恐惧感，因为一种强烈的亲情氛围和充沛的阳光使他们获得了真实的快乐人生，更何况北京人有的是事情可做，只要人勤快点，吃饱肚子简直不成问题。人这一辈子图个啥呢？不就图过得舒适点快意点吗！老北京人感觉自己是个幸福的自由之身了，他们用自己的爱及乐观的心灵找到了通往幸福彼岸的小渡船。

　　"这位爷，您走好喽。"

　　"我老觉乎着咱们的大缎子比川绸更体面！"

"嗬,我的老爷子! 您吉祥! 我等了您好大半天了! "

"黄爷,帮帮忙,您老给美言几句。"

"姑娘,您外边溜达溜达吧,赶明儿再说。"

"就凭咱哥俩穿一条裤子的交情,有话还不好说吗? "

"得,怎么着? 我碰不了洋人,还碰不了您吗? "

一口甜亮调侃的"京腔",嘣响溜脆,把人们鲜活闲散的生活衬托得活灵活现,那一份人情,那一份积淀久远的情貌,那浓浓的丰厚的北国民俗风韵,都从"京片子"里淌了出来。老北京人在四合院里动情了,望着溢彩流光的北京城,眼帘竟潮湿起来。平日里碰见外地人的时候,他们态度热情和蔼,对自己充满了信心,略微显得有点骄傲。

如今,老北京人同早先的八旗贵族"同是天涯沦落人了",再也用不着对他们低三下四地说话。他们学着晚清旗人神气悠闲的样儿,没事了也提个鸟笼出去溜达溜达,得闲了就看书写字泡茶馆,进小酒馆喝小酒吃炸酱面,或者耍嘴皮聊天谈论国家大事。要么就种种花什么的。

老北京人是很喜欢种点花的。鲜花装点了他们的四合院,也装点了他们的心灵。那些沦为贫民的旗人就更不用说了,他们在自食其力的生活中,对过去充满了幽香袭人的怀念,无可奈何的现实充满了忧伤迷茫,失望之余,他们仍无法淡忘对花草鸟虫二黄字画的喜好,没有了这些东西,他们活着还有什么乐趣可言呢?

古人说:梅令人高,兰令人幽,菊令人野,莲令人淡,海棠令人艳,牡丹令人豪,竹令人韵,松令人逸,桐令人倩,柳令人感,槐令人清。老北京人实实在在地体验到了万物给予他们的美的享受,他们所遇到的人生最大难题就是如何来面对"美"。

老北京人最爱种的花莫过于菊,菊花那娇艳的丽容,那柔和却品性高洁的风姿令他们倾倒。北京菊花的品种富甲天下,到了每年的晚秋季节,天空澄碧,整座古都几乎被盛装华彩的菊花覆盖了。

清朝初年的大才子李渔老先生说:"世间第一乐地,无过家庭。"这种家庭在老北京人那里不是江南小家碧玉式挂着水晶帘的小阁楼, 而是大雅大俗以宽阔的文化底蕴为铺垫的四合院。

"官人如织,仕女如云,连佩接轸,绮罗从风,香汗飘雨,繁华巨丽"的帝王之都一去不复返了,在民国二三十年代,"天棚、鱼缸、石榴树"的四合院是"老北京文化"鲜明的象征。

　　大年三十全家围着八仙桌包饺子,正月初一吃团圆饭,初二串门拜亲戚,去庙里叩头烧香,请求神的庇护,初五迎接嫁出去的闺女回家,初六吃春饼炒和菜,初七"人日"户户燃灯祭祖,十五元宵节吃元宵红灯满街挂,三月三东便门蟠桃宫开庙会,四月清明雨纷纷,梨花时节上坟给祖宗添把土,另外还得到妙峰山碧霞元君庙里进香,五月端午把肉卖,七月十五中元节要超度亡灵,八月十五看秋月吃月饼品蜜枣,九九重阳节登高到香山看红叶,隆冬腊八节正好喝腊八粥煮狗肉。

　　老北京人不是靠吃满汉全席才活得滋润。他们每天能吃饱饭喝碗豆浆就挺不错了。条件是不太行,可日子却很火热,平淡之中,老北京人悠悠地走过旧中国风起云涌的岁月。战争尚未结束,时局变幻莫测,他们对此早已不抱希望。他们关心国事,然而他们真正珍视的是生活本身。

　　大体上说来,老北京人大都是些遵纪守法的良民,他们淳朴厚道、讲究礼节,极其珍视人与人之间的感情;他们的性情老滑超脱,宽忍保守,具有看透世态后知足常乐的特点;他们的生活很简朴,节奏很缓慢,在此之中他们无拘无束地追慕着闲散和谐的生活情调;他们的所做所为与北方淳朴厚实的山水并无二致。

　　琉璃厂、天桥、王府井、隆福寺、什刹海、皇宫、四合院……历史毫不吝啬地把灿烂的事物连成一片后把这一切献给了良民文化,以至于今天我们记忆深处的老北京是如此引人入胜、美不胜收,简直不能置信它居然诞生于战火纷飞的乱世。

　　老北京文化诱人的美与它的守旧是共生的。它是一曲中国传统城市夕阳黄昏的田园诗歌,具有一种迟暮的退让之美。我们可以漫不经心或深明大义地将它毁灭,因为它根本不具反抗之力。战争、革命和工业化的巨浪已汹涌地奔来,它即将成为社会史和文化史上亦真亦幻的难以考察的"海市蜃楼"。

　　另外,必须指出的是,1919年五四运动后,老北京实际成了整个中国的文化中心(1912-1928年还是政治中心),这里有北京大学、清华大学、燕京大学、辅仁大学、北京师范大学、中国政法大学等全国第一流的高等学府,聚集了一大批当时中国杰出的精英文化名流,只要随便开出一个名单,这些民国历史上举足轻重的文化人,就足以令人为之瞠目:

　　蔡元培、陈独秀、李大钊、胡适、鲁迅、刘半农、赵元任、陈寅恪、梁启超、陈垣、汤用彤、钱穆、吴雨生、刘师培、金岳霖、冯友兰、钱玄同、朱自清、冯文炳、闻一多、雷海宗、朱希祖、郭绍虞、俞平伯、周作人、马叙伦、顾颉刚、余嘉锡、沈尹默、沈兼士、马幼渔、黄侃、梁思成、辜鸿铭、林公铎、吴梅、孟森、罗常培、沈从文……

　　那时,北京与南方的大都会上海形成了南北对峙的"双子星座"。郁达夫说:"南京的辽阔,广州的乌烟瘴气,汉口武昌的杂乱无章,其至于青岛的清幽,福州的秀丽,以及杭州的沉着,总归都比不上北京的富丽堂皇,幽闲清妙。"

迎向衣钵消逝年代

现在这个梦可以说已经消失了,它古老而近乎完美的幽香身影只有在书本上图画中才能偶尔浮现出来。

　　1948年深冬,著名建筑学家梁思成在北平清华园家中度日如年,在担忧中饱受煎熬,一旦解放军大举攻城,500年来未经历战火的古都将在兵燹中毁于一旦。突然有一天,一位陌生人叩响了他的家门。来人开门见山地说:"梁教授,我受人民解放军攻城部队的委托,前来向你请教。城里有哪些著名建筑和文物古迹需要保护,请你把它们的位置准确标在这张地图上,以便我军在攻城时避开。"梁思成激动不已,把古都重点文物的准确位置标在北平军事地图上,对来人进行了详细讲解。那位解放军干部带走的北平军事地图很快变成了《北平重点文物图》,递交到围城部队手里,远在西柏坡的毛泽东将这幅图挂在了指挥平津战役的指挥所墙壁上,并对此专门作了重要指示,要求力保古都重要文物古迹的安全。

　　对此,梁思成感慨不已。很快,北平和平解放了。几年后,当北京城面临大面积拆迁时,他怎么也无法相信,当初好不容易保卫下来的北京旧城,却要在"保卫者"手中遭到唾弃。梁思成后来回忆说:"建国之初,北京市一位领导曾站在天安门城楼上对我说:'毛主席说,将来从这里望过去,要看到处处都是烟囱!'这使我大吃一惊。这难道不正是我们所要避免的吗?'处处都是烟囱'的城市将是什么样子?那情景实在太可怕了。于是我就老老实实地把我的想法和盘托出。我认为华盛顿作为一个首都,是资本主义国家中可借鉴的好典型。北京是个古代文化建筑集中的城市,不宜发展工业,最好像华盛顿那样,是个政治文化中心,风景幽美,高度绿化,而北京的大批名胜古迹可以发展成为一个旅游城市。我发表这些看法并没有想到反对谁,而且我对毛主席说的'因为我们是为人民服务的,所以,我们如果有缺点,就不怕别人批评指出。不管是什么人,谁向我们指出都行。只要你说得对,我们就改正。你说的办法对人民有好处,我们就照你的办'这句话深信不疑。"

　　从 1951 年开始,北京古城墙被大量拆除,到"文革"初期,古城墙和几乎所有的城门被破坏殆尽。屡屡痛哭的梁思成绝望地哀号道:"拆掉一座城楼像挖去我一块肉,剥去了外城的城砖像剥去我一层皮。"

　　毛泽东说,我们不但要善于砸碎一个旧世界,我们还要善于建设一个新世界。几十年过去了,一个旧的世界已经砸碎了,一个新的世界正在建设之中。此刻,当我们站在历史的门槛上深情地膜望春风华光中大气轩昂的北京城时,一幢幢新时代壮丽的摩天大楼尽收眼底,规模宏大的工业企业、国际机场、地下铁路,数不尽的立交桥、高速公路、豪华商场、大宾馆、大饭店……那栉比鳞次的摩天大楼、"火柴盒"式的住宅楼房和现代化设施像野草般疯长,摆在世界面前的是一座人口繁多的国际现代大都市,它日新月异的发展举世瞩目,它以一种狂飙突进的方式和旧传统一刀两断。

　　随着时间的推移,越来越多的人却无法掩饰心中巨大的惋惜之情。一种隐隐作痛的感觉在把北京置于更为广阔的范围中加以考察时出现了。只要和伦敦、罗马、巴黎、雅典、开罗等世界文化名都稍稍作一个比较,我们对北京的现状就不会无动于衷。那种感觉不仅仅是怅然若失了,而是实实在在地为之扼腕痛惜。

　　20 世纪为数众多的文化人都有一个心灵之梦,这个梦就是从 1421 年到 1949 年未经战火的老北京城——那座老舍、林语堂笔下古典浓郁、独一无二的老北京城。现在这个梦可以说已经消失了,它古老而近乎完美的幽香身影只有在书本上图画中才能偶尔浮现出来,让我们品尝一二。新中国成立后,中国文化的一大损失就是老北京城的消失。这种消失不是骤然而至的灭顶之灾,而是历时四十多年。正如有的专家指出:"北京市的建设速度和北京古都风貌消失的程度是成正比的。"

　　巍峨高耸的城墙是形成老北京图案最为重要的因素和最大的装饰物,修造的时代为明朝,清代时对有些地方做过维修。城墙环绕着老北京城,皇城周长 18 里,外城周长28 里,内城周长 46 里。这些古城精品在 20 世纪五六十年代全部被拆毁,仅剩下了几百米长的两截。取代它的是 1980 年全线贯通的二环路和地下环城铁路。

　　老北京城墙曾建有 47 座 40 米左右高的城门城楼、箭楼和角楼,顶上盖着绿剪边的灰筒瓦,下部为涂朱砖墙。至 20 世纪末年仅残存三座:正阳门城楼(前门)、德胜门箭楼和东南角楼。在民国老北京时期,"宽阔的护城河边,芦苇挺立,垂柳婆娑,城墙和弧形瓮城高耸,在晴空的映衬下现出黑色的轮廓。在雄厚的城墙和城台之上,门楼那如翼的宽大飞檐,似乎使它秀插云霄,凌空欲飞。这些建筑在水中的侧影也像实物一样清晰。每当清风从柔软的柳枝中梳过时,城楼的飞檐就开始颤动,垛墙就开始晃动并破碎"(杨东平语)。

　　城墙拆毁后的砖块等废物堆积起来体积有十一二个景山那么大,总数约为 1100

万吨。

老北京"京味文化"温床——四合院,再也闻不到里面的花香了,伸出房檐的粉艳石榴花更是无迹可寻。四合院作为旧时代的产物消失殆尽,残留下来的老四合院"像断了线的珠子撒在各个角落",它们陈旧不堪的躯壳藏在胡同深处,显得老态龙钟,早已没有了昔时温情雅适的风韵,它的历史使命已然结束。

天桥、隆福寺、什刹海等昔日平民的乐园已面目全非,早先的盛况早已不复存在。

1953年,梁思成之妻林徽因身患肺病,几近说不出话,但是为了保住永定门城楼不被拆除,她据理力争,直斥主张拆迁的北京市副市长吴晗:"你们拆去的是有着八百年历史的真古董……将来,你们迟早会后悔,那个时候你们要盖的就是假古董!"林徽因说中了,2004年8月18日,"假古董"——重建的永定门城楼宣告竣工。

当年鲁迅常去喝茶的青云阁,以及"天汇""裕顺""高明远""广泰"等有名的老式茶馆都成了历史名词。泡茶馆欣赏京韵大鼓、梅花大鼓对于今天的北京人是件陌生事。再说新北京人同老北京人的人生价值观也截然不同,他们哪里有闲情逸致去把大量的时间花在这些没多少意思的陈年老调上,得闲了他们看电影电视、搓麻将、下舞池、观赏足球比赛还来不及呢。除了一些实在找不着事情干的老人之外,谁还大摇大摆地晃荡着提个鸟笼在大街上逛?

那波光粼粼的护城河,那数以百计的会馆,那显赫一时的"八大铁帽子"王府,那遍地蕴涵着深厚文化雅韵的古城风貌,全都像以前走街串巷的饽饽叫卖声一样逝去了。连周作人刚到北京时常买的王回回狗皮膏药和俗称"老鼠屎"的同仁堂万应锭也无处找得到了。

民国初年400家左右的古旧书店,如今像样点的唯有中国书店等寥寥几家。原来全国最大的金玉古玩书画市场东西琉璃厂,满街罗列着令人眼花缭乱的奇珍异宝,什么夏商周三代彝器,如钟、鼎、尊、罍等,历代青花、五彩、斗彩、粉彩名贵瓷器,宋元字画,宋版古书,金银首饰,珍珠翡翠,宝石玛瑙,等等,应有尽有。现在的琉璃厂虽然已恢复,但它在各方面都无法与原来的老街相提并论。

年轻点的北京人已经不知道隆福寺、白云观、蟠桃宫、东岳庙、厂甸、白塔寺、护国寺等热闹非凡的庙会是怎么回事儿。他们不会知道民国时期每逢农历四月初一到十五,北京、天津、河北一带前往妙峰山碧霞元君庙进香的香客沿北京的西北大道形成了长长的一条巨龙,沿途设有多处茶棚,以供香客们歇脚,庙会期间,各种赶会人从市区出发向百余里外的山顶进发,各种各样的秧歌、杠箱、大鼓在腰鼓队激动人心的打击声中红红火火,沿途围观者人山人海,难以计数。

民国初年，北京城楼　唐纳德·曼尼 摄

我们不得不承认老北京城已消失殆尽了。当我们怀着无限仰慕的心情描绘威尼斯、罗马等由美丽的文物图案拼凑起来的历史文化名城时，我们的瑰宝却被自己毁于手中。现在的北京城规模更加宏大，建筑更加高耸，更加气派，然而它的发展越快、现代气息越浓厚，我们也就越发地怀念起老北京城来。

20世纪80年代中期，当时对中国文化的争论异常激烈。一群激进的青年作家和学者聚集在上海举行一次讨论会，这些蜚声全国的大腕们纷纷慷慨陈词，声泪俱下地批判传统文化，表现出对西方现代化制度的极大向往。他们像当年鲁迅描写阿Q一样把传统文化说得体无完肤。他们之中只有一个人是例外，这个人就是《棋王》的作者阿城，他一声不吭地坐在一个角落里抽烟，直到最后才平淡地说了一句："一个民族是不会忘记自己的文化的。"此言一出举座皆惊。是啊，没有了自己的文化，这个民族还成其为独立的民族么？中国人必须朝着更具有世界意义的现代化迈进，同时它还必须坚持自己的文化，而且自己的文化是一切时代转变的基础。中国人，就是拥有中国文化的民族，不是日本人，也不是英国人。

1998年5月7日，法国《世界报》出现了不无讽刺挖苦意味的标题，"让上千个曼哈顿在古老的中国遍地开花吧"。文章说，标志着北京特色的四合院胡同正在被消灭殆尽，土地投机者正在毁掉甚至在"文化大革命"中都可以保存下来的一切。

如今的北京，除了抗污染较强的鸦雀和燕子之外，苍鹭、大白鹭、夜鹭等大鸟已绝迹，就连杜鹃、黄鹂、松雀鹰、伯劳等小鸟也少了。街上偶尔还可见到王麻子剪刀，偶尔还可以见到从西域传来的"铜搬壶"，大肚子，细长壶嘴，样儿十分古雅漂亮。

明代十三陵神道　山本赞七郎 摄

晚清，天津教案后的天主教堂 约翰·汤姆森 摄

宦官之葵花宝典

　　燕赵有出产宦官的传统。中国出宦官最多的地方大约就是燕赵。明清时期的南皮、青县、静海、沧州、任丘、河间、涿县、大城、昌平、平谷等地都盛产宦官。

　　乔治·桑说："灵与肉的极度分裂,一方面出现了修道院,另一方面出现了妓院。"

　　燕赵人的两个极端就是英雄和宦官。

　　俗话说:种瓜得瓜,种豆得豆,种玫瑰者得花,种蒺藜者得刺。

　　宦官是中国权力社会的一大特色,是帝王专制制度培植出来的畸形毒花。

　　唐宪宗李纯说:"宦官不过是家奴。"结果他本人不但被宦官毒死,而且此后的唐朝八个皇帝竟有七个是宦官所立。宦官专权是历史上风光无限的大唐王朝毁灭的重要原因。

　　明朝开国皇帝朱元璋做皇帝后的第17年, 在皇宫中立了一块三尺多高的铁碑,上面刻着"内臣(宦官)不得干预朝事,预者斩",同时还规定宦官不得担任文武官,不准读书识字。结果明朝是历史上宦官为害最严重的朝代。

　　柏杨称中国经历了三次最黑暗的宦官时代。第一次是在东汉后期的2世纪。第二次是在唐朝后期的9世纪。第三次从1435年王振当权开始一直到明王朝覆灭为止。

　　公元前3世纪, 楚国上蔡的一个穷书生来到了咸阳。他看上去显得憔悴而踌躇满志,一双炯目充满了心机和城府。他是前来投奔秦国权倾朝野的相国吕不韦的。他果然一举获得了成功,过了不久,便由吕不韦的门客爬到了廷尉的位置,成为秦始皇的心腹谋臣。

　　这个人就是大名鼎鼎的李斯。

　　使李斯大获成功的葵花宝典在于,他读书之余常要到茅厕去方便,在那臭哄哄的粪坑里,总有几只羸弱瘦小的老鼠窜来窜去,而当李斯去粮仓里取粮食,却发现这里的老鼠又肥又大。同样的老鼠,差别为什么这样大呢?李斯沉思了很久,终于想通了其中的奥妙:粮仓里的老鼠有靠山,所以长得肥,茅厕里的老鼠没有靠山,所以长得瘦弱。联想到人，又何尝不是这样呢?没有"靠山"，就算你再有才干也不过不是茅厕里的老鼠而已。这"老鼠哲学"使李斯对人生有恍然大悟之感，于是便前去投靠当时天下最大的一座靠山——吕不韦。

历史上大大小小的宦官就是在李斯式的"老鼠哲学"指引下抱着某种不可告人的目的走进皇宫的，在他们净身的那一瞬间，在明晃晃的血污中，他们对人生的一切都彻底地绝望了，然而这绝望却又淡淡地飘出皇宫的诱惑来，他们余下生命最后的一点光就是对这种诱惑的向往，但只有少数人实现了最初的梦想，吃到了权力这一妖艳的蟠桃。

每当黄昏，蝙蝠在幽暗而浓彩的皇宫里翻跹飞舞。这些幽灵般灰黑的家伙与宦官是多么相似——残疾、孤独、卑怯、小见识，对一切都充满了仇恨，宦官和蝙蝠都是黑暗的使者，他们是命中注定将把黑暗带给人间的一种生命。

在荆轲惊世绝俗的雪白背影中，宦官为燕赵文化蒙上了一层不祥之气。

燕赵有出产宦官的传统。中国出宦官最多的地方大约就是燕赵。明清时期的南皮、青县、静海、沧州、任丘、河间、涿县、大城、昌平、平谷等地都盛产宦官。

燕赵宦官在中国历史上出尽了风头。他们像蝎子一样潜伏在皇帝的金銮宝座下，说话阴阳怪气，奴性十足，靠出卖自己的人格和尊严为生。然而，一旦时来运转，他们便有可能成为皇宫中翻手为云覆手为雨的弄潮儿，把泱泱大国像面团儿一样把玩于掌心之中。

公元前210年，秦始皇由于吃了"长生不老药"暴死于东巡的途中，弥留之际匆匆立下遗诏叫长子扶苏继位，那时扶苏正在遥远的河套，因为他对焚书坑儒的做法提出了严厉的批评，结果惹得老爸把他赶到大将蒙恬的军中去接受锻炼。如果这个遗诏得到执行的话，以扶苏的才干和贤德，秦朝将得到较好的治理，将会朝着良性循环的方向迈进。然而，历史没有这样，一个叫赵高的燕赵宦官把秦朝送上了西天，使这个本来极有希望的划时代王朝变成了历史上的匆匆过客。

赵高扣下了遗诏，他貌似谦卑的面容下那颗狼子野心在躁动。一个极其大胆险恶的阴谋在脑海里划了一道弧线后跃了出来，他决定伪造遗诏另立智商低劣的花花公子胡亥为帝，从而把大秦朝的江山收入自己的锦囊。

在自私而极富才华的政客李斯的配合下，始皇帝驾崩的消息被赵高隐藏起来，密不发丧。东巡的队伍顶着夏天的烈日浩浩荡荡返回咸阳。大秦皇帝的尸骨在图案精美的车厢里发出阵阵恶臭，最后不得不放入咸鱼以避人耳目。

几天之后，一份由赵高伙同李斯伪造的圣旨到了蒙恬的军营大帐，使者宣读了始皇帝要扶苏和蒙恬自杀的命令。两人接旨后放声大哭，不明不白就这么自杀了。

赵高，一个被阉割的替皇帝管理车马的奴仆，高高举起了屠刀对准了所有的人。他疯狂地施暴，疯狂地虐待天下人，如果有人不屈从于自己的淫威，他将把他们赶尽杀绝，在他眼中，所有人都是造成自己残疾的凶手，所有人都是敌人，他将复仇。

赵高最恨的是皇宫里的皇亲国戚，平日里他们总在自己的头上屙屎撒尿，令自己活得三分像人七分像鬼，所以他怂恿胡亥这个弱智皇帝杀掉所有的兄弟姐妹(二十余人)

以确保皇位。接着后宫里成百上千娇贵美丽的先皇妃嫔,凡是没有生育的统统被活埋于郦山陵墓,去给地下的始皇帝作伴,免得他太寂寞了。

接着,赵高以企图谋权的罪名干掉了李斯父子。李斯已经够狠了,但赵高的手段仍然令他匪夷所思。临死之前,他只是轻轻地对儿子李由叹息说:"再也不能牵着黄狗从老家上蔡的东门出去了。"

独享大权的赵高向天下发布了空前残酷的政策,他要让人们像牲口一样不停地接受种种折磨,一直到累死为止。他要让整个大秦朝流血,匍匐在自己面前,然后往伤口上大把地撒毒药。几年间,成千上万的达官贵人和黎民百姓被处死。

赵高露出了狰狞的微笑,这微笑充满了歇斯底里的快感。

公元前206年,赵高杀掉了糊涂虫胡亥,另立公子婴为王。他的权力达到了顶点,不久以后他将建立一个新的赵氏王朝。

然而没过几天,他的末日便来临了。拔剑者必亡于剑,噤若寒蝉的大秦朝末代君主公子婴在宫中刺杀了他。整个赵氏家族都被清洗。

一个大动乱的年代到来了,它是由一个叫赵高的宦官一手缔造的。

但关于燕赵宦官的话题并未就此结束,事情才刚刚开了个头。在以后更为漫长的岁月里,燕赵涌现出了无数的宦官,他们作为帝王时代一个特殊的产物,形成了与燕赵文化固有的英雄主义阳刚之气截然相反的一股诡秘力量。

从东汉末年十大宦官(十常侍)之一的孙程,到明朝的王振、曹吉祥、魏忠贤,到清末三大太监李莲英、安德海、小德张,燕赵宦官不断地兴风作浪,他们发出的熠熠阴光使人一再想起天上幽秘的灾星。

灾星,使王朝的内部发生霉变,使一棵棵大树枯死。

魏忠贤年轻时候是河北肃宁的地痞流氓,为了逃避巨额的赌债被迫忍痛净身进皇宫做了一名小太监,由于善于巴结大宦官魏朝而终于谋得了一个肥差,去照顾皇太子年幼的儿子。没料到皇太子朱常洛即位后仅仅30天就暴病呜呼了。于是魏忠贤一手拉扯大的15岁的朱由校便继位做了皇帝,这就是著名的糊涂皇帝明熹宗。

077

魏忠贤很快就权倾朝野,虽斗大的字不识一个,却成了代替皇帝批改公文的司礼太监。不久之后,他就建立起一个包括兵部尚书、礼部尚书、锦衣卫在内的庞大的党羽组织,这个天下最有权势的组织被人们形象地称为"阉党"。阉党的心腹是"五虎""五彪""五狗""十孩儿""四十孙",这些人全是身居要职的朝廷大员,如今却心甘情愿地为魏忠贤卖命,原因是大树底下好乘凉,魏公公是天下第一位红人,不投奔他投奔谁呢?

那是空前恐怖的黑暗时刻,明王朝的良民已被逼得走投无路,天崩地裂的农民大暴动随时都有可能发生,北方边境则面临着旭日东升般的建州女真人的威胁。但这些关魏忠贤什么事呢?他老人家反正没有后代,他现在关心的仅仅是他的生祠受到人们崇拜的程度。

日薄西山的明朝显然对即将来临的暴风骤雨认识不够,抑或这个王朝在魏忠贤的淫威下已经对未来失去了起码的信心。

一场血雨腥风笼罩着明王朝。登峰造极的宦官专权像烈性毒药蔓延大地。正义泯灭,公道黯然,"阉党"的反对派、士大夫组成的"东林党"被镇压。稍稍敢讲两句真话的军事名将熊廷弼及名臣左光斗、杨涟、周顺昌、黄尊素、魏大中统统被冤杀。杨涟的尸体被家属领出时,全身已溃烂不堪,胸前挂着压死他时用的土囊,耳朵里还有一根横穿脑部的巨型铁钉。魏大中的尸首则一直到生蛆才被拖出来。

魏忠贤被捧为了半人半神的九千岁。从1626年起,由浙江地方官潘汝桢发起的疯狂的献媚运动很快在全国蔓延,几乎全部的官僚都加入了向一个宦官歌功颂德的行列。

各地纷纷建立起金碧辉煌的魏氏生祠,不断在生祠里举行各种庄严盛大的崇拜活动。各地政府动不动就在生祠里花几十万两白银。在魏忠贤用沉香木雕成的塑像前,各级军政要员要三跪九叩。

大字不识一个的魏忠贤,被誉为再世的孔圣人,甚至被歌颂为只有上古时代尧和舜才能与之相提并论的旷代伟人。

区区一个宦官,其气焰嚣张到如此地步,这真是中国历史莫大的悲哀。

鲁迅说:"中国只有两种时代:做不稳奴隶的时代和做稳了奴隶的时代;中国只有两种人:做稳了奴才与欲做奴才而不得的人。"宦官是中国奴才中的极端典型,是被阉割过的奴性十足的冷血动物。

其实与其他地方的宦官一样,燕赵宦官也多系贫苦农民出身,他们在肉体上和精神上所受到的巨大伤害是无法描述的。李莲英曾对他的小徒弟诉说早年在蚕室里被净身时的情形:"我现在一闭眼,还仿佛在小刀刘的地窖里,见到一个车轴汉子,满脸粉刺疙瘩,扁扁的酒糟鼻子,在我面前乱晃。也模糊地看到我的老母半夜里伛偻着身子跪在香火前。我们的苦痛是任何东西也代替不了的。"

在外人眼里,宦官是最下贱的奴才,入宫之后,更是受尽了帝王贵族的肆意践踏、各种各样的侮辱和虐待。他们像狗一样跪在主人的面前摇尾乞怜阿谀奉承,并承担繁重的劳动。他们没有尊严,没有爱,没有温暖,只有屈辱、恐惧、深深的凄凉和自卑。

在宫中的时间一长,宦官们无不丧心病狂,他们咬牙切齿冷眼看世界,仇恨使得他们渴望着扮演毁灭世界的红角。他们耐心地等待着,像毒瘤一样潜伏在皇宫的深处。一旦时机成熟,出现了素质低劣或碌碌无能的新皇帝,宦官们的春天便来临了,他们像乐师一样奏响进行曲,像猎人一样掏出了狠家伙,把皇帝的玉玺宝印弄到手上。

他们发号施令的时刻必将给予世界以致命的一击。他们对此深信不疑。

宦官,这些可怜而诡秘的罪人,他们是燕赵文化一块隐隐作痛的伤疤!

1901 年,抵达北京的骆驼队

079

齐鲁天下根

Qilu Area as the Root of the Country

齐鲁多鸿儒,燕赵饶壮士。

上古之少昊,开鲁之周公,兴齐之姜尚,贤达名士,灿若星河,依周礼而成定制,启民心之醇酽浩气。在孔孟之道的长期熏染下,齐鲁传统民风厚重憨实,历史上多鸿儒、多良民、多豪杰、多烈女、多君子。

山东大汉之所以敢称大，能称大，除了体格高大威猛，还因为他们做事做人的大气、勇气、豪气。山东人大都有憨样，即使聪明，也不外露，为人厚重，不喜奉迎，不喜溜须，不喜妥协，宅心仁义，少恶意。山东之民性可用"朴、拙、古、硬"四字尽之。

　　1701 年 3 月,68 岁的刑部尚书王士祯请假回山东老家，准备去办理迁坟事宜。康熙皇帝御览过他的奏折后，对在场的大学士们说："山东人偏执，逞强好胜，只有王士祯不这样。他的诗写得很好，闲时除了看书，没有什么别的爱好。可以给他五个月假。"在这位皇帝老儿眼中，山东人都是好勇逞强之辈，只有王士祯一人例外！由此可见山东人威猛刚烈的名声在外已传得很广。

高士持梅　陈洪绶　绘

感动中国的《二十四孝》辑录了24个"孝动天地"的故事,其中有10个出自山东:孝感动天的虞舜,啮指痛心的曾参,单衣顺母的闵损,为亲负米的仲由,鹿乳奉亲的郯子,戏彩娱亲的老莱子,卖身葬父的董永,行佣供母的江革,卧冰求鲤的王祥,扼虎救亲的杨香。

《荀子·议兵》云:"齐人隆技击。"用现在的话来说,就是"山东人爱打架"。春秋时有一个齐潜王,他选用官吏的办法主要有一条,看这人敢不敢在大庭广众之下与人搏斗。孙子兵法勃兴于此,猛将如云,谋士如雨,秦汉游侠,说唐好汉,梁山英雄,这里的沃野盛产充满阳刚气的山东大汉。

有人用"儒、岱、仙、海"四字来象征山东,孔庙、泰山、蓬莱仙岛、崂山道士、海市蜃楼、大明湖、千佛山、趵突泉、灵岩寺、田横岛、长岛、刘公岛、成山头、天鹅湖、十笏园,人境与苍天相融,人境与大地相汇。

山东的著名特产有烟台苹果、莱阳鸭梨、沾化冬枣、即墨葡萄、泰安煎饼、周村烧饼、德州扒鸡、肥城蜜桃、淄博陶瓷、章丘大葱、平阴玫瑰、曹州牡丹、泰山灵芝、苍山大蒜、潍坊萝卜、黄河刀鱼、渤海湾梭子蟹等等。1919年到过山东的美国佬欧文·威廉斯对山东的梨、柿子、枣子赞不绝口。

山东人最喜欢吃大葱,清代著名大清官、山东高密人刘墉最爱的食物就是煎饼卷大葱。在山东待了7年的老舍先生不无幽默地描写道:"看山东的大葱得像看运动员,不能看脸,要看腿,济南的白葱起码三尺来长吧,粗呢,也比他的手腕多着一两圈……小曲儿里时常用葱尖比美人的手指,那可不是山东的老葱,而是春葱,要是美妇人的十指都和老葱一般儿,一旦妇女革命,打倒男人,一个嘴巴子还不把男人的半个脸打飞……最美是那个晶亮,含着水,细润,纯洁的白颜色。这个纯洁的白色好像只有看见过古代希腊女神的乳房者才能明白其中的奥妙,鲜,白,带着滋养生命的乳浆!这个白色叫你舍不得吃它,而拿在手中颠着,赞叹着,好像对于宇宙的伟大有所领悟。不由得把它一层层地剥开,每一层落下来,都好似油酥饼的折叠;这个油酥饼可不是'人'手烙成的。一层层上的长直纹儿,一丝不乱的,比画图用的白绢还美丽。"

欧文·威廉斯评价说:"古山东人世代都是在同黄河的搏斗中生存下来的,一次大的决堤改道,能使大地颗粒无收,灾民一无所有,所以,必须勤劳,只因勤劳,所以他们是世界上最忠诚的劳动力。"他还评价说:"山东就像一个巨大的容器,里面储存了无限的上等劳动力;山东又像一个驿站,从这里人们可以走向一个崭新的世界;山东人善于忍辱负重,艰辛劳动。山东人有的是力量,有的是希望!"

美国著名旅行家盖洛在其出版于1926年的《中国五岳》一书中赞叹说:"人们最喜欢称山东省的泰安地区为'得天独厚'。我认为,用这一颇有意义的称号来描述整个齐鲁大地可谓恰如其分。"

齐鲁地脉飘荡着的一股浩然之气,令人想到孔子之孙子思撰写的《中庸》里的一句话:"博厚,所以载物也。高明,所以覆物也。悠久,所以成物也。"显然,这股浩然之气近百年来历经了巨大变迁,几年前一个专家团队去寻找具有完整齐鲁气韵的传统古村落,结果一个没找到。

民国时，曲阜孔庙　喜仁龙 摄

1907 年, 山东的一棵白皮松 迈耶 摄

1907年，山东私家花园里的紫薇 迈耶 摄

1907年，山东私家花园里的奇石 迈耶 摄

晚清山东兖州牌坊　柏石曼　摄

鲁人与齐人

齐鲁之地自古山水雄浑，文化浩博，两地有着崇周礼、重教化、尚德义、重节操等共同的风尚，齐鲁人给人的总体印象是壮实英伟、淳朴厚道、耿直重情、富有同情心、充满了集温厚与阳刚为一体的豪洒之气。

作家杨念慈讲过一件事，说的是一个外地人路过山东，碰上大雪，便向一个老头打听哪里有客店。老头回说，俺山东家家都是客店！外地人于是不安地在老头家的厢房睡下了，不料隔了一会儿，老头大步跨进来，怒道："咋就睡了，看不起俺？俺家是穷，但一顿饭还管得起你，怎就死人样的不吭声！"很快，几道菜上来，却是有酒有肉。外地人大为惊叹！大雪一下好几天，老头天天都以此等规格招待，雪住了，外地人便诚惶诚恐地来向老头告辞，不料又遭老头一通抢白："你咋还没走？你想让俺养你一辈子啊！"外地人连连道歉，又想付钱。这一下，老头彻底火了："你真觉得俺是个开客店的啊？还想讨俺更难听的话啊？"齐鲁人的性情由此可见一斑。

古语道："泰山之阳则鲁，其阴则齐。"西周时实行"封邦建国"制度，今山东地区封国有 40 多个，其中齐国和鲁国是这一带最大最发达的两个诸侯国，以至后世将"齐鲁"作为山东的古称。齐国的都城在淄博，疆域从山东中部一直延伸到胶东半岛的大海之滨。鲁国的都城在曲阜，疆域主要在鲁西、鲁南一带。齐鲁之地自古山水雄浑，文化浩博，两地有着崇周礼、重教化、尚德义、重节操等共同的风尚，齐鲁人给人的总体印象是壮实英伟、淳朴厚道、耿直重情、富有同情心、充满了集温厚与阳刚为一体的豪洒之气。在今天，"山东大汉"被认为是北方人的代表，一提到北方人人们最先想到的就是他们。但是细下打量的话，齐鲁两地的文化渊源大为不同，两地的人文情态亦有较大差异，如刘禹锡就说："东近沂泗，多质实；南近腾鱼，多豪侠；西近济宁，多浮华；北近滋曲，多俭啬。"总的说来鲁人更为尊礼、崇德、守旧，齐人更为务实、开放、勇武。

西周初年分封天下后，姜尚问周公："您将怎样治理鲁国？"

周公道："尊尊而亲亲。"复又问姜尚："您将怎样来治理齐国？"

姜尚道："尊贤而尚功。"

"尊尊而亲亲"即以伦理治国之意，"尊贤而尚功"即尊重人才开拓进取之意。这个传说见于《淮南子·齐俗训》，它准确地说明了齐、鲁两国在建国方略上所走的不同道路。

从周公和其子伯禽开始，鲁国长期以伦理治国，全力推行周礼，上至国君，下至卿士、贫民，无不循礼而为。简要地说，周礼的内容包括礼义、礼仪、礼俗三个层面，有所谓"经礼三百，曲礼三千"之说，这些充满繁文缛节的礼仪大都由忠、孝、信、义、廉、耻等准则推衍而来，其根本轴心是周朝的等级制和宗法血缘制，其目的是使保守的农桑之国鲁国长期保持稳定，让划分成若干等级的人在规范的伦理中和谐共处。《礼记·礼运》说："坏国、丧家、亡人，必先去其礼。"将"礼"视为关乎江山社稷安危的大事，"礼"在，国便不亡。鲁闵公元年，齐国想要讨伐鲁，齐国国君问"鲁可取乎"，其大夫仲孙湫说："不可。犹秉周礼。周礼，所以本也。臣闻之：国将亡，本必先颠，而后枝叶从之。鲁不弃周礼，未可动也。"

公元前 249 年，鲁国最后一代国君鲁顷公被征服者楚考烈王废为平民，鲁国灭亡，但作为国之大本的伦理传统并未丧失，其精魄已深入到鲁人的骨血之中。秦朝末年，刘邦举兵围鲁时，"鲁中诸儒尚讲诵育习礼乐，弦歌之音不绝"。

由此，不难理解为什么鲁国会被尊为"礼仪之邦"，会出现以孔子及其门徒为代表的大批圣贤之徒。

鲁国出了"日三省乎己"的"宗圣人"曾参，出了贫居陋巷、箪食瓢饮而不改其乐的"复圣人"颜回，出了大孝子子路、闵子骞。闵子骞很小的时候，生母就去世了。父亲后来续弦再娶，又生了两个儿子。后母待子骞极为恶劣，冬日里，给两个亲生儿子穿的是又暖又厚的棉衣，给子骞穿的却是用芦花填成的冬衣。寒风刺骨，子骞心里明白是怎么回事，却无半句怨言。一天，子骞赶车与父亲外出，在路上冻得浑身发抖，连缰绳都抓不住，掉在了地上。性急的父亲用鞭子抽他，却将衣服里的芦花抽了出来。知道事情真相后，父亲勃然大怒，回家后要休掉偏心的后妈。子骞跪下泣泪说："母亲在，挨冻的只是我一人，如果把她赶走了，挨冻的就是我们兄弟三人了。"羞愧而深受感动的后母于是被留下来，她从此善待子骞，一家人其乐融融。

鲁人外行礼教，内体仁义，两方面都做得好的人就是君子。在鲁国，君子多得难以胜数，其代表人物如柳下惠和尾生。据《南村辍耕录·卷四》，柳下惠某晚留宿郭门，碰巧有一位大美女前来投宿，在天寒地冻的夜晚，由于怕这位美女被冻死，柳下惠便将其搂在怀里睡了一夜,到第二天早晨仍坐怀不乱。而据《庄子·盗跖》,鲁国有个叫尾生的年轻人,一天和意中人相约在桥下见面,约会的时间到了,大雨倾盆,桥下涨起水来,却不见那女子来。尾生坚守信约,在桥下苦苦等待,水势越来越大,他抱着桥柱,不忍离去,直至淹死。

另外,鲁人崇尚廉俭之风。如权势显赫的大夫季文子虽然手握大权,但一直过着简朴的生活。一天,一个叫仲孙它的贵公子按捺不住地对他说:"先生贵为上卿,两朝辅弼,却妾不衣帛,马不食粟,寒酸如此,怕是有损国家的声威吧!"季文子回答说:"我也喜欢豪华的生活,可是,我看见国中百姓,不少人还吃糠咽菜,破衣烂衫,因此不敢放纵自己。百姓食不饱腹,衣不遮体,我去打扮妻妾,拿粮食喂马,这哪是国家辅弼做的事!"最后,他义正词严地说:"我听说能为国争光的是伦理道德,没听说用妻妾舆马来为国增辉的!"事后,季文子又把这件事透露给仲孙它的父亲孟献子,孟献子气愤之余整整关了儿子七天禁闭。仲孙它闭门思过,终于痛改前非,从此励行节俭。

臣子如是,高高在上的国君亦然。鲁庄公结婚时,为示喜庆,将宫殿装饰一新,把圆柱涂成红色的,在柱头上雕饰些花纹。在列国诸侯看来,这点修缮实在是微不足道,可是鲁国的大臣们见了,都说国君此举背离了节俭的传统,大夫御孙更是直言不讳道:"先君节俭而君奢侈如此,道德沦落,痛哉!"

与雅好道义的鲁人相比,齐人要务实功利得多。大名鼎鼎的管仲年轻时和好朋友鲍叔牙去做生意,挣了钱,管仲说家里有老母要侍候,家境太差,要将赚的钱分成三份,他拿两份,让好朋友拿一份。如果在鲁地的话,管仲的这种行为将会被鲁人耻笑,可是作为齐人,管仲却不这样想,他认为做人就应当实实在在,把难处真实地讲出来,这样才是好朋友。

姜太公立国之时,利用齐国丰富的自然资源农桑并重,劝女工,极技巧,通渔盐,国势蒸蒸日上,以至"齐冠带衣履天下,海岱之间敛袂而往朝焉"。而管仲是另一个齐国历史上的关键人物,他大刀阔斧地实施改革,推行士、农、工、商四业并举的政策,积极扩大对外经济交流,使得"甲兵大足""天下之商贾归齐若流水",齐国的综合国力足以雄视天下。战国时,齐国的刀币已成为一种"国际"性货币,流通于齐、燕、赵等国,国都临淄规模宏大,居民达七万户,经营商业、贩运业的有六千户之多,繁华富庶甲于天下。西汉时,临淄的人口增至十万户,若每户以五口计之,则有五十万人之巨,时人誉之为"人众殷富,巨于长安"。

091

晚清时，山东曲阜孔子墓道上的牌楼　柏石曼 摄

092

古书上说:"齐人隆技击。"齐地民风灵敏粗放、犷直尚勇,多豪侠和猛士。齐人有在日常生活中比武取乐的传统。据说当初齐湣王选用官吏主要就看这个人敢不敢在大庭广众之下与人搏斗。"二桃杀三士"的典故亦发生在齐国,公孙接、田开疆、古冶子三位争功夺赏的猛士,为两个桃子而慷慨赴死。更邪乎的是《吕氏春秋》里记载的一则故事:有两个争强好胜的齐国勇士,一个住在东郭,一个住在西郭,有天碰到一起,西郭勇士问有肉下酒吗?"你身上的肉,我身上的肉,不是肉吗?"东郭勇士说。于是,两人找来些豆酱,拔出刀来,你割我一刀,我割你一刀,蘸着豆酱吃将起来,谁也不服输,直吃得两人都倒毙在地上。

齐人具有刚烈浩气的典型事例是"田横五百士"的史实。田横是齐王室的后裔,秦朝末年,天下大乱,勇武的田横脱颖而出,成为齐地的领袖人物,后来从亡兄的手中接过了齐王的大位。刘邦一统天下登基称帝后,田横率余部500退守到一个海岛,公元前202年,刘邦遣使者来招降田横,说如果归顺,大者封王,小者封侯,否则就派兵进剿。田横只得带上两名卫士去觐见刘邦,走到距洛阳30里的尸乡(今河南偃师西)时,他对两个卫士说:"当年,我与汉王都南面称孤,如今汉王做了皇帝,而我却要以亡虏之身北面为臣,深以为耻。"说完拔剑自刎而死。两个卫士随后亦自刎身亡。消息传到海岛后,500壮士肝胆俱裂,齐声哀唱《薤露歌》,集体自杀殉节。

齐人刚猛如此,令人热血沸腾扼腕仰叹。但出人意料的是齐地的女子也深怀丹心,刚烈浩然之气不让须眉。钟离春、杞梁妻、缇萦、吕母、杨妙真、唐赛儿就是她们中的代表。

胆识过人的齐国无盐人钟离春,长相奇丑,四十岁还未能嫁出去。一天,她径直去找齐宣王,要求嫁给他。宣王看到如此胆大的一个丑女,一时忍不住掩口大笑,接着认真问她有何过人之处敢直接找君王求亲?钟离春于是不慌不忙地分析时政,列举出齐国存在的四大隐患,并指出如何一一整治。直听得齐宣王如醍醐灌顶,肃然起敬,于是真决定娶她为妻,迎为王后。

孟姜女哭长城的故事尽人皆知,但实际上这个感人至深的故事是虚构的,其原型出自《左传》和《列女传》里的记载:公元前550年,齐庄公率大军攻打卫国和晋国,回师时又去偷袭莒国,不料遭到了顽强抵抗。齐庄公的大腿在这次战事中受了伤,当天夜里,他派杞梁殖和华周两人带一支奇兵埋伏在莒国都城附近。第二天早晨才发现这支伏兵被莒国人包围了,伏兵全军覆没,杞梁殖战死。消息传到齐地,杞梁妻到临淄城外迎接杞梁殖的尸体,抚尸痛哭,整整哭了10天,突听得一声巨响,城墙倒了半截。人们都说,这城墙是杞梁妻哭倒的。掩埋好丈夫的尸体后,杞梁妻便投水自尽追随夫君于地下。

西汉末年的吕母是中国历史上第一个扯旗造反的农民起义女领袖。吕母在家乡海曲(今山东日照)开一家酒店,颇有些家产,独生子在县里做小吏,为了一点儿小事,竟被县令杀了,愤恨之余,她散尽家产,拉起一支数千人的队伍,攻进县城,捉了草菅人命的县令,用他的头来祭奠儿子的亡灵,从此走上杀富济贫的反叛道路。

晚清，曲阜孔庙大成殿龙柱

094

孔子是一轮月

孔子起于贫贱,以寒士始,一生波澜壮阔,命途多舛以布衣终,但其旷达仁德、圆融烂漫的人格成为朗照混乱时世的一轮明月,他匡济天下的儒学衣钵被弟子及再传弟子弘扬为汉文化的道统。

历史用一种特别的形制眷顾了齐鲁厚土,这种形制是"儒之道",从中散发着的圣性元素累积成了喂养中华两千年文化的法乳。

高天普覆,巨海广容,是有真宰与之沉浮。齐鲁多鸿儒,儒家早期的主要人物大多数都出现在齐鲁一带,诸如孟轲、子思、曾参、颜回、子路、澹台灭明、南宫适、曾点、闵子骞、冉伯牛、冉求、公冶长、漆雕开、公孙丑、伏生、主父偃、孔融等等,这一精英群体孕育于同一个区域并非偶然,只有在适合于儒家思想的人文地脉中这一切才可能发生。众星捧明月,明月照古今,这轮儒家星空的明月便是孔子。

国学家钱穆在其《孔子传》序言中说:"孔子为中国历史上第一大圣人。在孔子以前,中国历史文化当已有两千五百年以上之积累,而孔子集其大成。在孔子以后,中国历史文化又复有两千五百年以上之演进,而孔子开其新统。在此五千多年,中国历史进程之指示,中国文化理想之建立,具有最深影响最大贡献者,殆无人堪与孔子相比伦。"

照《史记·孔子世家》的叙述,孔子是个小巨人,身高九尺六寸,人们管他叫"长人"。孔子的父亲叔梁纥是鲁国有名的勇士,曾以双手勇猛地托住城门让冲进城内的鲁国军队安全撤出,叔梁纥老年时与年轻女子颜征在生下孔子,这是他的第十个孩子。公元前551年(鲁襄公二十二年),孔子生于鲁国陬邑昌平乡(今山东曲阜城东南),因生下来头顶中间凹陷,所以取名为"丘"。孔子3岁时,年迈的叔梁纥去世,孔丘母子不为叔梁纥的正妻施氏所容,被迫移居曲阜阙里,过着贫贱的生活。17岁时,他的母亲离世,这年鲁国豪门季氏大宴宾客,孔子去赴宴,被季氏家臣阳虎嘲笑,拒之门外。

孔子青年时代曾做过"委吏"(管理仓库的小官)、"乘田"(管理牧场的小官),在27岁左右,他退而修诗书礼乐,开始办私学,弟子日众,声名渐起。52岁那年,对政治理想始终不渝的孔子当上司寇,把鲁国管理得井井有条。孔子的执政能力令齐国倍感威胁,于是送了80名擅乐舞的美女和120匹良马给鲁国国君,鲁定公沉溺美色,连续3天没有上朝,到了祭祀之日,忘了分祭肉(这在当时是严重违礼的事),孔子对国君大失所望,加之与权臣季氏有矛盾,于是率众弟子离开鲁国,周游列国长达14年,先后去了卫、宋、曹、齐、陈、蔡、楚等国,他以"仁""礼"为核心的王道思想与当时诸侯追求的霸道思想格格不入,所以始终未能受重用。如梁思成所说："他认为'一只鸟能够挑选一棵树,而树不能挑选过往的鸟',所以周游列国,想找一位能重用他的封建主来实现他的政治理想,但始终不得志。事实上,'树'能挑选鸟;却没有一棵'树'肯要这只姓孔名丘的'鸟'。"

60 岁那年,孔子在郑国都城与弟子失散后独自在东门等候,被人嘲笑为"累累若丧家之犬"。68 岁时,漫长的漂泊之后,孔子返回鲁国家乡,停止了直接的政治活动,广收门徒,教授弟子达 3000 人,其中精通六艺的有 72 人,同时继续整理文化典籍,删减《诗》《书》,修订《礼》《乐》,编修《春秋》。《诗》以道志,《书》以道事,《礼》以道行,《乐》以道和,《易》以道阴阳,《春秋》以道名分,孔子用这些经书来弘道、明德。回鲁国的第二年,孔子的独生子孔鲤死去,不久,最得意的弟子颜回也死了。孔子哀恸地感叹:"天丧予。"71岁那年春天,有个鲁国人狩猎时捕获了一只麒麟,孔子认为是不祥之兆,叹息"吾道穷矣",第二年,卫国发生政变,孔子预感到在那里谋职的子路有生命危险,结果他这位最忠实的弟子果然遇难。不久,孔子生病了,被他称作"瑚琏之器"的子贡来看他。孔子拄着拐杖在门口徘徊,说道:"子贡呀,你怎么这么晚才来啊?"接着悲叹说:"太山坏乎! 梁柱摧乎! 哲人萎乎!"说着泪水忍不住淌下来,接着又说:"天下无道的时间太久了,不可能崇仰我的学说。"过了 7 天,他即仙逝,这是公元前 479 年农历四月的事。

孔子起于贫贱,以寒士始,一生波澜壮阔,命途多舛以布衣终,但其旷达仁德、圆融烂漫的人格成为朗照混乱时世的一轮明月,他匡济天下的儒学衣钵被弟子及再传弟子弘扬为汉文化的道统。孔子死后葬在今天曲阜城北面的泗水边上,众多弟子为他服丧守墓 3 年,3 年后道别离去时相对而泣,子贡甚至在墓旁搭建房子守了 6 年才离开。那前后相约到墓旁定居的弟子和鲁人有一百多家,所形成的小社区被称为"孔里",孔子故居的堂屋以及弟子所住的房室,在孔子去世的次年被改做庙宇,陈放他生前使用过的衣、冠、琴、车、书,人们按时进行祭祀,直到两百多年后的汉代都保存着。汉高祖刘邦路过鲁地时,以隆重的太牢之礼祭拜孔子。汉景帝三年(前 154),鲁王兴建规模庞大的宫殿群,为扩大王宫面积,在拆除阙里孔子旧宅时发现孔鲋所藏《尚书》《论语》《诗经》《礼记》等古文经书竹简,使孔子思想得以广为流传。在汉代,孔子成为精神庙堂上的素王,祭祀孔子列入国家祀典,西汉末年,孔子的后代受封为"褒成侯"。历史学家顾颉刚认为"汉代统一了鲁国的礼教和秦国的法律",此语道出了秦汉时价值系统构成的关键。

孔子时代,周室微而礼乐废,诸侯相互杀伐混乱不堪,他以悲悯之心知其不可而为之,力图以济世良药调理人心,梳理天下秩序匡复周公传下的"正道"。孔子的思想内圣外王、庞杂阔深,但他认为"吾道一以贯之",这个"一"概括地讲就是"仁",内接心性,中通天地道源,外连礼法。"仁"字在《论语》中出现了 109 次,可以说是其思想体系的原点。"仁"既是一种灵明的内在良知,也是带有社会属性的德行,同时是所有天德与人德的德性总汇。孟子对此的解释是："仁者以天地万物为一体。"钱穆在《孔子传》中说："孔子认为培养良心最直接的方法，莫过于教人孝悌。故子有曰：'孝悌也者，其为仁之本欤。'再由孝悌扩充，由我之心而通人类之大群心，去其隔膜封蔽，而达于至公大通之谓圣。心之相通，必自孝始……孝之外貌有礼，其内心则为仁，由此推扩则为整个的人心与世道。"

太史公司马迁赞叹道："《诗经》上说'高山仰止，景行行止'，虽没能和他相处，但心中充满向往啊。我读了孔子的遗书，深知他为人的伟大。我到鲁地的时候，参观了孔夫子的庙堂，以及他遗留下来的车、服、礼器，那些读书的学生，仍按时到孔子的故址来修习礼仪，我在那里久久留连不肯离去。自古以来，天下的君王和贤人比比皆是，活着的时候都挺荣耀，但一死就什么也没有了。孔子仅是一介布衣，他的道统家世至今传了十几代，学人们都崇仰他。从天子王侯到一般人，海内凡是学习六艺的人，都以孔夫子的话作为衡量标准，他真是一位圣明至极的人啊！"

对儒学颇有心得体认的陈立夫在其《四书道贯》中说："到孔子的时候已王室式微，礼崩乐坏，诸侯相攻，统一局面仅存形式。孔子志欲行道于天下，周游列国凡14年，无奈不受重用，既无机会立功，只能改作立言，于是删《诗》《书》，订《礼》《乐》，赞《周易》，作《春秋》，广收生徒，有教无类，弘扬学说。近人不察，以为有孔子乃有中国文化，其实有中国文化乃有孔子。孔子学说何以能成为中国文化之主流呢？其深奥不如老子，其智慧也不如老子，但是适合最大多数人民日常生活之用，合理(中)而平凡(庸)，易知而易行，简言之'顺乎天理，应乎人情'。以此顺乎天理应乎人情之道，用之于身则身修，用之于家则家齐，用之于国则国治，用之于天下则天下平，像这样精致推展的系统理论乃我国独有之宝贝。"

孔子的故乡曲阜作为鲁国国都，在周代是除京城外最兴盛的文化中心。"曲阜"二字，始见于《礼记》："成王以周公有勋劳于天下，是以封周公于曲阜。"隋朝开皇十六年，沿用了八百多年的鲁县被改名为"曲阜"，一直沿用至今。

到唐代，孔子被尊封为"大成至圣文宣王"。宋代时曲阜孔庙已发展为有三百多间房屋的巨型庙宇。明代正德年间，孔庙被刘六、刘七农民起义军毁坏，现在孔庙的规模基本上是那以后陆续重建留下来的。为表示对孔子的尊崇和对儒学的推崇，许多皇帝亲赴曲阜祭祀孔子，从汉高祖刘邦开始，相继有东汉光武帝、明帝、章帝、北魏孝文帝、唐高宗、唐玄宗，后周太祖，宋真宗，清圣祖、清高宗等12位皇帝19次到曲阜谒庙朝圣。皇帝还经常派遣官员作为代表前往曲阜致祭，历史有记录的遣官致祭达196次之多。1998年，与北京故宫、河北承德避暑山庄并称中国三大古建筑群的曲阜孔庙、孔府、孔林被联合国教科文组织列为"世界文化遗产"。

　　孔庙无疑是中国使用时间最长的庙宇,建造于孔子故居所在地,主要建筑贯穿在一条南北中轴线上,前后九进院落,东、中、西三路布局,庙内共有殿阁亭堂门坊 100 余座,466 间,古建面积约 16000 平方米,汉代以来历代碑刻 1044 块,主要建筑有金、元碑亭,明代奎文阁、杏坛、德侔天地坊,清代重建的大成殿、寝殿等。

　　孔林是孔子及其后裔的家族墓地,位于曲阜城北一公里处的泗河南岸,有神道与城门连接。孔子死后,其子孙按冢而葬,两千多年从未间断,墓葬多达十万余座,墓地间有树木 10 万余株,200 年以上的古树就有 9000 余株。孔林埋葬孔子子孙已到第七十六代,旁系子孙已到七十八代,延续时间之久,墓葬数量之多,保存之完好,在世界上堪称家族墓地之最。孔林内现有宋元以来历代墓碑 4000 余块,是中国数量最多的碑林,另有殿亭门坊 60 余座,多为雕饰精美的石构建筑。

　　孔府是孔子嫡系长孙的衙署,位于孔庙的东侧,是官衙与宅第合一的建筑群。北宋至和二年(1055),孔子第四十六代孙孔宗愿被改封为"衍圣公",此后这一封号一直延续到民国时期的七十七代,成为中国沿袭最久的贵族世家。历代衍圣公一直依庙而居,这座规模庞大的衍圣公官署共有明清楼、厅、堂、轩共 463 间,占地 16 万平方米,九进院落,分东、中、西三路排列,院内遍植成行的松柏。衍圣公的主要职责是护卫孔子林庙、代表国家祭祀孔子,孔府因此保存了众多的祭祀礼器,衍圣公世代恪守"诗礼传家"的祖训,着意搜集历代礼器法物,藏品达 10 万余件。孔府最驰名的珍藏还有明清文书档案,系孔府 400 多年各种活动的实录,共有 30 多万件,是中国数量最多的私家档案,对于研究中国明清史具有重要价值。

　　在过去,孔府每年都要举行名目繁多的各种祭祀活动,其中于农历八月初四举行的"接北斗"仪式,显得格外神秘独特。相传孔子是天上魁星下凡,所以孔府内 7 座楼成北斗星的阵状,被称作"明七星",意寓孔府同天上的北斗星相连。这个仪式只能由衍圣公带一个"接线人"参加,在内宅前堂楼的墙上,有个玻璃罩,内放有一只小表,里面放有一团线,衍圣公和"接线人"悄悄将这团线取出来,到佛堂楼焚香祷告,将 7 盏油灯摆作北斗形的"七星灯"后,衍圣公虔诚叩头,"接线人"跟着叩,然后把那团由多种颜色组成的彩线拿出来,分黄、白、黑、绿、红五色,象征五行相生,火生土、土生金、金生水、水生木、木生火,"接线人"按序将几根线接上,孔府和天上的北斗接通的仪式就算大功告成了。

　　1866 年,在中国活动的三大传教士之一的丁韪良来到曲阜,他从开封一直往东北走了 8 天,终于抵达了他眼中的"中国的麦加"。这位一生在中国活动长达 60 多年的美国佬此时 39 岁,他属于洋人中的温和派,在宣教过程中,他务实地提倡"孔子加耶稣"的灵活方针,"古老而令人起敬的中国文化遗产是传教士必须予以重视的一种力量——对这种力量,既要与之斗争,又要与之妥协。只要可能的话,就应利用它为基督教的利益服务"。他的这种传教战略目的是"在一定时间内让中国古老体制的枯骨重获新生"。在他看来,孔子就是中国的摩西,而非耶稣。在安葬着孔子伟大骨骸的孔林,丁韪良在一个据说载有子贡亲植古树的小院内,饶有兴致地购买了49根一小捆的野草,这些生长于孔林的野草附有圣地的圣性,对朝圣者来说是很好的纪念物。丁韪良的曲阜之行被他详细地记录于《花甲记忆》一书中:

……曲阜城成矩形,长一英里,宽半英里。城里的一角是孔庙,而孔墓则位于城外,由一条两旁种满庄严雪松的林荫道相连。这条大道叫作"神道",意味着圣人的灵魂被大礼所感召,穿越这些树木,来往于坟墓和庙宇之间。大清帝国的每一座城市里都有一座孔庙,每间教室都供着孔子的像。因此对他的崇拜并不局限于他的家乡,所以人们并不热衷于朝拜这座圣城。然而这里的孔墓和孔庙都十分壮观,配得上它们所代表的中华民族最神圣之传统源泉。

2月的最后一天,当太阳刚刚升起时我就来到孔庙大门前。不过门房看到我走近,便把大门关上了。这不过是要我付钱开门罢了。我把一张红纸条从门缝里塞了进去,上面写着准备付"金屑"的话。这招很有效,圣殿的大门在我面前打开了。本月将满,一群盛装的年轻人在向他们著名的祖先之灵行礼。他们客气地请我到旁边的庭院去呆一会儿,直到他们的典礼结束为止。这仪式并没维持很久,主要是叩头,或者说九叩,同时不断重复呼喊圣人的名字,就像赞美诗中所唱的那样:"孔夫子,孔夫子,至尊孔子!"

与此同时,我走进一个宽敞的庭院,这里铺着石头,点缀着一些不知道引向何处的石刻牌楼。从这里我又进入另一个同样大小的院落,其中有一条水沟蜿蜒流过。之所以挖这条沟,仅仅是为了修建12座以上用闪光的大理石制成的漂亮小桥。第三个院子里有一片森森的柏树,其中一些非常巨大,它们的阴影令人难以忘怀。据说,其中一棵是由圣人亲自栽种的,已经有两千年之久了。这树林里边有另一个庭院,里面矗立着碑林,一排又一排,雕刻着赞颂的文字。每一块石碑上面都有一个小亭子。它们都是由皇帝树立起来的,其中一些甚至可以上溯到汉、晋、魏。时光磨蚀了它们的外表,字迹已经模糊。拓帖的传统加重了铭文的消亡。其后朝代篆刻的碑刻则相对清楚。一座成化年间的石碑引起我的注意。它称赞孔子道:"天不生仲尼,长夜漫无期"……

星群闪耀之时

　　"山东"这一名称最早出现在战国时期，关中的秦人，称崤山或华山以东的地区为山东。至唐代和北宋时代，太行山以东的黄河流域广大地区被称作山东，到了唐代末年，有人用山东专指齐鲁之地。金代时，设置山东东、西二路，山东才真正成为政区名称。明代初期设置山东行省，后改称山东承宣布政司。清朝初年，设置山东省，"山东"正式成为省名。

　　传统儒家文化的正脉发迹于齐鲁，并为齐鲁厚土灌入源源不断的灵性与神秀之气，一代代齐鲁英豪绵延而生，若黄河之水奔流不息——

　　管仲、晏婴、鲁班、曾参、颜回、墨子、孙武、孙膑、孟轲、扁鹊、甘德、蒙恬、东方朔、匡衡、郑玄、孔融、管宁、王粲、刘桢、仲长统、诸葛亮、王导、王敦、王猛、左思、王羲之、鲍照、刘勰、贾思勰、秦琼、房玄龄、李勣力、颜真卿、黄巢、宋江、李清照、辛弃疾、邱处机、唐赛儿、王士祯、蒲松龄、孔尚任、王懿荣、张养浩、赵秉仲、吕彦直、武训、张择端、马周、戚继光……如果需要的话，这份名单还可以不断地开下去。

圣人中的圣人

七年中，周公以经天纬地之才展示了文治武功。

一代雄才曹操感佩道："周公吐哺，天下归心。"

传说孔子的墓旁有楷树，周公的墓旁有模树，所以后世把典范称之为"楷模"。周公和孔子堪称中华两大至尊圣人，周公被称作"元圣"，孔子被称作"至圣"；周公是孔子的偶像，也是他思想的直接源头，从精神性上说，可以说是周公衍生了孔子。孔子年迈时曾伤感地说："哎，我衰老得实在是厉害啊，很久都没梦见过周公了。"

周公姓姬名旦，周文王第四子，周武王同母弟，因采邑在宗族勃兴地——周，所以被称作"周公"。武王荡平商纣后，他被封为鲁国的开国君主。

"周公吐哺"的典故说的是周公受封后，由于要辅佐朝政，所以让儿子伯禽替他去治理鲁国，临行前，周公告戒伯禽有德之人不怠慢亲戚，不使大臣埋怨没被任用，不轻易舍弃故旧，不对人求全责备，他语重心长地表明善待贤才是当好国君的关键："我，文王之子，武王之弟，成王之叔父，我于天下亦不贱矣。然我一浴三捉发，一饭三吐哺，起以待士，犹恐失天下之贤人。子之鲁，慎无以国骄人。"接着他进一步向儿子阐释以谦德来治理国家的原理："君子力如牛，不与牛争力；走如马，不与马争走；智如士，不与士争智……德行广大而守以恭者，荣；土地博裕而守以险者，安；禄位尊盛而守以卑者，贵；人众兵强而守以畏者，胜；聪明睿智而守以愚者，益；博文多记而守以浅者，广。"

周公的忠贞不渝历来备受崇仰，周朝建立的第二年，武王生了场大病，群臣恐慌之际恭敬地进行了占卜，周公说："这不足以感动我们的先王。"于是就将自己作为人质，设立三座祭坛，周公面朝北站立，捧持玉璧、玉圭，向历代先王祷告，史官宣读了周公撰写的祷告册文。这个仪式意味着周公代替武王姬发去赴死，以换回武王的平安。接下来的占卜非常吉利，周公为此欣喜，入宫祝贺武王。第二天，武王的病就好了。后来武王驾崩后，年幼的周成王有一次得了病，周公非常着急，就剪掉自己的指甲抛进黄河，向河神祷告说："神啊，成王年幼还没懂事，冒犯神灵有罪的是我，祈求您保佑成王，要惩罚就惩罚我吧。"成王长大后，有人诬告周公谋反，周公无奈地逃到了楚地。成王打开周公秘藏书册的盟府，看到周公当年为自己祈祷的书册，感动得大哭，马上把周公请回了国都。

周朝实际上是中国历史上最"长寿"的一个朝代,维持了800年左右,这和周公所创立的立国纲纪关系甚大,这种立国纲纪的轴心就是"敬天保民"思想。周公认为一个王朝要想获得上天绵绵不断的护佑和恩赐,关键在于王系是否有"德",因为"皇天无亲,唯德是辅",王系如果能够"敬德""明德""以德配天",那么就能够"祈天永命"。他在《召诰》中明确指出,殷朝的灭亡是因为不敬德:"唯其不敬德,乃早坠厥命。"也就是说统治者要用淳厚仁爱的国政来修德,以达到"保民"的果效,国爱其民,则民爱其国,民意中蕴藏天意,赢得民意才能感动上天。这正如孔子评价的:"道之以政,齐之以刑,民免而无耻;道之以德,齐之以礼,有耻且格……为政以德,譬如北辰,居其所,而众星共(拱)之"——单搞法治是不行的,必须同时实行德治,严格的法治至多只能使人努力避开罪刑,却不知道羞耻;德治则能使人不仅能够知耻,而且心悦诚服……实施德治的统治者就像北斗星,民众会全心全意地群星一般环绕着他。相反的例证是,后来一统天下的秦朝以严酷的法治来管理天下,结果仅仅20多年就灭亡了。武王灭纣后,大臣对如何处理留下来的殷人意见纷纭,周公提出的方略是:"让殷人在他们原来的住处安居,耕种原来的土地,争取殷人当中有影响有仁德的人来做管理者。"周公的建议得到采纳,武王释放了被囚禁的箕子和被关押的贵族,培修王子比干的坟墓,将鹿台的钱财、钜桥的粮食散发给殷民,从而大获民心。

由于成王年幼,周公做了七年的摄政王,《尚书大传》说:"周公摄政,一年救乱,二年克殷,三年践奄,四年建侯卫,五年营成周,六年制礼作乐,七年致政成王。"在这7年中,周公以经天纬地之才展示了文治武功,他平定了以纣王之子武庚和自己兄弟管叔、蔡叔为首的"三监叛乱",大举东征荡平五十个左右的外围势力,从而使周朝成为东至海、南至淮河流域、北至辽东的泱泱大国,接着大行封建制,立七十一诸侯国,姬姓占五十三国,然后在洛邑(今洛阳)营建新的国都,让周天子入主中原居天下之中。划分天下行政格局后,他制礼作乐,制定社会等级秩序需遵循的一系列准则和规矩,使礼乐文化成为一种制度文化,涵盖国家、社会和人们日常生活的方方面面,从而打牢周朝政治的内在根基。完成这一切后,周公功成身退,还政于成王。

周公去世后,雷电狂风大作,国都周围未收割的庄稼大片倒下,大树纷纷被连根拔起,人们惊恐不安。周成王和大臣穿上朝服,打开用金属封起来的密柜取出祷告册书,才知道当年周公将自己作为人质代替周武王去死的实情。成王唤来相关人员查问,才知道确有其事,周公严令他们不准泄露。成王拿着册书不停地流泪,感叹道:"从今往后恐怕不会有这样虔诚的占卜了! 以前周公为国家勤勉操劳,只因我年纪小不大明白。如今上天大动威颜来昭明周公的德行,朕要亲自以最高规格的礼制来祭天迎神。"于是成王率领群臣在城郊隆重祭天,很快,天上就下起雨来,倒下的禾杆重又直立起来。这年,农业获得大丰收。周成王感戴周公的恩德,下令鲁国可以拥有天子的礼乐,在郊外祭天和祭祀文王。

姜太公的屠牛术和垂钓术

姜子牙死于周康王六年,据此,有学者推算他活了 113 岁。

公元前 11 世纪,天下在一根鱼竿上摇晃。这根隐忍离奇的鱼竿钓的不是鱼而是君王。这鱼竿是姜太公的鱼竿。

姜太公名尚,字子牙,这个怪异的字似乎是晚年才取的,含意为"别看我老了,但长着满口年轻而锋利的牙"。姜子牙在底层混了大半辈子,50 岁时在黄河边上的棘津渡口贩卖小食品,70 岁时在商都朝歌靠卖牛肉过小日子,卖肉之余,精通《易》理的他也搞点算卦占卜显示一下自己满腹玄妙深奥的经纶。当他酒后朝着王宫的方向狂言自己的本领"下屠屠牛,上屠屠国"时,人们觉得这个满嘴胡话的白胡子老大爷脑子进水了。秋花总是不得不迷茫地凋零于时光之屠刀,看来满身牛肉味的姜大爷只能在怀才不遇的叹息中聊度残生了,不久后他将沉入时光那庞大鸩鸟似的黑色布幕深处。谁也不会想到两年后,姜大爷突然消失了,占过他不少便宜的邻居多半认为这槽老头在京城里混不下去,兴许跑别的地方卖牛肉去了。

事实上,壮心不已的姜子牙悄然潜入了周国,他听说贤明的周文王姬昌在四处招揽能人,遂在距离周国都城不远处的磻溪隐居下来,故意装怪每天坐在水边的茅草上用直钩钓鱼,上面也不穿鱼饵,鱼钩悬在离水面 3 尺高的地方,一边钓鱼,一边喃喃说道:"不想活的鱼儿呀,如果你们愿意的话,就自己上钩吧!"他的怪诞之举不久后传到了姬昌的耳朵里。碰巧姬昌有一天要去打猎,通过占卜,表明他将要获得的猎物不是虎不是熊,而是一个王佐之才,结果他果然在磻溪北岸碰到了坐茅以渔的姜子牙。两人细谈治国之略后姬昌激动不已,说自己的先君太公曾说过会有大能人来到周地,助周国勃兴。当天姬昌就将姜子牙扶上自己的车一同返京,予以重任,并感叹说"先君太公盼望你已很久了",于是给姜子牙起了个号叫"太公望",封他为相。从此姜子牙果然不负重托,施展文韬武略令周国迅速强盛,数年之间,"天下三分,其二归周者,太公之谋计居多"(《史记·齐太公世家》)。文王去世后,姜子牙继续辅助武王,发动牧野之战消灭了暴君商纣王统治下的商朝。武王伐纣时,卜筮不吉,便想放弃讨伐行动,姜子牙劝道:"枯木朽骨,安可知乎?"坚持认为灭商时机已成熟,于是焚龟折蓍,擂鼓宣威,与武王率众杀奔牧野。太史公司马迁认为"修周政,与天下更始,师尚父谋居多"。

《诗经·大明》赞叹道:"牧野洋洋,檀车煌煌。驷马原彭彭,维师尚父。时维鹰扬,凉彼武王。肆伐大商,会朝清明。"日月之光,而盲者不能见,雷电之声,而聋者不能闻,有经天纬地之才的姜子牙混迹于底层达72年之久,奔走诸侯国谋求发展却被视同"弃履",最终被慧眼识珠的周文王重用,大展宏图霸业。天下重新洗牌后,姜子牙被周天子封为齐国诸侯,刚赴任来到封地,就遭到东夷莱人部族的大举进犯,姜子牙率部用计将其击溃,接下来他按照"尚贤尊功"的方略,开始全面治理齐国,简化各种繁缛的礼节政令,遵沿当地世代沿袭的风土民俗,轻徭薄赋,"通商工之业,便渔盐之利",大力发展商业和手工业。周成王即位初年,其叔父管叔、蔡叔发动叛乱,政局陷入动荡,姜子牙于是遵照周公的指示出兵安定东部疆域,征讨了东至海、西至河、南至穆陵(今临朐东南)、北至无棣(今无棣附近)的十余个小国,齐国由此成为周朝最大的诸侯国之一。在姜子牙的励精图治下,齐国迅速走向富强,天下之客商"强至而辐辏","齐冠带衣履"达于天下,而远至"海、岱之间"的方国部族也纷纷"联袂而往朝"。

据《史记》记载,姜子牙活了百余岁:"太公之卒百有余年,子丁公吕伋立。"《汲冢书·竹书纪年》认为姜子牙死于周康王六年,据此,有学者推算他活了113岁。姜子牙一生经历了商朝的武乙、文丁、帝乙、帝纣四代君王,西周的周武王、成王、康王三代君王,跨度之长令人瞠目结舌。

姜子牙留存下来的著作有《六韬》,也叫《太公兵法》,这本书被普遍认为是伪作。1972年,考古人员从山东临沂银雀山汉武帝时期的墓葬中发掘出的《六韬》残简,证实了这本著述至迟在西汉初年就已流传。《六韬》以姜子牙回答周文王、周武王之问的样式来完成,包括文韬、武韬、龙韬、虎韬、豹韬、犬韬6个部分,共60篇。

无比传奇的姜子牙以智谋和奇计立下伟烈丰功,备受后世推崇,唐朝初年,以任用贤能著称的唐太宗在磻溪建立太公庙。开元十九年(731),唐玄宗发布诏书敕令天下诸州各建一所太公庙,在春秋仲秋月上戊日祭祀,每当发兵出师时先得去太公庙拜谒,开元二十七年(739),姜太公被追谥为"武成王",成为中华武圣。当时太公庙中选了张良等十位武界名角配享武庙,其中并无关羽,关羽后来显达,取代姜子牙成为武圣人是元代之后的事了。

山东宰相山西将

齐国的建立者姜子牙和鲁国的建立者周公旦就是两个充满传奇色彩的贤相。

俗话道:山东宰相山西将。山东自古便出贤相,伊尹、管仲、晏婴、诸葛亮、王猛、王导、房玄龄等历史上最著名的贤相都是山东人。齐国的建立者姜子牙和鲁国的建立者周公旦就是两个充满传奇色彩的贤相。山东历史上宰相辈出的情况与宋代以前这里发达的经济、深厚的儒家气脉、雄浑的人文情貌是分不开的。

奴隶出身的圣人宰相伊尹,又名伊挚,系夏朝莘国(今山东菏泽市曹县莘冢集大集乡殷庙村)人,当时周围有势力强大的商部族,商部族的始祖叫契,曾帮助大禹治水,立下大功,后被大舜封为司徒,负责治理商地。从契以后传十四代到汤,正值夏桀在位。商汤与莘氏通婚后,伊尹作为莘氏的陪嫁奴隶做了汤的厨师。一次,伊尹借汤询问饭菜的事,谈论治国之道说:"做菜既不能太咸,也不能太淡,要调好作料才行;治国如同做菜,既不能操之过急,也不能松弛懈怠,只有恰到好处,才能治理好。"商汤从此知道伊尹是个落魄的贤人,不久便加以重用,拜为右相。伊尹辅佐商汤大力发展农耕,铸造兵器,训练军队,国力愈加强大昌盛。

约公元前1711年,商汤联合诸侯兴师讨伐夏桀,双方在鸣条(今河南新乡市封丘东)展开大战,商军全面获胜,很快攻入夏都。汤建立了商王朝后,命伊尹作《大濩》来歌颂开国功勋。商汤死后,伊尹又先后辅佐他的三个子孙外丙、中壬、太甲治理天下,使得"诸侯归殷,百姓以宁"。伊尹是中国历史上第一个贤能的相国圣人,史称元圣人。

春秋时期,山东出了管仲和晏婴两大宰相。管仲,即管警仲,名夷仲,字仲,山东颍上人,生年无考,卒于公元前645年。他辅助齐桓公进行改革,使国力大振,在激烈的诸侯斗争中成就了霸业。

晏婴,字平仲,山东夷维(今高密)人,生年无考,死于公元前500年,约活了80岁,历事齐灵公、庄公、景公三朝齐君,以贤达和智慧鸣世。高建国在其《中国减灾史话》中记录了一则晏婴赈灾的故事:

齐景公时,有一年连下了17天雨。景公不以为然,成天在宫中纵酒欢宴。晏婴请求他赈济灾民,多次恳谏,仍得不到应允。晏婴见国君对百姓的疾苦如此不放在心上,很不痛快,便把自己家里的存粮分配给无家可归的灾民,把家中可用的能负载的用具放在田间小路上任凭灾民们取用。做完这些事情后,晏婴不骑马,不乘轿,徒步去拜见景公,对他说:"大雨下了17天了,一个乡之中,就有几十户人家房倒屋塌;至于断炊断粮的百姓,一里之中,就有好多户。许多年老体弱的百姓,没有遮体的衣被御寒,肚子饥饿得连糟糠都吃光了,他们还要外出逃荒要饭。您作为一国之主,对老百姓的疾苦一点都不关照,日夜饮酒,还要去搜寻歌女乐工。您养的马,吃的是国库里的粮食;狗吃牛羊肉,吃得饱饱的。而庶民百姓却在饿肚子,这不是太过分了吗?他们无处诉说自己的苦难,就不喜欢自己的国君了。我的过错太大了!"说完,便恭敬地向景公施礼,然后快步离开了宫殿。

齐景公不忍晏婴离去,便赶到他家里去挽留他,见晏婴已经把家里的粮食、器具全送给灾民了,不禁深受感动。后来找到晏婴后,景公连忙下车说:"我有罪,先生抛弃了我因我不援救灾民;我没有俭仆的美德让您屈从,难道先生还不顾及国家百姓吗?希望先生能多帮助我,我愿意奉献出国库的粮食财物,赐舍给百姓。拿出多少来赈济,完全听从先生的吩咐!"说完,不顾路面的潮湿,跪下向晏婴道歉,并得到了晏婴的谅解。

回到朝廷,两人组织起救灾赈济的工作来,三天后,官吏们报告,已经办妥了赈济灾民的事:据登记,最贫困的有17000家,用去了97万钟粮,救灾用品52000件。房屋倒塌的有2700余家,用金3000斤。赈灾结束后,齐景公才回寝宫休息。那些巧言善辩的人和歌会舞女,被晏婴遣散,据说有3000人之多。

东晋时,山东出现了号称与皇帝司马氏共天下的著名宰相王导(琅邪人)。稍后时局空前混乱的十六国时期,山东出现了可与诸葛亮(山东琅邪人)比肩的一代名相王猛。王猛字景略,北海剧(今山东昌乐西)人,出身贫寒,少时好读兵书,博学而有大志。东晋永和十年(354),征西将军桓温北伐入关,王猛往见桓温,扪虱而谈时事,桓温叹服不已,任其为军谋祭酒。前秦永兴元年(357),王猛得与前秦王苻坚相遇,苻坚为其大才触动,委以重用,将之视为自己的诸葛亮。王猛为相16年,辅佐苻坚整顿吏治,发展农桑,抑制豪强,严明法令,为前秦统一北方奠定了牢固的基础。

除了上述名相外,山东还出过宰相世家,而最著名的宰相世家,莫过于兰陵的萧氏。从大唐高祖武德元年(618)至僖宗中和元年(881)的263年间,萧氏一族有萧瑀、萧至忠、萧嵩、萧华、萧复、萧俛、萧邺、萧俯、萧仿、萧遘共10人出任宰相,平均不到30年就有一人登鼎司、总理百揆,可谓显赫矣。

除萧姓之外,山东还出过几位张姓宰相。张文,唐贝州武城(今属山东)人,唐高宗乾封二年(667)任东西台舍人参知政事,拜为宰相。张锡,唐贝州武城(今属山东)人,高宗宰相张文的侄子,武则天久视元年(700)任宰相,次年以泄露宫中机密流放循州,唐隆元年(710),韦后杀中宗立少帝,命为宰相,仅十余天,韦后被杀,他亦被贬。张镐,唐博州(今山东平西)人,肃宗至德二年(757)拜相,主持平定安史之乱。

此外,山东出过的宰相如房玄龄,齐州临淄(今山东淄博)人,居相位二十余年,是著名的贤相。

梁颢,字太素,郓州须城(今东平县)人,北宋雍熙二年(985)乙酉科状元,曾任翰林学士、开封知府等职,有三子,长子梁固也考中状元,三子梁适,官至宰相。

王曾,字孝先,青州益都(今青州市)人,北宋咸平五年(1002)壬寅科应试,其府试(解试)、礼部试(会试)和殿试三级科考皆居榜首,创造出科举史上罕见的"连中三元"的奇迹,两次拜相,封为沂国公。

李迪,字复古,郓城人,北宋景德二年(1005)乙巳科状元,两度出任宰相,以太子太傅致仕。

张至发,明朝淄川(今山东淄博)人,崇祯十年(1637)代温体仁为内阁首辅大学士,不久,罢相归家。

张瑞,山东掖县人,顺治十年(1653)拜相。

孤松与狐仙

他托狐鬼言志的灵幻世界，为中国文学树立了一个独异的标尺。

　　古书《太平广记》有几卷是专门讲鬼的。到了清朝初年，有几个人特别喜欢讲鬼的故事，一个是写《聊斋志异》的蒲松龄，一个是写《阅微草堂笔记》的纪晓岚，还有一个是写《随园诗话》的袁枚，几人中犹以蒲松龄才情高卓。"写鬼写妖高人一等，刺贪刺虐入骨三分"的蒲松龄是中国文学史上的异类，他托狐鬼言志的灵幻世界，为中国文学树立了一个独异的标尺。此外，他还为民间说唱艺人写过 14 种俚曲，如《墙头记》《俊夜叉》等。

　　蒲松龄字伯仙，一字剑臣，号柳泉居士，其故居位于淄博市淄川区洪山镇蒲家庄。蒲松龄的高祖蒲世广、曾祖蒲继芳、祖父蒲生汭、父亲蒲槃，都知识渊博，颇具才华，但全部怀才不遇，终困场屋，至多只考取过廪生、秀才。

　　蒲松龄自幼跟随在私塾里授童子业的父亲读书，十九岁时（顺治十五年，1658 年），参加童子试，县、府、道均考第一，被当时主持山东学政的著名诗人施闰章赞为"观书如月，运笔成风"。但此后应考不下 7 次，却与八股无缘，屡试不第，始终没有考取举人。直到康熙四十九年，71 岁高龄的蒲松龄才按照惯例成为贡生。

　　由于未能攀缘科举出仕，所以蒲松龄除了应宝应县令孙蕙之邀于康熙九年南游做过两年幕僚外，同自己的秀才父亲一样，一生都困守在乡土过着设帐授业的塾师生活，与数卷残书、半窗寒烛为伍，最困难的时候，据他在《述刘氏行实》中说："居唯农场老屋三间，旷无四壁，小树丛之，蓬蒿满之。"

　　他虽念念不忘功名，梦想着能突破蒲家世代怀才不遇的瓶颈，但实际上漫长的乡间生活使他更接近劳动人民，更深刻地认识到现实和政治的黑暗、腐败，终于，他将一生满腔的忧愤之气倾注成了《聊斋志异》。一生以狐鬼言志，"集腋为裘，妄续幽冥之灵；浮白载笔，仅成孤愤之书。寄托如此，亦足悲矣"（蒲松龄《聊斋自志》）。

《聊斋志异》一书融传统"志怪"、"传奇"的写法于一体,雅俗共赏,老少咸宜,精彩纷呈。最初书名为《鬼狐传》,一开始只是在民间传抄,作者去世50年后,才在浙江睦州成书问世,定名为《聊斋志异》,全书16卷,共491个短篇。该书一问世便风行天下,脍炙人口,经久不衰。

崂山太清宫三官殿前,有一株山茶,高8.5米,干围1.78米,树龄约700年,是世界少见的大山茶。冬春之际,满树绿叶流翠,红花芳艳,犹如落了一层绛雪。不远处原有一株白牡丹,高及屋檐。当年蒲松龄寓居于此,终日与牡丹、山茶相对,遂构思出《香玉》,这则故事写一黄姓书生在太清宫附近读书,白牡丹感其深情化作香玉与之成婚,后白牡丹被人偷掘,香玉亦失踪,书生终日恸哭,凭吊时又遇山茶花所化的红衣女绛雪,与之一同哭吊香玉,花神终于感怀动容,便使香玉复生。黄生死后变成牡丹花下的一株赤芽,无意中被小道士砍斫而去,白牡丹和山茶花于是也相继死去。

在《聊斋志异》中,最让人不忍掩卷、神思缥缈的,是那些花妖狐魅和书生的爱情故事:"一个被官府逼得逃亡在外、远离家乡的人,手中盘费断绝,昏暮无处投宿,独自踯躅于狼嗥虎吟的旷野。忽然间遇到一个姿容美丽的狐仙。从此后,不仅有了精美之食、锦绣之榻,狐仙又主动以门户相托。逃难中媾合一段佳姻……死了妻子的失意书生想念妻子,一女鬼从墙上飘然而下,对书生诉说自己的冤屈。为保处子之身以便雪耻,她请鬼妓陪伴公子,大仇报后,公子返乡,女鬼生死相随,且为书生生下麒麟儿。儿子长大登进士,光耀门庭……"情到深处,可以通神,红玉、婴宁、香玉、青凤、娇娜、莲香等浪漫而晶莹的美丽鬼狐,让一代代中国人为之心魂俱醉。

"繁花古木映庭阶,陋室三间写异书。"古槐青苍、鸳墙灰瓦的蒲松龄故居至今犹存,故居设6个院落,穿过双层小角门,进入聊斋小院,可见到一间朴素清雅、茅草顶、青石屋基的农家小舍,正房即是蒲松龄的书房聊斋,里面陈列着蒲松龄当年用过的家具、石盆景、印章、铜灯和烟袋,流芳天下的《聊斋》就诞生于此。书成之时,蒲松龄感慨不已地写了一首七绝:"《志异》书成共笑之,布袍萧索鬓如丝。十年颇得黄州意,冷雨寒灯夜话时。"聊斋旁有几间低矮狭窄的小屋,这是蒲松龄当年甚为简陋的居室。康熙五十四年(1715)正月二十二日酉时,蒲松龄在此依窗危坐而卒,享年76岁。

出故居东门,不远处便是幽雅的柳泉,蒲松龄自号柳泉居士,便是由此得名。当年清泉畔有绿柳百余棵,在这风月无边之地,相传蒲松龄常设茶待客,索求鬼狐故事。由柳泉南行,不远处,蒲松龄长眠在古柏丛中的蒲氏墓地里。

1900年前后,一支青岛地区的乐队

好汉们的家乡

山东人常咧着嘴向外地人咏叹道："谁不说俺家乡好？"

马可·波罗称济南是"园林美丽，堪悦心目，产丝之饶，不可思议"。

蓬莱阁坐落在蓬莱城北面的丹崖山上，与黄鹤楼、岳阳楼、滕王阁并称全国四大名楼。

水泊梁山，群雄咸集，风雷激荡，替天行道，笑傲人世，何其快哉。

山西人走西口，山东人闯关东。据推断，整个清代，山东移往东北的流民有七八百万人之多。

美国佬查尔斯·埃德蒙于1919年游历山东后感慨说："那块古老的土地向我们展示了多年来一直牢牢控制着中国的某种文化传统。"

两个文人的济南

"山得水而活，水得山而壮，城得山水而灵。"

济南南依泰山，北临黄河，集"山、泉、湖、河、城"于一体，可谓"山得水而活，水得山而壮，城得山水而灵"。元好问美誉道"羡煞济南山水好"，于钦赞叹曰"济南山水甲齐鲁"，黄庭坚则感慨其"潇洒似江南"。

早在春秋时期，齐国曾在这里构筑了一个叫泺邑的城，后改称为"历下"。公元前164年，汉文帝命历下属济南国，其首府设在东平陵城。"济南"一称是因为城区位于古济水之南而得名。唐代时，这一带的经济已相当繁荣。宋徽宗政和六年（1116），济南郡改为"济南府"，府治设于历城，辖五县。明代以后，济南开始成为山东省会。

济南山水丰美，人文荟萃，拥有大明湖、趵突泉、千佛山三大名胜区，有明湖泛舟、汇波晚照、鹊华烟雨、锦屏春晓、趵突腾空、白云雪霁、佛山赏菊、历下秋风等八大景观，有舜耕山、灵岩寺、四门塔、千佛崖、五峰山、齐长城、洛庄汉墓、平陵城遗址等风景名胜。

大明湖的水景自古便享有盛誉，四面绿柳轻摇，楼、台、亭、阁之侧影荡漾其间，历下亭、小沧浪亭、湖心亭、月下亭、稼轩祠、铁公祠、遐园、北极阁，均与水有关，周围水、烟、树、冈、影、天，无一不在画中。

千佛山处济南东南，古称历山，因隋朝在此依山凿佛多尊，故称千佛山。此山虽不太高，但古树苍郁，山路盘曲，韵致悠远。主景区千佛岩保留有隋代摩崖造像60多尊，以极乐、黔娄、龙泉三洞最为有名。在"齐烟九点"彩绘牌坊前驻足而观，云海苍茫间，九座山峰如入画图。

曾经"家家泉水，户户垂杨"的济南素有泉城之别称，最多时城内有72眼名泉，尤以趵突泉、黑虎泉、珍珠泉、五龙潭四大泉群最为有名，汉代桑钦的《水经》、北魏郦道元的《水经注》、宋代曾巩的《齐州二堂记》、元代赵孟頫的《鹊华秋色图》，一直到清代蒲松龄的《趵突泉赋》，数千年来，咏赞济南泉水的诗词歌赋、书画碑刻一直不断。但随着近年来土地污染、工业用水等人为原因，泉水所剩已不多。

20 世纪 40 年代，留居济南的作家老舍曾用心品察过这座北国古城内在的味儿，以下是他在《济南的冬天》里的记述：

小山整把济南围了个圈儿，只有北边缺着点口儿。这一圈小山在冬天特别可爱，好像是把济南放在一个小摇篮里……最妙的是下点小雪呀。看吧，山上的矮松越发的青黑，树尖上顶着一髻儿白花，好像日本看护妇。山尖全白了，给蓝天镶上一道银边。山坡上，有的地方雪厚点，有的地方草色还露着；这样，一道儿白，一道儿暗黄，给山们穿上一件带水纹的花衣；看着看着，这件花衣好像被风儿吹动，叫你希望看见一点更美的山的肌肤。等到快日落的时候，微黄的阳光斜射在山腰上，那点薄雪好像忽然害了羞，微微露出点粉色。就是下小雪吧，济南是受不住大雪的，那些小山太秀气！

古老的济南，城里那么狭窄，城外又那么宽敞，山坡上卧着些小村庄，小村庄的房顶上卧着点雪，对，这是张小水墨画，也许是唐代的名手画的吧。

那水呢，不但不结冰，倒反在绿萍上冒着点热气，水藻真绿，把终年贮蓄的绿色全拿出来了。天儿越晴，水藻越绿，就凭这些绿的精神，水也不忍得冻上，况且那些长枝的垂柳还要在水里照个影儿呢！看吧，由澄清的河水慢慢往上看吧，空中，半空中，天上，自上而下全是那么清亮，那么蓝汪汪的，整个的是块空灵的蓝水晶。这块水晶里，包着红屋顶，黄草山，像地毯上的小团花的灰色树影。

这就是冬天的济南。

比老舍早几十年的刘鹗，则在其《老残游记》里把济南在晚清的一缕芳魂留给了饱受生态之苦的后人：

一路秋山红叶，老圃黄花，颇不寂寞。到了济南府，进得城来，家家泉水，户户垂杨，比那江南风景，觉得更为有趣……

到了铁公祠前，朝南一望，只见对面千佛山上，梵字僧楼，与那苍松翠柏，高下相间，红的火红，白的雪白，青的靛青，绿的碧绿，更有那一株半株的丹枫夹在里面，仿佛宋人赵千里的一幅大画，做了一架数十里长的屏风。正在叹赏不绝，忽听一声渔唱，低头看去，谁知那明湖业已澄净得同镜子一般。那千佛山的倒影映在湖里，显得明明白白，那楼台树木，格外光彩，觉得比上头的一个千佛山还要好看，还要清楚。这湖的南岸,上去便是街市,却有一层芦苇,密密遮住。现在正是开花的时候,一片白花映着带水气的斜阳,好似一条粉红绒毯,做了上下两个山的垫子,实在奇绝。

老残心里想道:"如此佳景,为何没有甚么游人?"看了一会儿,回转身来,看那大门里面楹柱上有副对联,写的是"四面荷花三面柳,一城山色半城湖",暗暗点头道:"真正不错!"进了大门,正面便是铁公享堂,朝东便是一个荷池。绕着曲折的回廊,到了荷池东面,就是个圆门。圆门东边有三间旧房,有个破匾,上题"古水仙祠"四个字。祠前一副破旧对联,写的是"一盏寒泉荐秋菊,三更画船穿藕花"。过了水仙祠,仍旧上了船,荡到历下亭的后面。两边荷叶荷花将船夹住,那荷叶初枯,擦得船嗤嗤价响;那水鸟被人惊起,格格价飞;那已老的莲蓬,不断地蹦到船窗里面来。老残随手摘了几个莲蓬,一面吃着,一面船已到了鹊华桥畔了……

那明湖居本是个大戏园子,戏台前有一百多张桌子。哪知进了园门,园子里面已经坐得满满的了,只有中间七八张桌子还无人坐,桌子却都贴着"抚院定""学院定"等类红纸条儿。老残看了半天,无处落脚,只好袖子里送了看座儿的二百个钱,才弄了一张短板凳,在人缝里坐下。看那戏台上,只摆了一张半桌,桌子上放了一面板鼓,鼓上放了两个铁片儿,心里知道这就是所谓梨花简了,旁边放了一个三弦子,半桌后面放了两张椅子,并无一个人在台上……

只见那后台里,又出来了一位姑娘,年纪约十八九岁,装束与前一个毫无分别,瓜子脸儿,白净面皮,相貌不过中人以上之姿,只觉得秀而不媚,清而不寒,半低着头出来,立在半桌后面,把梨花简丁当了几声,煞是奇怪:只是两片顽铁,到她手里,便有了五音十二律似的。又将鼓捶子轻轻地点了两下,方抬起头来,向台下一盼。那双眼睛,如秋水,如寒星,如宝珠,如白水银里头养着两丸黑水银,左右一顾一看,连那坐在远远墙角子里的人,都觉得王小玉看见我了;那坐得近的,更不必说。就这一眼,满园子里便鸦雀无声,比皇帝出来还要静悄得多呢,连一根针跌在地下都听得见响!

王小玉便启朱唇,发皓齿,唱了几句书儿。声音初不甚大,只觉入耳有说不出来的妙境:五脏六腑里,像熨斗熨过,无一处不伏帖;三万六千个毛孔,像吃了人参果,无一个毛孔不畅快。唱了十数句之后,渐渐地越唱越高,忽然拔了一个尖儿,像一线钢丝抛入天际,不禁暗暗叫绝。哪知她于那极高的地方,尚能回环转折。几啭之后,又高一层,接连有三四叠,节节高起。恍如由傲来峰西面攀登泰山的景象:初看傲来峰削壁千仞,以为上与天通;及至翻到傲来峰顶,才见扇子崖更在傲来峰上;及至翻到扇子崖,又见南天门更在扇子崖上:愈翻愈险,愈险愈奇。那王小玉唱到极高的三四叠后,陡然一落,又极力骋其千回百折的精神,如一条飞蛇在黄山三十六峰半中腰里盘旋穿插,顷刻之间,周匝数遍。从此以后,愈唱愈低,愈低愈细,那声音渐渐地就听不见了。满园子的人都屏气凝神,不敢少动。约有两三分钟之久,仿佛有一点声音从地下发出。这一出之后,忽又扬起,像放那东洋烟火,一个弹子上天,随化作千百道五色火光,纵横散乱。这一声飞起,即有无限声音俱来并发。那弹弦子的亦全用轮指,忽大忽小,同他那声音相和相合,有如花坞春晓,好鸟乱鸣。耳朵忙不过来,不晓得听哪一声的为是。正在缭乱之际,忽听霍然一声,人弦俱寂。这时台下叫好之声,轰然雷动。

海神在蓬莱出场

东方云海空复空,群仙出没空明中。

"蓬莱"这一地名,从它诞生的那一刻起,就与神仙文化结下了不解之缘。据唐人李吉甫《元和郡县图志·登州·蓬莱》记载:"昔汉武帝于此望蓬莱山,因筑城,以蓬莱名之。"另据资料,汉武帝于太初元年(前104)巡幸至此,寻访神山不遇,于是筑起一座小城,冠以"蓬莱",从此有了"蓬莱"这一地名。

民国时,山东的汽车和驴

115

晚清,登州蓬莱阁

此前的公元前 219 年，秦始皇第一次巡游来到东海之滨，天风朗朗，海山苍苍，在这里，他看见了大海深处海市蜃楼，如仙山琼阁，美不胜收，心神俱醉之余，征召大批方士，询问海中神仙与仙药事。一个叫徐福的方士上书奏道："言海中有三神山，名曰蓬莱、方丈、瀛洲，仙人居之。请得斋戒，与童男女求之。"始皇大喜，立即下诏征童男女 3000，百工技艺之人，携带五谷等物，由徐福率领，东入大海"求仙"。司马迁在《史记》中说，徐福率领他的船队两度出海，最后到了一个叫"平原广泽"的地方。这个"平原广泽"，据推测可能位于日本某地。徐福出海的地点，有人认为在当时的琅邪郡，亦有人认为就在蓬莱（当时属齐郡的黄县）。

蓬莱阁坐落在蓬莱城北面的丹崖山上，与黄鹤楼、岳阳楼、滕王阁并称全国四大名楼。唐代时这里曾建过龙王宫和弥陀寺，北宋嘉佑六年(1061)，郡守朱处约始建蓬莱阁，明代万历十七年(1589)，巡抚李戴在蓬莱阁附近增建了一批建筑物，1819 年，清朝知府杨丰昌和总兵刘清和继续扩建，使蓬莱阁具有了现在的规模。

蓬莱阁由占地 32800 平方米、建筑面积达 18960 平方米的庞大古建筑群（共有100 多间）组成，主阁是一座双层木结构建筑，丹窗朱户，飞檐叠瓦，雕梁高启，古朴伟丽，阁底环列 16 根大红楹柱，上层绕有一圈精巧明廊，可供游人远眺。凭栏四顾，举头红日近，俯首白云底，山丹海碧，海天空茫。除主阁外，主要建筑尚有吕祖殿、三清殿、蓬莱阁、天后宫、龙王宫、弥陀寺等，众星拱月，浑然一体，正所谓"丹崖琼阁步履逍遥，碧海仙槎心神飞越"。

晚清时，刘鹗游过蓬莱阁后记述道："话说山东登州府东门外有一座大山，名叫蓬莱山。山上有个阁子，名叫蓬莱阁。这阁造得画栋飞云，珠帘卷雨，十分壮丽。西面看城中人户，烟雨万家；东面看海上波涛，峥嵘千里。所以城中人士往往于下午携尊挈酒，在阁中住宿，准备次日天明时，看海中出日，习以为常。到了阁子中间，靠窗一张桌子旁边坐下，朝东观看，只见海中白浪如山，一望无际。东北青烟数点，最近的是长山岛，再远便是大竹、大黑等岛了。那阁子旁边，风声'呼呼'直响，仿佛阁子都要摇动似的。天上云气一片一片价叠起，只见北边有一片大云，飞到中间，将原有的云压将下去。并将东边一片云挤得越来越紧；越紧越不能相让，情状甚为谲诡。过了些时，也就变成一片红光了。"

蓬莱有高阁，天地壮大观，海天一色，海鸟翔鸣，蔚为壮观。这一区域能领略到蓬莱十景中的"万斛珠玑、狮洞烟云、晚潮新月、渔梁歌钓、日出扶桑、神仙现市、万里澄波"。

蓬莱的一大奇观便是海市蜃楼，每年秋天是海上最容易出现海市奇观的季节，迷蒙神奇的海市出现时，但见缥缈的幻景"聚而成形，散而成气，千姿百态，瞬息万变。忽而似楼台，如亭阁；忽而像奇树，如怪峰；时而横卧海面，时而倒悬空中，若断若连，若隐若现，朦胧中似乎还有人影在晃动。一会儿长桥飞架，一会儿楼阁高耸，东部倒挂的奇峰刚刚隐去，西边林立的烟囱又赫然入目……"

由于海市，才有了蓬莱、瀛洲、方丈三神山之说，才有了秦皇汉武的寻仙之事，才有了白居易笔下的"忽闻海上有仙山，山在虚无缥缈间"。蓬莱民间自古便盛行崇尚神仙之风。蓬莱的神仙文化，缘起于海市，兴起于战国时期，至明、清时期，郡志上记载的地方性神仙人物已多达数十位。相传正月十六是天后(海神娘娘)的生辰，所以蓬莱人有正月十六赶庙会的习俗。这天，人们从四面八方赶往蓬莱阁天后宫，进香膜拜、求签许愿、捐香火钱。各地农民组织戏班、秧歌队到蓬莱阁戏楼、广场上表演，届时蓬莱阁上人山人海，热闹非凡。而在此之前的正月十三、十四，渔民们要过渔灯节，人们纷纷到蓬莱阁的龙王宫送灯、进奉贡品，祈求龙王爷保佑，以图新的一年出海平安和渔业丰收。按照风俗，许多人要供祭船、送渔灯、放鞭炮，同时举行娱乐活动。若是新春时节渔民造了新船，船主会择"黄道吉日"，让船头披彩，船桅挂红旗，然后设供品，点蜡烛，焚香纸，鸣鞭炮，行大礼。接着用朱砂笔为新船点睛、开光，高呼"波静风顺""百事大吉"，再送船入海。

苏东坡道："东方云海空复空，群仙出没空明中。"当地传说，一天，吕洞宾、张果老、铁拐李、汉钟离、曹国舅、何仙姑、蓝采和、韩湘子共八位神仙在蓬莱阁上聚会饮酒，酒至酣时，商议到海上一游。汉钟离便把大芭蕉扇往海里一扔，袒胸露腹仰躺在扇子上，向碧海漂去；何仙姑不甘示弱，将荷花往水中一抛，伫立荷花之上，凌波踏浪而去。其他诸仙也纷纷将各自宝物抛入水中，借助宝物游向东海。这一举动惊动了龙宫，八仙与东海龙王发生冲突，引起争斗，东海龙王还请来南海、北海、西海龙王，掀起狂涛巨浪，双方打得难分难解。幸好观音菩萨从此经过，经劝解双方才罢战。从此留下"八仙过海，各显神通"的美丽传说。

元朝末年，全真教兴起后，八仙传说中的吕洞宾、汉钟离成为该教"北五祖"中的人物，各种神仙传说纷纷附会于蓬莱，经民间通俗文化的大肆渲染、传播，"蓬莱"于是成为"仙境"的代名词。

梁山泊的蓝焰

在火焰中生，在火焰中死，来自火焰归于火焰。

看哪，一群好汉像烈焰掠过泰山之阳，他们的刀锋在浩气中卡住了历史黑夜的喉管。在火焰中生，在火焰中死，来自火焰归于火焰，加斯东·巴什拉说："在火焰中死去是一切死亡中最不孤独的。"

群儒是齐鲁文化的一极，而梁山好汉是另一极。自古儒以文乱法，侠以武犯禁，所以多儒气多武气的齐鲁往往是撬动天下的一个枢机。

"梁山泊"最早见于《资治通鉴》,北宋初年,因黄河多次决口,河水汇集梁山周围,与源于梁山东南的张泽泊(后称南旺湖)连成一片,形成了以梁山泊为中心的巨浸,统称为梁山泊,到北宋晚期,梁山泊的水域相当壮阔,《宋史》卷九十一载:"北宋天禧三年黄河又从滑州决口,岸摧七百步,漫溢州城,历澶、濮、曹、郓,注梁山泊。"据《辞海》的记述:"梁山泊在今山东梁山、郓城等县间。南部梁山以南,本系大野泽的一部分。""五代时泽面北移,环梁山皆成巨浸,始称梁山泊。自金以后,黄河水多次决注于梁山泊,大量泥沙带入泊底,逐渐变浅,梁山泊退缩。"

从《宋史》的记载来看,宋江及许多梁山好汉都是真实人物,南宋著名文人王称在其《东都事略》中就曾提到"宋江寇京东",京东即现在的山东。在《宋史》中,一个叫侯蒙的退休官员给宋徽宗上过奏疏:"宋江以三十六人,横行河朔、京东,官军数万,无敢抗者,其材必过人,不若赦过招降,使讨方腊以自赎,或足以平东南之乱。"这则奏疏提到的"三十六人",应指的是宋江手下有 36 个将领——也就是后来《水浒传》里 36 天罡星的原型,南宋画家龚开作有《宋江三十六人赞》,给每个人都画了画像。

元代无名氏作的《大宋宣和遗事》详细钩沉了梁山好汉的故事,说的是宋徽宗宣和二年五月,北京留守梁师宝将十万贯钱及金珠珍宝、奇巧缎物送往京师,给太师蔡京祝寿,这笔"生辰纲"却被 8 个大汉给劫走了,官府查出为头的叫晁盖,绰号铁天王,家住郓城县石碣村,幸得郓城县押司宋江星夜跑去石碣村报信,晁盖等人才得以逃走。晁盖等人落草为寇后,感念宋江相救之恩,于是秘密派遣刘唐带着一对金钗去酬谢宋江。宋江接了金钗,结果被小妾阎婆惜得知来历。接着宋江因父亲生病请假回老家宋公庄医治父病,再回郓城县,见阎婆惜正与别人偷情,一怒之下杀了她逃回宋公庄。知县派人去捉宋江,宋江躲在九天玄女庙中逃过劫难,拜谢玄女娘娘时,见香案上有一卷天书,上题诗四句:"破国因山木,刀兵用水工。一朝充将领,海内耸威风。"他省悟到诗中藏着自己的名字,接着翻阅,见有 36 将姓名:

智多星吴加亮,玉麒麟卢进义

青面兽杨志,混江龙李海

九纹龙史进,入云龙公孙胜

浪里白条张顺,霹雳火秦明

活阎罗阮小七,立地太岁阮小五

短命二郎阮进,大刀关必胜

豹子头林冲,黑旋风李逵

小旋风柴进,金枪手徐宁

扑天雕李应,赤发鬼刘唐

一撞直董平,插翅虎雷横

美髯公朱同,神行太保戴宗

赛关索王雄,病尉迟孙立

小李广花荣,没羽箭张青

没遮拦穆横,浪子燕青

花和尚鲁智深,行者武松

铁鞭呼延绰,急先锋索超

拼命二郎石秀,火船工张岑

摸着云杜千,铁天王晁盖

宋江看过天书,下了落草的决心,约了9个豪杰直奔梁山泊前去投靠晁盖。

胡适是《水浒》研究专家,据他统计,元朝是"水浒故事"发达的时代,当时关于梁山泊好汉的戏目有19种,可见《水浒传》一书是有一个演变过程的。《水浒传》是水浒故事的集大成者,施耐庵的这部著作刚开始时叫《江湖豪客传》,他后来将书名改了。"水浒"一词最早源于《诗经·大雅·绵》:"古公亶父,来朝走马,率西水浒,至于岐下。"意思是周部族的祖先古公亶父一大早赶着马,率领族人沿着这条西来的河水之岸,迁徙到岐山脚下。

《水浒传》第七十八回开首赋曰:"寨名水浒,泊号梁山,周回港汊数千条,四方周围八百里,东连海岛,西接咸阳,南通大冶、金乡,北跨青、齐、兖、郓。有七十二段港汊,藏千百条战舰艨艟;建三十六座雁台,屯百千万军粮马草。声开宇宙,五千骁骑战争夫,名达天庭,三十六员勇将……"端的是聚兄弟于梁山,结英雄于水泊,气象万千,豪气干云,笑傲江湖。其中意境令人想起黄霑的一首武侠诗："天下风云出我辈，一入江湖岁月催。皇图霸业谈笑中，不胜人生一场醉。"

对《水浒传》钟情备至的金圣叹赞道："《水浒》所叙一百八人，人有其性情，人有其气质，人有其形状，人有其声口。夫以一手而画数面，则将有兄弟之形；一口而吹数声，斯不免再咉也。施耐庵一心所运，而一百八人各自入妙者，无他，十年格物而一朝物格；斯以一笔而写百千万人，固不以为难也。"

尽管黑旋风李逵睁圆怪眼大叫道："招安，招安，招其鸟安！"但只反贪官不反皇帝的宋江最后还是带着梁山人马接受了招安，对此历来争议不断，鲁迅对宋江的行径十分不屑，但在《流氓的变迁》一文中他还是认为梁山好汉属于"侠之流"："'侠'字渐消，强盗起了，但也是侠之流，他们的旗子是'替天行道'。"

侠义英雄替天行道，这是梁山好汉的无量心结，也是《水浒传》大行其道广为流传的心灵膏药。武松痛打蒋门神时说："从来只要打天下这等不明道理的人，我若路见不平，真乃拔刀相助，便死也不怕。"一听说晁盖要邀请自己参加夺取生辰纲的行动，阮小七高兴得跳起来说道："一世的指望，今日还了愿心，正是搔着我痒处。"他还赴汤蹈火地对吴用说过："若是有识我们的，水里水里去，火里火里去。若能够受用得一日，便死了也开眉展眼。"

施耐庵写完《水浒传》后，并没有立即刊行，直到正德、嘉靖年间才得以付梓。不久有的官员认为这是一部写给强盗看的书，是教人做强盗的书，如明末山东人左懋第就提出来《水浒传》教坏了百姓，强盗们会以此为榜样，认为如果不禁毁《水浒传》，对于世风的影响是不堪设想的。当时朝廷接受了这位官员的建议，在全国各地收缴《水浒传》。

往事历千年，一百单八好汉萦怀不散，前几年《水浒》电视剧热播时，有媒体报道一个山东农妇因无法忍受电视剧对宋江的解读，一怒之下，把电视机给砸了，梁山好汉在人们心中的分量，由此可见一斑。

齐鲁自古追慕豪杰。汉代山东画像砖《荆轲刺秦》拓片

121

山东大汉闯关东

整个清代，山东移往东北的流民约有七百万至八百万人之多。

山西人走西口，山东人闯关东。民以食为天，进入清代以后，一向守土安命的山东人为"稻粱谋"而掀起了空前的闯关东移民大潮。"关东"者，指的是山海关以东的吉林、辽宁、黑龙江三省区域。

一部元代之前的中国历史，就是一部政治、经济、文化、人口不断南移的历史。中国人口的比例如果以淮河为界的话，到元末明初时，基本上已经达到了8:2，即南方占80%，北方占20%。所以，伴随着战争创痛引发的后遗症，伴随着政治中心的北迁，明朝初年政府把南方的人口大量迁到了北方，有大批山西人在这一时期迁到了饱受战火之苦的山东，主要居住在德州、滨州、聊城、泰安、菏泽、济宁一带。

1644年，清朝定都北京后，百万满族人随军入关者就达90万之多，致使关外"荒城废堡，败瓦颓垣，沃野千里，有土无人"，一派荒凉景象。关东是满清的"龙兴之地"，为强根固本，1653年，顺治帝颁布辽东召垦令，命地方官"招徕流民"，给予不少优惠政策，于是山东、河北等地不少农民开始成规模地举家"闯关东"，东北的烟草业、蚕桑业就是这些人发展起来的。但仅仅过了15年，出于保护满族固有文化的考虑，清廷宣布关闭山海关的大门，封禁关东地区。此后，仍不断有众多流民偷偷违禁"闯"入关东，至乾隆四十一年(1776)，关东的华北农民总计达一百多万人，其中大多是外出谋生和外出逃荒的人。

1860年，咸丰帝正式宣布关东地区全面向流民开放，以山东人为主的流民大量出关，闯关东从此由"涓涓细流"演变为"滚滚洪流"。此前发生的两件大事是促成这一政策的主要原因。

1855年(咸丰五年)，由于发大水，黄河在河南境内的铜瓦厢断堤改道，滔滔黄水夺路北流，结束了南宋以来南流七百年的历史。黄河的这次改道，对其下游地区造成了巨大灾难，尤以山东受灾最重。原本依仗黄河水源的众多城市、村庄、田地日渐衰落，改道后的新河道常年泛滥，加剧了洪涝灾害和土壤盐碱化，大批农民因此破产逃荒。据有关资料，作为中华的第一大"血脉"，黄河在历史上改道次数多达千次以上，改道范围最北面到天津，最南面到徐州甚至再往南，而咸丰五年的改道是后果空前严峻的一次。

另外,捻军、太平军与清军在山东多次交战,战火烧得山东"大半糜烂"。

在天灾人祸的冲击下,原本就人多地少、土地兼并严重的山东雪上加霜,大批农民流离失所,蜂拥"闯关",局面已无法控制,黑龙江将军特普钦于是奏请朝廷"开关",他在奏折中说:"东三省之开放设治,遂如怒箭在弦,有不得不发之势矣。"在此情形下,清廷被迫打开虚掩的大门,正式允许流民进入关东。

关东成了移民的天堂了,这里有壮丽的白山黑水,有辽阔而肥沃的黑土地,有遍野飘香的稻米大豆,有蔚为大观的流民们用血汗垒起来的新家园。几十年后,一个全新的"移民社会"在东北形成了。至 1911 年,东北约有一千八百万人,其中约有一千万人是由山东、河北、河南等地先后自发涌入的流民,其中以山东人最多。据推断,整个清代,山东移往东北的流民约有七百万至八百万人之多。

进入民国后,"闯关东"的风潮仍然相当强劲,每年进入东北的人至少也在二十万人以上,而超过百万人的年份有四年。1937 年,抗日战争全面爆发,华北难民再次大批涌向东北,太平洋战争爆发后,日军为增加后方劳动力,鼓励华北移民迁入东北,仅 1942年就达到一百二十万,"闯关东"再次掀起高潮。

1900 年的山海关

123

20 世纪 20 年代，关外雪景 岛崎役治 摄

晚清，泰山顶上的庙　柏石曼 摄

古老东方之巅

　　根据古老的阴阳五行学说，东方是太阳初升之地，因此泰山象征着阴阳交泰、生死交接、万物发祥。古人认为泰山是"峻极之地"，是天地万物交感通灵之处，是人与天相通的灵所之在，所以它在历朝历代都拥有极为崇高的位格。

　　"泰山"一词出于《诗经·鲁颂》："泰山岩岩，鲁邦所瞻。"《尔雅》上说："泰者，太也，谓天地太和之气发舒。"泰山东望大海，西襟黄河，前瞻曲阜，背依济南，拔地通天，雄峙广袤大地，它既是齐鲁的自然地标，也是人文地标。

　　泰山有伟丽奇绝的七十二峰，景区分麓、幽、妙、奥、旷五区，主要的名胜有岱庙、普照寺、王母池、关帝庙、红门宫、斗母宫、经石峪、五松亭、碧霞祠、仙人桥、日观峰、南天门、玉皇顶等，其中旭日东升、晚霞夕照、黄河金带、云海玉盘被誉为岱顶四大奇观。

　　古代中国有天人合一的文化道统，这种道统衍生出根系庞杂的泛灵信仰，所以，如同晚清时两次到过泰山的法国著名汉学家沙畹认为的那样："在中国，每一座山都被认为有神灵主宰，神灵被视为一种具有思想意识行为的自然力量，为世人所崇拜、信仰。"在各种山神中，影响最大的无疑是五岳，而五岳以泰山为尊，难怪沙畹会花大量心力写成《泰山祭礼》一书。泰山神历来被帝王视为受命于天、治理天下的保护神。秦汉以来，泰山神的影响逐渐渗透到社会各阶层的日常生活中，其信仰体系不断扩散开来，全国各地几乎都建有规模不等的东岳庙即是明证，人们视其为能量极大的神祇，是统摄阴阳的尊贵神灵，具有主生、主死的灵性职能，掌管着新旧相代、固国安民、贵贱高下、生死之期、鬼魂之统。

　　过去，连泰山的石头也被认为具有独特的灵力，据说汉武帝登泰山曾带回四块泰山石，放置在未央宫的四角用来辟邪。对泰山石的迷信后来辐射到全国，成为一种灵石崇拜，并集中体现到"泰山石敢当"上。石敢当是用于辟邪止煞的风水镇物，立于街巷之中，特别是丁字路口等被称为凶位的位置，上面刻有"石敢当"或"泰山石敢当"几个字，碑额上往往有狮首、虎首等浮雕，有浅浮雕，有圆雕，有的刻有八卦图案，有的什么装饰也没有，只刻字。于民国初年到过泰山的美国人埃德蒙曾记述说："山东及附近省份的所有城市和乡村都把从泰山带回去的石头当作护身符。人们普遍认为面朝大路拐弯或者交叉路口建房是不吉利的，而把泰山石置于墙中就可以避邪。"

根据古老的阴阳五行学说,东方是太阳初升之地,因此泰山象征着阴阳交泰、生死交接、万物发祥。古人认为泰山是"峻极之地",是天地万物交感通灵之处,是人与天相通的灵所之在,所以它在历朝历代都拥有极为崇高的位格。刘向在《五经通义》中说:"泰山一名岱宗,言王者受命易姓、报功告成必于岱宗也,东方万物始交代之处,宗长也,言为群岳之长。"历代自认为建立了伟烈丰功的帝王往往将泰山作为举行封禅大典的祭祀圣地,这些帝王在泰山上筑土为坛举行祭天仪式,报天之功,叫作"封",在泰山周围的小山上举行除地仪式,报地之功,叫作"禅"。在泰山"封禅"意味着举办盛世大典,从远古时代就已开始一直绵延到唐宋时期。汉武帝时,司马迁的父亲司马谈就因"留滞周南",不能参与封禅盛典,忧憾而死,临终前握着司马迁的手流泪道:"今天子接千岁之统,封泰山,而余不得从行,是命也夫!命也夫!"从其痛心疾首、无限遗憾之状,可见封禅大典在当时具有极其崇高的地位。

据说在秦始皇之前,曾有72个君王于泰山封禅。《史记·封禅书》里明确记载的有:无怀氏、伏羲、神农、炎帝、黄帝、颛顼、帝喾、唐尧、虞舜、夏禹、商汤、周成王共12家。秦始皇消灭六国兼并天下后,于即皇帝位的第三年(前219)在泰山与70个儒生博士讨论了一番古代封禅礼仪后,上泰山之巅采用"祀雍上帝"之礼举行祭天仪式,事后所有祭器、祭物被秘密瘞埋。

西汉元封元年(前110),一代英主汉武帝在做了30年皇帝后,到泰山举行了他的第一次封禅仪式。当时是初春时节,泰山的植物尚未发芽,满脑子都是长生求仙思想的武帝于是前往东海之滨,希望见到海中的蓬莱仙人,结果海天渺茫仙迹未现,等他折回泰山登封报天、降禅除地的时候,花木已抹上了翠绿,他在泰山东麓和山顶举行了两次祭天仪式,又在周围的肃然、梁父两座小山举行了两次祭地仪式,开创了两封两禅的先例。封礼是按照祭祀太一神的仪式举行的,封土下秘埋玉牒书。泰山顶上的两次封礼非常神秘,武帝只带了一个人,就是霍去病的儿子霍嬗——这位山巅封礼的唯一见证人不久后暴亡,引发了种种猜测。汉武帝似乎被泰山的壮阔和神秘迷住了,他共8次来到泰山,最后一次封禅泰山时已68岁,两年后即离开了人世。他如此热衷于封禅,显然与渴求长生关联密切。现岱庙汉柏院内有5株古柏,相传为汉武帝封禅时亲手所植,汉柏原为6株,其中一株已经枯死,即《水经注》中所说的"赤眉斫一树,见血而止"的那一株。1928年,军阀孙良诚率部驻扎在岱庙内,有一士兵听说了当年赤眉军砍树的故事后,见汉柏上还有刀痕,于是提刀想验证一番,被一个名叫尚士廉的道士劝止,道士上告后这个士兵被上司惩罚,充满怨恨的士兵于是在一个黑夜将汽油浸泡过的棉团塞进树洞点燃,烧焦了大树。

封禅仪式历来神秘隐晦,但是唐玄宗李隆基封禅泰山时却一改以前帝王封禅诰文秘而不传的规则,表明自己封禅是"封祀岱岳,谢成于天",即为天下苍生祈福,并在封禅盛典后亲自以八分书撰写了洋洋千言的《纪泰山铭》,刻于岱顶大观峰摩崖上,碑刻雄迈浑朴,堪称泰山石刻之神品。据唐人笔记,唐玄宗上岱顶封禅时骑了一匹白骡,这匹奇伟洁白的白骡是益州进献的,玄宗骑着它非常舒服,感觉不到颠簸,骑下山后歇息时,不料这匹白骡打了个嗝，然后就"无疾而终"了，玄宗皇帝于是追封它为"白骡将军"，现泰山红门东侧山坡上，尚有"白骡冢"遗址。唐玄宗的这次封禅声势浩大，在庞大的仪仗队中，以同一个颜色的千匹马作为一个方阵，"远望之如云锦"。这次封禅的主持者是大臣张说，仪式结束后玄宗皇帝龙颜大悦，着令参与的官员晋级，张说女婿郑镒本是九品官，封禅仪式后竟连升四级，成了五品官，其官袍亦由绿色换成了红袍，玄宗问是何故，身边的人调侃道："此乃泰山之力也。"惹得玄宗哈哈一笑，后世遂把泰山作为岳父的别称。

一般认为，宋真宗是最后一个大举在泰山封禅的帝王。此后君王到此，行的都是祭祀之礼，而非封禅之礼。清代时，乾隆皇帝曾十一次前往泰山祭祀，其中六次登上岱顶，显示了这位精力极为旺盛的君王对泰山的喜爱程度。

唐宋以来，泰山广受敬拜的神灵主要有两位，一位是东岳大帝，一位是碧霞元君。由于历代帝王的推崇，全国各地礼敬东岳大帝蔚然成风，纷纷建有东岳庙，香火相当旺盛，同时这和民间广泛盛行的城隍信仰也大有关系，因为主生主死的东岳大帝正是城隍的"最高领袖"。每年农历三月二十八日是东岳大帝的神诞，各地的东岳庙都要举行隆重庆典，如明代田汝成在其《熙朝乐事》中记述道："三月二十八日，俗传为东岳齐天圣帝生辰，杭州行宫凡五处，而在吴山上者最盛。士女签赛拈香，或奠献花果，或诵经上寿，或枷锁伏罪。钟鼓法音，嘈振竟日。"

晚清，济南的老庙

129

晚清，泰山下的岱庙 柏石曼 摄

祭祀东岳大帝的祖庭在泰山脚下的岱庙。《水浒传》里描绘岱庙是："庙居岱岳,山镇乾坤,为山岳之至尊,乃万神之领袖。山头伏槛,直望见弱水蓬莱;绝顶攀松,尽都是密云薄雾。楼台森耸,疑是金乌展翅飞来;殿角棱层,定觉玉兔腾身走到。雕梁画栋,碧瓦朱檐。凤扉亮而映黄纱,龟背绣帘垂锦带。遥观圣像,九旒冕舜目尧眉;近睹神颜,衮龙袍汤肩禹背。"

明代中期以后,尤其是进入清代后,碧霞元君的香火越来越旺,风头盖过了东岳大帝。传说碧霞元君是东岳帝君的女儿,全称是"东岳泰山天仙玉女碧霞元君",俗称泰山娘娘。碧霞元君的主庙碧霞祠在岱顶,汉代时泰山顶上塑有玉女石像,后失踪,宋真宗东幸泰山顶上行封禅大典时,在一个水池中洗手,玉女石像突然浮出水面,于是真宗皇帝下令疏浚水池,重新建祠奉祀。碧霞祠壮丽精细,由大殿、香亭等12座大型建筑物组成,明代大学士王锡爵曾在《东岳碧霞宫》碑中描绘道:"琼宫银阙,连岭被麓,丹青金碧,掩映层霄。香烟烛焰,若云霞蒸吐碧落间,是为碧霞元君之宫。"在民间信仰谱系中,碧霞元君神通广大,能保佑农耕、经商、旅行、婚姻,能治病救人,尤其能使妇女生子、儿童无恙,所以妇女对碧霞元君的敬拜尤为虔诚。各地的碧霞元君庙叫娘娘庙,遍及大半个中国,尤其在北方,民众对碧霞元君的信仰更是敬笃至极。在清代,祭祀碧霞元君的北京妙峰山庙会盛极一时,据《燕京岁时记》载:"妙峰山每届四月,自初一开庙,半月香火极盛,人烟辐辏,车马喧阗,夜间灯火之繁,灿如列宿……香火之盛,实可甲于天下。"

美国著名旅行家盖洛在其出版于1926年的《中国五岳》一书中记述说:"走上岱顶的平台后,无疑会有一种宗教感涌上心头。这儿是圣地中的圣地……就在这座山的山坡和山顶上,每天都有成百上千的人释放自己的内心需求,以他们最虔诚的方式来此地朝圣……我们就停留在古代举行盛大祭天仪式的这一场所, 沉浸在山顶平台所特有的气氛之中……毫无疑问,在黄河和黄海的广大地区,碧霞娘娘受到了特别的重视……此后的12个小时内,锣鼓声、钟声、鞭炮声不绝于耳,以便唤醒碧霞娘娘,让她高兴。人们纷纷焚燃纸钱,几乎都找不到烧香的地方。念经声此起彼伏,大家争先恐后,或吟诵标准的祷文,或即兴创作新文。人们几乎不提罪孽,而是不断请求得到元君的赐福和各种保护,以免遭妖孽和水灾的危害。无论贫富,都是如此。更有许多妇女跪在那里,给玉女磕头。我们游览期间,适逢省主席的太太在那儿祭拜碧霞娘娘。"

大西北白银时代

Silver Age at Northwest China

西北乃雄浑之地,苍凉之地,烈火与柔情之地,亦是四方人文交汇之地。

诗人柏桦曾感慨说:"世界本就是旧的。"这句话对雄阔剽悍的西北是极佳的注脚。它的大部分细部层层叠叠地囤积着旧时代各种各样的文明,散发着某种魔幻的唯美之气。大漠孤烟,长河落日,荒荒岫云,寥寥长风。大用入浑,积健为雄,恃之非强,来之无穷。南北朝时的民歌唱道:"敕勒川,阴山下,天似穹庐,笼盖四野,天苍苍,野茫茫,风吹草低见牛羊。"

一次,东西方两大哲人池田大作、汤因比在谈论历史时,池田大作问汤因比道:"假如让博士重新选择出生,您希望出生在哪个国家?"汤因比带着深切的笑容回答说:"希望出生在公元1世纪佛教已传入时的中国新疆。"他说的恰是丝绸之路刚刚兴起时的大西北。

新疆克孜尔壁画

100多年前,斯坦因在英国皇家地理学会举行一次演讲。他首先向在座的地理学家和历史学家提出一个问题:众所周知,塔克拉玛干是一块广大枯涸的盆地,北达天山,南止昆仑,东起南山(昆仑的一部分),西及帕米尔,因为它的存在,世界文化不能方便交流,这个面积为亚洲中部一半的地方,可居住生产的地方仅为有限的绿洲,仅可供给少数人生活,余则为沙漠所掩。那么,他为什么四次到这里进行探险?是什么让他"无论寄迹于红尘十丈的伦敦,或退休于静寂的克什米尔帐幕中,神思无时不驰于昔日的工作之处,广漠无垠的亚洲腹地"?斯坦因说,因为这里是古代东西方交流的一条大道,"古代希腊、印度、波斯文化由此传入亚洲腹地,以及中国"。

最早提出"丝绸之路"这一名称的是德国自然地理学家利希霍芬,1860年前后他数次考察了包括中国在内的远东地区,于1887年出版了《中国亲程旅行记》第一卷,该书谈到中国经西域到希腊、罗马的陆上交通路线时,首次使用了"丝绸之路"这一名称,并加以详细论述。民国后,"丝绸之路"逐渐被接受。在这片亚洲腹地探险多年并扬名世界的瑞典探险家斯文·赫定写过一本书,书名就叫《丝绸之路》。

古道,西风,驼队,天山雪,昆仑玉。千里黄沙,百里绿洲,十里孤云。飞天在穹顶上迈出的曼妙碎舞,丝绸在清真寺前漏下的华丽圆光,玉石在少女皓腕上淌着的魅影,战马扑向苍茫大漠的高亢嘶鸣,旅人于戈壁滩落下的一掬热泪,羌笛于夕阳下唤出的一只独雁,驼背上白衣飘飘的阿拉伯人的酒歌,废墟上沉沉黑夜覆盖着的无边神秘。西北,是秘境也是母地,它是文化的苦旅之地,是亚欧大陆最璀璨的人文谷屯。而贯通西北的丝绸之路——这条史上最辉煌的商道,从文化的角度上也被称作"亚欧大陆桥",它不禁让人想起沟通欧亚两洲的博斯普鲁斯海峡大桥,诺贝尔文学奖得主奥尔罕·帕慕克曾无数次在家乡伊斯坦布尔的博斯普鲁斯海峡大桥上驻足沉思:这座横跨两大洲的桥梁是欧洲和亚洲两大文化板块之间关系的缩影——它沟通两者,但沟通本身表现为反复的、长期的冲突,这种冲突同时是不同文化传统交融的展现。

敦煌千佛洞古壁画上的仙鹤

民国初年，新疆猎户 斯文·赫定 摄

民国初年，新疆渔夫 斯文·赫定 摄

139

丝绸之路上的古塔 斯文·赫定 摄

亚欧大陆的脐带

　　战与和，停滞与复兴，在时间这一魔镜的照耀下，丝绸之路像巨大的管道穿越了东方和西方间的珠帘，改变了西方的文化历程，也改变了中国的文化历程。大量物品被大宛人、康居人、印度人、安息人、阿拉伯人、西突厥人、粟特人的驼队运往世界的两端。《后汉书·西域传》说："驰命走驿，不绝于时月；商胡贩客，日款于塞下。"中国的铁器、金器、银器、丝绸、镜子和其他制品被源源不断地运出，稀有动物、植物、皮货、药材、香料、珠宝首饰等则被运进来，葡萄、核桃、胡萝卜、胡椒、胡豆、菠菜（又称为波斯菜）、黄瓜（汉时称胡瓜）、石榴等为中国人的日常饮食添加了新的选择。西域特产的葡萄酒也被传入，慢慢融入到内地的传统酒文化当中。

　　"西域"一词出自史学家班固的一个创意，最早出现在他撰写的《汉书》里。但中原人对这片区域早就有所认识，《山海经》《竹书纪年》《穆天子传》都反映了这种认识。

　　雄才大略的汉武帝是一个超级马迷，正是在他当政时期，汉王朝组建了庞大的骑兵部队，这是当时能击败匈奴的重要原因。

　　1900年1月，英国探险家斯坦因带着一支探险队来到昆仑山下、塔克拉玛干大沙漠南部边缘的尼雅绿洲，从寸草不生的沙漠中挖出众多的两千年前的古代遗物，身临其境的斯坦因被惊呆了，简直不敢相信这一切是真的。接着他的探险队又从古城市遗址上发掘出官署、佛寺、民居、窑址、炼炉、古桥、田畦、渠道、蓄水池、墓地等遗迹。欣喜若狂之余，斯坦因把这个神奇的古代城市遗址命名为"尼雅遗址"。他带着大量由各种文字书写的木简和各种各样罕见的物品回到欧洲，整个考古学界为之轰动，"尼雅遗址"被惊叹为"东方庞培城"。

　　大量事实表明在汉代丝绸之路开通之前，一条由新疆通往中原的"玉石之路"就已横亘在苍茫古老的大地上。殷商的玉饰、周朝的礼器、秦代的玉玺、汉代的玉衣、唐代的玉莲花、宋代的玉观音、元代的渎山大玉海、明代的子冈牌、清代的大禹治水图玉山，和田玉是东方的灵符，它无量的光轮扫过历史的天空，闪耀着高洁曼妙的天意。

由丝绸衍生的诱惑

作为丝绸之路的标记之物,华丽光滑的丝绸尽显一个时代的传奇。

公元前 114 年(汉武帝元鼎三年),蓬勃的汉风吹向西北。这年,一个挑开东方和西方间铁幕的人在长安去世了,他是代表汉王朝访问遥远的乌孙国归来一年的博望侯张骞,当时,他刚被提升为位列九卿的大行令。这个坚韧而雄健的陕南汉子死后,大宛、大月氏、大夏、康居、安息、身毒、于阗等西域各国纷纷同大汉交好,一个新时代,在蜜与剑的双重光幕中徐徐降临。太史公司马迁用"凿空"(即打通之意)二字高度评价了张骞开通西域的意义。此后,怀着一种感念的恩泽,大汉把派往西域各国的使节统称作"博望侯"。

这年,汉王朝设立了著名的阳关。在一股"怀柔远国"的暖风中,随着匈奴人的溃败,辉耀百代的商道丝绸之路,逐步获得开通。这条从中国通往欧非大陆的陆路商道,由长安为起点,经过河西走廊,然后主要分为两条路线:一条由阳关,经鄯善,沿昆仑山北麓西行,过莎车,西逾葱岭,出大月氏,至安息,西通犁轩(今埃及亚历山大,公元前 30 年被罗马帝国吞并),或由大月氏南入身毒;另一条出玉门关,经车师前国,沿天山南麓西行,出疏勒,西逾葱岭,过大宛,至康居、奄蔡(位于里海北部草原)。

英国人惠特菲尔德则在《丝路岁月》一书中认为:"这片土地上纵横交错着许多道路,构成了一个交通网络,商人、佣兵、僧侣等形形色色的人行走其上。为了便于称呼,这个网络被统称为'丝绸之路',但事实上丝绸之路并没有一条固定的单一路线,商旅的货物包括了羊毛、玉石和其他各种货品。丝绸之路的西端被称作粟特——西起奥克苏斯河(阿姆河),东至帕米尔高原。中间部分则是地理学上所称的塔里木盆地,指的是西起帕米尔高原,东至罗布泊的低海拔沙漠。丝绸之路的东端则是甘肃走廊,西起敦煌,东至长安。"

随着丝绸之路的开辟,纸制品开始在西域以及更远的地方出现,在楼兰遗迹的考古中,已发现了公元 2 世纪的古纸。目前已知最古老的印刷品,是发现于敦煌的唐代《金刚经》。

阿富汗一带著名的青金石被商队不断带到欧亚各地,这种早于丝绸的珍贵贸易品被许多地方视作财富的象征。青金石流传到印度后,被那里的佛教徒隆重地供奉为佛教的七宝之一。

作为丝绸之路的标记之物,华丽光滑的丝绸尽显一个时代的传奇。我们今天在雅典卫城巴台农神庙的女神像身上,在意大利那不勒斯博物馆收藏的酒神巴克科斯的女祭司像上,可以看到古希腊古罗马时代飘逸动人的丝绸衣装。公元前1世纪时,著名的埃及艳后克丽奥佩特拉曾穿着当时尚罕见的艳丽绸衣在公众前显耀自己无与伦比的华贵。古罗马人把中国称作"赛里斯"(seres),即丝国之意。公元1世纪前后,性喜奢华的罗马人开始狂热地迷恋从帕提亚人手中转手取得的中国丝绸,这优雅的异国情调引发了一场时尚革命。普林尼曾挖苦被丝绸搞得神魂颠倒的罗马贵妇阶层说:"这完全是为了能在一种透明的薄纱下卖弄媚态风骚。"当恺撒身着丝绸长袍出现在剧场里,朦胧的烛光将红色的袍子映成梦幻的紫色,全场观众尖叫着沸腾起来,他们被恺撒身上恍若天物的美丽绸衣惊呆了。在古罗马市场上,丝绸价格一度上扬至每磅约12两黄金的天价,造成罗马帝国黄金大量外流,迫使元老院制定法令禁止人们穿丝衣,理由是穿戴丝织品很不道德。"丝绸衣服如果不能遮掩人的躯体,也不能令人显得庄重,这也能叫作衣服……少女们没有注意到她们放浪的举止,以至于成年人可以透过她身上轻薄的丝衣看到她的身躯。"但这一举措并没能阻挡贵族阶层对丝绸的狂热欲望。

古罗马人相信来自神秘东方的丝绸是从树上摘下来的,取自某种树叶上的柔软绒毛,"赛里斯人(中国人)从他们的树林中获取这种丝品而闻名于世。他们将从树上摘下的丝浸泡在水中,再将白色的树叶一一梳落"。公元2世纪时,一个叫宝撒尼亚斯的罗马人断言丝绸是由一种大爬虫织成的,同蜘蛛结网是同样原理,但这具体是一种什么样的大爬虫,他却想象不出来。

东罗马皇帝查士丁尼时代,为了摆脱波斯人垄断经营中国丝绸的局面,东罗马请与安息国邻近的突厥可汗派使者调解,不料波斯王不但不听调解,还毒杀了使臣。矛盾激化后,东罗马联合突厥可汗于公元571年攻伐波斯,战争长达20年之久,未分胜负。这就是西方历史上著名的"丝绸之战"。

据有关资料,由于和波斯断绝了关系,东罗马境内丝绸价格飞涨,丝织加工业几乎陷于停顿,查士丁尼急坏了,几个刚好在君士坦丁堡的印度僧人便来到王宫向查士丁尼说,我们在中国住过很久,曾用心研究过这种蚕虫的繁殖饲养方法。将信将疑的查士丁尼答应事成之后给予重赏,几个印度僧人于是再度前往中国,将蚕桑种子和养殖技术偷偷带回到君士坦丁堡,欧洲各国的养蚕业从此由东罗马逐渐传播开来。也有人认为,丝绸制造技术被中国政府视作高度机密,长期以来禁止透露给外国人,东罗马查士丁尼时期,几个东正教教徒将蚕种和桑籽藏在竹杖内偷偷带到了君士坦丁堡,丝绸的秘密终于被西方人破解。公元12世纪十字军东征时,南意大利王罗哲儿二世从中东俘虏了两千名丝织工人,把他们带回意大利去养蚕、缫丝、织绸,意大利的丝绸技术从此获得迅猛发展,意大利也因此成为欧洲丝绸工业的中心。

1959 年,考古学家在南疆塔克拉玛干大沙漠南部民丰尼亚河畔的流沙中,发现了东汉时代一对男女合葬的干尸,墓葬中出土有绚丽的"万世如意"锦袍。公元 2 世纪以前,西域还不能生产丝绸,所有经西域运往中亚甚至欧洲、北非的丝绸都来自内地。东汉末年,养蚕治丝业逐渐在西域兴起,尼雅(今民丰)、龟兹(今库车)、疏勒(今喀什)、高昌(今吐鲁番)等地均有丝绸生产,尼雅遗址曾发现蛾口茧一只,时间最迟不晚于公元 4 世纪。唐代后期到宋元时期,西域一带所制的锦、缎已独树一帜,被朝廷列为贡品,闻名遐迩。

现在可以确指为张骞当年带回来的物产,只有苜蓿和葡萄,前者原产伊朗高原西北的米底亚,后者是西亚和埃及最早栽培出的一种植物,但丝绸之路开通后,"殊方异物,四面而至",胡桃、胡瓜、胡葱、胡荽、胡椒、胡萝卜等纷纷被引入,中国古代文献中带有"胡"字的植物,大都是由丝绸之路带入的。另外,罗马的玻璃器,西域的乐舞、杂技也在汉代时被带到了内地。东汉末年,汉灵帝喜欢胡服、胡帐、胡床、胡坐、胡饭、胡箜篌、胡笛、胡舞,上行下效,这些东西在贵族阶层中很快流行起来。在当时的长安市场上,可看到西域各地的良马、珠宝、香料、瓜果、豆类等,如大宛的天马、葡萄、苜蓿,塔什干的石榴,罗马的火烷布,安息的狮子、胡桃,条支的大鸟,身毒的琉璃,等等,由于市场繁荣,国际商贾云集,长安涌现了一批大商人,如卖丹的王君房、卖豉的樊少翁等。班固的《两都赋》和张衡的《西京赋》对此做了生动描述:"九市开场,货别隧分,人不得顾,车不得旋";"瑰货方至,鸟集鳞萃,鬻者兼赢,求者不匮……"

汉丝路和唐丝路,是丝绸之路的两个高峰阶段。隋唐时,活动于中亚阿姆河和锡尔河之间的粟特人大批迁入中国,西亚和中亚的音乐、舞蹈、饮食、服饰等,大量随之传入中国。粟特人,在中国古代史籍中叫"昭武九姓",大多以经商为业,他们成群结队地东来贩易,并且有许多人逐渐在内地定居下来。粟特人文化属于波斯文化圈,他们的到来,为唐朝的一些都市注入了一股开放的胡风。20 世纪初年,著名探险家斯坦因根据玄奘法师写于 7 世纪时的《大唐西域记》一书,在丝绸之路的荒漠里找到数百个废墟,并发掘出数以万计的文物,充分表明这条古老商道当年的繁盛。

美国学者谢弗指出:"7 世纪(中国)是一个崇尚外来物品的时代,当时追求各种各样的外国奢侈品和奇珍异宝的风气开始从宫廷中传播开来,从而广泛地流行于一般的城市居民阶层之中。"我们看看盛唐、中唐时的有关记载,就可以感受到这一时期的胡风时尚,在长安等大都会,人们骑马外出时喜欢戴胡帽,有些大家闺秀甚至戴着男式胡帽在街市上策马扬鞭,头梳高髻的贵妇人外出尤其喜欢戴高耸的垂纱帷帽,这是一种带有垂纱的胡式宽边帽,娇颜半露,可以遮阳挡风,有些妇女则喜欢穿波斯风格的窄袖紧身服,配以典雅的百褶裙和一种绕着颈部垂下来的靓丽披巾。8 世纪时,宫廷里的宫女们很是流行扎"回鹘髻"。岑参在《酒泉太守席上醉后作》一诗中描述:"琵琶长笛齐相和,羌儿胡雏齐唱歌。浑炙犁牛烹野驼，交河美酒金叵罗。"西域康居国的"胡旋舞"是当时长安的时尚舞蹈，据《乐府杂录》："胡旋舞居一小圆球子上舞，纵横腾掷，两足终不离球上，其妙如此。"不但市井风行胡旋舞，就连杨贵妃也很痴迷，常常在长生殿上练习胡旋舞。当时在长安，西域乐人曹刚的琵琶、李谟的横笛、王花奴的羯鼓、王麻奴的觱篥都很有名，其他知名西域乐人还有白智通、白明达、康阿驭、安马驹等。曹仲达、僧吉底俱、僧加佛陀等来自西域的画家，则以凹凸画风影响了中原画法。

丝绸之路同时是一条艺术和宗教的传播之路，从这条古道上遗存下来的一些石窟，如龟兹克孜尔、吐鲁番伯孜克里克、敦煌莫高窟、安西榆林窟、武威天梯山、永靖炳灵寺、天水麦积山等，可看到其中混杂着的古印度文化、古波斯文化、古希腊文化的艺术因子。

从恒河流域开始传播的佛教越出印度西北部后，被皈依佛门的斯基泰人传播到西域。这是一种浸透着波斯因素的佛教文化，将佛经翻译为汉文的第一批译者几乎都是斯基泰人、粟特人或安息人。公元1世纪时，这种后来在整个远东地区拥有最大信徒群体的宗教顺着丝绸之路被带到了中国内地。伴随着混合、振兴和再造，新生信仰裹着狂热的情绪使中国人开凿出云冈、龙门、敦煌等石窟艺术的巅峰之作。

从魏晋到隋唐，西亚和中亚的祆教、摩尼教、景教、伊斯兰教也先后传入中国，产生过一定程度的影响。其中的摩尼教是发源于古波斯的一种宗教，在波斯受到镇压，几乎绝迹，但在维吾尔先民回鹘人那里获得传播，公元9世纪建都吐鲁番的西州回鹘王国，将其立为国教。祆教曾在新疆的高昌一带很流行，有资料称它于621年传到了唐都长安。景教也就是东正教，著名的法国探险家伯希和曾在敦煌莫高窟发现一卷公元800年前后的希伯莱写本，它是一名撒玛利亚人的祷告文。这些都表明，丝绸之路像一条神奇的铰链，把亚欧大陆的各种文明连接起来了。

1906年，在和田的阿富汗商人海鲁丁·汗 马达汉 摄

145

西域三十六国

秦时明月，汉时雄关，唐时繁花。楼兰长风吹古道，大漠孤烟掩故垒。

　　秦时明月，汉时雄关，唐时繁花。楼兰长风吹古道，大漠孤烟掩故垒。在一片滚滚黄沙拂起的幻影中，"西域三十六国"像遥不可及的庞大群像，模糊地出现在历史深处的羌笛声中。历史上，西域文化的形态异常庞杂，走马灯般不断变更的政治格局更是令人眼花缭乱。"西域三十六国"，是张骞通西域前这一广袤区域小国林立的状况，那时，它们大都受制于匈奴，这一悍如猛兽的"草原帝国"拥有"三十万控弦之士"（即骑兵），西域各国哪里惹得起，最强的月氏国一度和匈奴抗争，结果匈奴人杀死了月氏王，把他的头盖骨做成了喝酒用的杯子，并迫使月氏人离乡背井，从河西走廊远迁到现吉尔吉斯斯坦的伊塞克湖一带。

　　按照清代徐松的《汉书·西域传补注》，西域三十六国包括：婼羌、楼兰、且末、小宛、精绝、戎卢、扜弥、渠勒、于阗、皮山、乌秅、西夜、子合、蒲犁、依耐、无雷、难兜、大宛、桃槐、休循、捐毒、莎车、疏勒、尉头、姑墨、温宿、龟兹、尉犁、危须、焉耆、姑师、墨山、劫、狐胡、渠犁、乌垒。至西汉末年，西域三十六国分裂为五十余国。

　　据《汉书·西域传》："西域以孝武时始通，本三十六国，其后稍分为五十余，皆在匈奴以西，乌孙之南，南北有大山，中央有河，东西六千余里，南北千余里。东侧接汉，扼以玉门、阳关，西则限以葱岭。"这个范围大致包括巴尔喀什湖以东，南至帕米尔高原和昆仑山北麓的广大地区。至西汉末年，西域三十六国分裂为五十余国。以现今的新疆各地为例，轮台在西汉时曾为乌垒国所在地，库车为龟兹国所在地，且末为小宛、且末国所在地，民丰为精绝、小宛国所在地，和田为古于阗国所在地，喀什为疏勒国，拜城为姑墨国……

　　西汉神爵三年（前59），汉王朝在西域设立西域都护府统辖西域，自此，"汉之号令班西域矣"。东汉末年，汉政权自顾不暇，西域各国之间不断兼并，至晋朝初年形成了鄯善、车师等几个大国并起的局面，到南北朝时期，新兴的高昌国称雄西域，建立了一个地跨今新疆大部的强国。唐代初年，高昌国被唐王朝派侯君集带领大军剿灭，不久设立安西都护府和北庭都护府管辖西域。

1900 年 1 月,英国探险家斯坦因带着一支探险队来到昆仑山下、塔克拉玛干大沙漠南缘的尼雅绿洲。从一个叫伊普拉欣的当地人手里,斯坦因惊讶地发现两块从沙漠里带回来的木简,上面的古代文字竟然是早已消失的佉卢文。这种文字最早起源于古代犍陀罗,是公元前 3 世纪印度阿育王时期的文字,公元 1 到 2 世纪时在中亚地区广泛传播。在伊普拉欣的带领下,斯坦因来到一处沙漠中的台地,很快获得几百片古佉卢文木简,他兴奋得彻夜难眠。接着他在沙漠中发现了一座古代城市的遗址,发掘出织物、陶器、铜镜、金耳饰、铜戒指、铜印、铜镞、玻璃、贝器、木器、弓箭、木盾、红柳木笔、六弦琴、漆器残片、各类用梵文书写的佛经、汉文木简等。从寸草不生的沙漠中挖出如此众多的两千年前的古代遗物,身临其境的斯坦因被惊呆了,简直不敢相信这一切是真的。接着他的探险队又从古城市遗址上发掘出官署、佛寺、民居、窑址、炼炉、古桥、田畦、渠道、蓄水池、墓地等遗迹。欣喜若狂之余,斯坦因把这个神奇的古代城市遗址命名为"尼雅遗址"。当他带着大量由各种文字书写的木简和各种各样罕见的物品回到欧洲,整个考古学界为之轰动,"尼雅遗址"被惊叹为"东方庞培城"。此后,斯坦因又 3 次带着探险队对尼雅古城进行发掘,从 41 处遗址里发掘出大量文物。在发掘过程中,其野蛮的发掘方法给尼雅遗址造成了永久性的伤害。

斯坦因曾推测尼雅遗址是古代西域三十六国中精绝国的所在地。他把掠夺来的古文字木简整理发表出来后,其中的汉文木简很快被著名国学家王国维看到,王国维在里面找到了"泰始五年"等字样,这是公元 269 年前后西晋武帝的年号。经过详细考释后王国维断定尼雅遗址确实是精绝国所在地。

据《汉书·西域传》记载:"精绝国,国王驻精绝城,距离长安八千八百二十里。人口四百八十户,三千三百六十人,其中具有战斗能力者五百人。设置有精绝都尉、左右将军、驿长各一人。北距西域都护治所二千七百二十三里,南距戎卢国四日的行程。地形崎岖。西通弥四百六十里。"从短短 113 字,可知道精绝国是一个很小的国家。这个弹丸小国处于丝绸之路南路的咽喉之地,以殷实、富庶著称,美丽清澈的尼雅河是这个小国的母亲河,两岸长满了茂密飘曳的芦花,当时,尼雅城叫作尼壤,是精绝国最繁荣的城市。可惜的是,后来精绝国突然就在历史上消失了,准确的原因至今是一个谜,从斯坦因获得的文字来推断,也许是被经常攻击它的苏毗国消灭了,或是被日益恶化的生态吞噬了。

西晋时期,尼雅绿洲的原精绝国属地归鄯善国统治,成为鄯善国的一个州。大唐贞观年间,玄奘取经东归时曾途经这一带,在一种神秘的荒凉体验中,他记录道:"尼壤城周长三四里,位于大沼泽地之中。那里又热又湿,难以跋涉,芦草生长茂盛,没有可以通行的途径,唯有进入城中的道路可以通行,往来的人没有不经过这座城池的。从尼壤继续往东走,就进入大流沙地带。那里沙流漫漫,聚散随风而定,人走过之后留不下痕迹。也正因为这样,有很多人在那里迷路了。在大流沙地带,放眼四顾,都是茫茫沙漠,分不清东南西北。所以,那些往来的行旅就把前人遗留的尸骨堆起来作为路标。狂风肆虐,容易使人畜昏迷不清,并染上疾病。人们在那里时不时会听到呼啸的声音,那声音有时会变成哭泣声,不知不觉间,人就会受到魅惑而跟随那声音,经常有人突然走失。这都是鬼魂精灵所干的事……"

乌孙国是西域三十六国中最强悍的国家之一。乌孙人的故地在敦煌、祁连山之间的区域,长期过着随水草而居的游牧生活,风俗与匈奴接近。乌孙盛产高头大马,也盛产盗马贼和江湖土匪。据史料记载,公元前177年,乌孙被月氏人击败,国王被杀,部族面临着覆灭。危难关头,尚是婴孩的太子猎骄靡被义士布就翎侯抱着逃了出来,逃亡途中,布就翎侯将猎骄靡藏在荒草丛中,去给他找吃的,当布就翎侯返回时,惊讶地看见一只狼在用自己的奶喂猎骄靡,旁边还站了一只乌鸦,叼着一块肉准备喂猎骄靡。布就翎侯见状大为惊奇,认为太子将来定是个超凡之人,便带着他前去投奔匈奴,把自己看到的奇事禀告给大单于冒顿。冒顿听后,当即收养了这个不同寻常的乌孙太子。十多年过去了,在匈奴的扶持下,猎骄靡匡复乌孙国当上了国王,国力得到振兴。数年后,一门心思为父报仇的猎骄靡在匈奴的配合下,对已西迁到伊犁河流域的月氏国发动了进攻,把月氏人打得大败,他率领部族从此在新占领的伊犁河流域定居下来,新的乌孙国有人口63万,军队18万,都城在赤谷,实力比先前大增。

乌孙发展起来后,一度遭到匈奴的压制,国王猎骄靡念及旧恩,不想太得罪匈奴,但后来也不去朝拜匈奴。西汉元鼎二年(前115),汉武帝接受张骞的建议,用厚礼与乌孙国结好,实施和亲政策,断除匈奴的这只"右臂",随后张骞率三百人,携带骏马六百匹、牛羊万头和大量金帛货物出使乌孙,猎骄靡见到张骞后,欣然收下了厚礼。张骞劝说乌孙与汉朝联盟,并许诺嫁一位大汉公主给他做夫人。老谋深算的猎骄靡怕开罪匈奴,没有接受和亲。直到10年之后,匈奴的势力逐渐衰弱,猎骄靡才派使臣带着一千匹上好的乌孙马作为聘礼,前往长安求亲。汉武帝于是封江都王刘建的女儿细君为公主,让乐队、工匠、侍女、护兵等数百人带着大堆金银绸缎为嫁妆,随公主远嫁乌孙。

乌孙王猎骄靡这时已垂垂老矣,连儿子都先他而去了地下,白发苍苍的他封细君做了右夫人,随后又大打"太极拳",从匈奴娶了一位公主封为左夫人。肤色洁白、瑰姿婉约的细君气质华贵、彬彬有礼,深受乌孙人的爱戴,她被称为柯木孜公主,意为肤色白净得像马奶子酒的公主。然而出生在南方的细君适应不了遥远的异乡生活,言语不通,加之

猎骄靡已老迈体衰,两人很少在一起,忧愁之余,她作了首题为《悲愁歌》的哀歌:

　　吾家嫁我兮天一方,远托异国兮乌孙王。

　　穹庐为室兮毡为墙,以肉为食兮酪为浆。

　　居常土思兮心内伤,愿为黄鹄兮归故乡。

　　这首诗传到京都长安后被汉武帝看到了,不禁潸然泪下,专门派人送了件最好的貂裘给细君公主。老乌孙王猎骄靡也读懂了大汉公主哀凉的内心,他起了怜香惜玉的念头,有意将江都公主嫁给自己的孙子军须靡。这令深受大汉礼仪熏陶的细君无法接受,她上书给汉武帝,希望允许她返回中原,避免嫁给丈夫的孙子这种丑事。正要对匈奴用兵的汉武帝却回信说:"从其国俗,欲与乌孙共灭胡。"细君只好无奈地忍辱嫁给了军须靡。猎骄靡为孙子主持了婚礼之后,不久即去世了。一年后,细君为已继承王位的军须靡生下一个叫少夫的女儿,不久便病死了,这时她才21岁。细君是最早出塞和亲的大汉公主之一,比公元前33年出塞的昭君早80年,她死后,汉朝为巩固与乌孙的联盟,又把楚王刘戊的孙女解忧公主嫁给了军须靡。

　　乌孙国内部一直为亲汉还是亲匈争吵不休,亲汉的乌孙人与亲匈的乌孙人最终发生了激烈的内乱,实力严重损耗。东汉末年,鲜卑人异军突起,多次攻击乌孙。乌孙人被迫退到天山一带,并从此从西域的政治格局中淡出。

　　在新疆吐鲁番火焰山南麓的木头沟河三角洲,有一座著名的古城遗址,这就是昔时丝绸之路的重要门户高昌国都遗址,维吾尔语叫"亦都护城",始建于公元前1世纪。整个遗址规模壮观,呈不规则的正方形,分为外城、内城、宫城3部分,外城城墙有近12米高,长达5.4千米。外城外有一座寺院的遗址,极有可能就是玄奘西游时讲经的地方,寺院遗址上发掘出的绿色琉璃瓦、纹饰藻丽的石柱础和巨幅的奏乐图壁画,记录了早已湮没的昔日繁华。

民国初年,南疆高山猎户　斯文·赫定　摄

晚清时的哈密王墓

民国时丝绸之路上赶骆驼的人

　　隋唐时期高昌一度成为西北区域的政治、经济、文化中心。八荒争辏,万国咸通。高昌是连接中原、中亚、南亚的枢纽之地,阿拉伯人带着苜蓿、葡萄、香料、胡椒、宝石和骏马来到高昌城,又从这里把中原的丝绸、瓷器、茶叶、纸张及其他特产带走。高昌的许多移民来自河西,所以文化形态中有明显的汉文化特质,其汉文化以河西地区的凉州文化为主,自称"国人言语与中国略同"。据《唐书》和《西突厥史》记载,高昌国的氏国王家族是汉族血统,从凉州金城(榆中)迁来。为推动贸易的繁荣,高昌国王伯雅曾史无前例地搞了次类似于今天万博会性质的大型盛会,大批不同肤色的商队从世界各地赶来,云集于高昌城中,人声鼎沸好不热闹。这次盛会还请来了喜欢游山玩水的中原之主隋炀帝,高昌王伯雅率西域 27 国国王佩玉披锦,焚香奏乐出城相迎,隆重盛大的场面在西域空前绝后。隋炀帝回朝时伯雅亲自把他送到隋都长安,令隋炀帝十分感动,在长安观风殿隋炀帝亲自设宴款待以示感谢,后来炀帝还把华容公主嫁给了他。

　　高昌王文泰时期,高昌国力强盛,一度对大唐政权有抵触。一次,大唐使者来到高昌,文泰不仅不好好招待,还傲慢地说:"鹰飞于天,纵伏于嵩,猫游于堂,鼠唯于穴,各得其所,岂不能自生邪?"唐太宗得到使者的回奏后,大为震怒,不久派出大将侯君集引大军去讨伐高昌,在唐军的大举进攻下,高昌国被消灭了,领土被大唐吞并,设立为西州,直到晚唐时回鹘人的一支占领了这一带,建立回鹘高昌国。

　　佛教在高昌高度繁荣,历代国王都虔诚信奉佛教,国土内到处是梵呗之声相闻的寺庙和狂热的信徒,在其领地上,分布着不计其数的佛像石窟,遗留至今的有伯孜克里克石窟、吐峪沟石窟、雅尔湖石窟、胜金口石窟、七康湖石窟、科锡哈石窟、大桃儿沟石窟和小桃儿沟石窟等。德国柏林博物馆藏有两尊珍贵的佛像,穿着罩式袈裟的佛雕背靠椭圆形光圈,光圈饰有珍珠,精美绝伦,这两尊佛像就是高昌古国的。

马中东方偶像

人类迄今为止所做到的最高贵的征服，就是征服了这豪迈而剽悍的动物——马。

一骑绝尘，横行大漠，一声高旷的嘶鸣从疆场和唐诗中荡出，为我们的耳膜染上了一抹英雄气。汗血马，无疑是史上最神秘尊贵的马种，直到今天，它仍雄视天下，和英国纯血马、德国汉诺威马、法国阿尔登马等并称全球最优秀的马种。

"天马来出月支窟，背为虎文龙翼骨。"这是李太白咏汗血宝马的句子。西北多好汉，多骏马，多马背上的剽悍的民族。西域三十六古国中，大宛、乌孙、龟兹、焉耆等地都出产良马。在汉代，焉耆马叫"胭脂马"，乌孙马叫"西极马"，大宛马叫"天马"，产自大宛的汗血马，更是西域马中的"皇族"。《神异经》里说："大宛有良马，鬣至膝，尾垂于地，名曰萧稍。"估计这种马就是汗血马。

2000年，日本马类专家清水隼人在天山意外发现了汗血马的踪迹，拍下了这匹马在高速奔跑后"汗如鲜血"的照片，在东京大学举行的马匹研究会上，他正式向世人公布这一发现。新疆当地专家分析后认为这匹汗血马可能是流入我国的"土种"阿哈马或杂种阿哈马。

阿哈马也就是通常说的汗血马，现主要生活在土库曼斯坦，被视为国之瑰宝，总量仅有2000匹左右。阿哈马全身密生长毛，高大优雅无比，特有的伸长高举步法，犹如迅捷曼妙的舞蹈，跑完1000米仅需1分零5秒。历史上产汗血马的大宛国位于今乌兹别克的费尔干纳盆地一带，这个盆地为天山山脉和吉萨尔－阿赖山脉的山间凹地，长约300公里，宽约170公里，古大宛人属于伊朗人种，是斯基泰人的一支。大宛所产的良马之所以叫"汗血马"，应该和《史记》的记载有关，张骞到大宛后对这种宝马印象极深，回长安后向汉武帝提及，告诉他大宛出产一种宝马，流出的汗呈血色，其祖先是天马的后代。据《汉书》记载，很古的时候，大宛国都贰师城附近有一座高山，山上生有野马，奔跃如飞，无法捕捉，大宛国的人在春夜把五色母马放在山下，野马与母马交配后，生下了汗血宝马，肩上出汗时殷红如血，胁如插翅，日行千里。

雄才大略的汉武帝是一个超级马迷,正是在他当政时期,汉王朝组建了庞大的骑兵部队,这是当时能击败匈奴的重要原因。乌孙国王猎骄靡知道汉武帝的这个爱好,所以公元前105年向汉朝求亲时以一千匹上好的乌孙马作为聘礼,在此之前汉武帝曾在一次占卜中获得"神马当从西北来"的讯息,如今这些英姿勃发的异国"尤物"果然翩翩而至,汉武帝喜不自胜,于是尊封乌孙马为"天马",并热血贲张诗兴大发地写了首《天马歌》。

数年后,怀着对汗血马的热忱渴盼,汉武帝让韩不害率领一个使团带着一匹用纯金制成的金马和贵重珠宝,出使万里之外的大宛,希望用重礼求购汗血宝马。

使团历尽千辛万苦来到大宛国都贰师城后,汉使带来的金马和珠宝令大宛王毋寡和当地王公贵族眼睛发直,他们却欺汉朝远在万水千山之外,拒绝献出汗血马,并傲慢地想强行扣留金马和财宝,韩不害震怒之余,将金马砸烂后离开了贰师城。在归途中,大宛王指使服从自己的小国郁成国阻击消灭了使团。

韩不害一行全部罹难的消息传到长安,满朝文武震动,勃然大怒的汉武帝任命国舅李广利为贰师将军,率领6千羽林军,又从各郡国调集囚徒恶少2万人,组成讨伐大宛的远征军。这就是"犯强汉者虽远必诛"的"汗血马之战"。远征军在敦煌集结后没有得到充足的给养就踏上了征程,抵达郁成国时已是初冬时节,由于粮食缺乏,水土不服,劳顿不堪的汉军尚未开战就已损失大半。和郁成国开战后,士气低落的汉军被击败,李广利仅带着几百人狼狈地逃回了敦煌。由于李广利是国舅,汉武帝没有治他的罪,命他率残部在敦煌待命,有敢进入玉门关的杀无赦。不久汉武帝组织6万兵力让李广利再次远征大宛,这次在军需上作了充足准备,调拨了3万匹战马、10万头牛、万余匹骆驼及大量物资,同时从全国调拨18万大军前往酒泉一带,随时准备增援。汉军沿途杀伐不顺服汉朝的小国,把郁成国烧了个精光,接着汉军击败大宛军,把大宛国都贰师城围了个水泄不通,每天从四面不断攻城。双方僵持40多天后,汉军切断了贰师城的水源。大宛的王公贵族们见坚持不住了,于是哗变后将大宛国王毋寡绑起来送到了汉营。汉军将毋寡斩首,另立亲近汉朝的大宛政权,然后挑选了3000匹上好的大宛马,踏上胜利的归途,经长途跋涉到玉门关时,这批马剩了1000多匹。经此一战,汉朝的威望在西域达到新的高点,几十年内西域诸国服服帖帖。

得到汗血宝马后汉武帝兴奋不已,尊封汗血马为"天马",改封乌孙马为"西极马",并为此而作了首《西极天马歌》:

天马徕兮从西极。

经万里兮归有德。

承灵威兮降外国。

涉流沙兮四夷服。

不久,汉武帝让汗血马与蒙古马杂交,培育出山丹军马,使中原的马种得到改良,汉军骑兵的战斗力得到大幅增强。在汉武帝之前,从未有一位中原之主像他一样重视良马及骑兵,而正是强大的骑兵,使大汉政权在同匈奴的对抗中一改刘邦时代的颓势。马在政治格局中的地位从此凸显,"马者,国之武备,天去其备,国将危亡"。此后历代统治者视之为维系邦国的重要棋子。

据《魏书》记载,一代枭雄曹操的坐骑即是一匹叫"绝影"的汗血马,"绝影"形容它的速度快得连影子都跟不上。在讨伐张绣的战斗中,措手不及的曹军遭到袭击,仓惶败退的途中,曹操险些丧命,全靠绝影马跑得快才逃得性命,这匹马中了三箭仍能奋蹄疾驰,迅捷如电,最后被流矢射中眼睛才倒下。这一战是曹操除赤壁之外最惨痛的败绩,曹军损失惨重,曹操失去了儿子曹昂、虎将典韦、侄子曹安民,以及救了他性命的绝影马。

盛唐时,中原与西域诸国的关系极为密切,唐玄宗曾将义和公主嫁给大宛国王,大宛国王则向玄宗觐献了两匹汗血宝马。玄宗也是个酷爱良马的主,非常喜欢打马球,他为两匹宝马取名为"玉花骢""照夜白"。当时的大画家曹霸就画过这两匹马,可惜真迹已经不知所终。曹霸的弟子韩干画的《照夜白图》则一直被收藏在历代皇宫中。20世纪30年代,这幅国宝级传世之作流出故宫后,被著名皇族溥心畬收藏,英国收藏家戴维德获悉后,以一万银元的价格收购了这幅画,后来,几经周折,这幅画到了美国人手里,现收藏于美国纽约大都会博物馆。

"大宛汗血古共知,青海龙种骨更奇。"(司马光《天马歌》)汗血马是马中的无冕之王,它的丰仪,它的神秘,它的诗意,它的传奇,让人情不自禁地想起法国作家布封的名言:"人类迄今为止所做到的最高贵的征服,就是征服了这豪迈而剽悍的动物——马。"

汗血马最令人称奇之处无疑是它神秘的"汗血"现象，马汗一般都是白色的，呈泡沫状，不可能是血色，那汗血马何以会流出血色的汗呢？一种看法认为这主要是马在高速奔跑时体内血液温度可以达到 45℃到 46℃，汗血马的毛又细又密，其毛细血管非常发达，在高速奔跑之后，随着血液增加 5℃左右，少量红色血浆从非常细的毛孔中渗出是有可能的；另一种看法认为马出汗时往往先潮后湿，马的肩膀和脖子是汗腺发达的地方，对于枣红色或栗色毛的马，这两个部位的颜色会显得格外鲜艳，所以汗血马在高速奔跑中这两个部位的汗腺给人感觉流出了鲜红的血；还有一种看法认为，"汗血"现象是受到寄生虫的影响，清朝人德效骞曾分析说，汗血现象只不过是一种特殊的马病引起的，一种寄生虫钻入到马皮内，马在高速奔跑时，马皮在两个小时之内就会出现往外渗血的小包，有的资料称外国专家曾对汗血马的"汗血"现象进行过考察，认为是由一种特殊的寄生虫病引发的。这三种看法中，似"寄生虫"说更站得住脚些，有史料显示，当汉武帝取得大宛马后，繁衍几代就不再有汗血现象，这是否是汗血马身上的寄生虫不适应中原气候，"寄生虫病"好了呢？

和田玉华丽纪

于阗人在明月下夜视河水，"月光盛处，必得美玉"。

河南省安阳市小屯村，1976 年，一座商代古墓揭开了历史斑驳的纱幔，墓主是商王武丁的王妃妇好，考古人员发掘出了 755 件玉器，经鉴定，玉怪鸟饰、玉羊首饰等众多玉料是由新疆和田白玉制成的。这仅是众多商周遗址中发现和田玉的例子之一。在甘肃、青海两地距今四千多年前的齐家文化里，发现了不少和田玉。距今 3800 年前，在今罗布泊地区孔雀河北岸的古墓沟生活着一群古罗布泊居民，从他们的墓葬中，出土了由和田玉制成的玉珠，系死者颈腕部装饰品。战国以降，和田玉更是大量进入中原，成为中华玉文化的代表性玉料。大量事实表明，在汉代丝绸之路开通之前，一条由新疆通往中原的"玉石之路"就已横亘在苍茫而古老的大地上。

《千字文》说："金生丽水，玉出昆岗。"这个"昆岗"，指的就是昆仑山北坡的和田。和田位于丝绸之路的南道，史称和阗、于阗，秦汉以前有塞人、羌人、月氏人等古老民族在这里生息过。和田玉属软玉，古称"昆山玉"，清代时称"回部玉"，分为山产玉和水产玉两种。采自山上原生矿的叫山玉，特点是块度的大小不一，呈棱角状。水产玉有一种是原生矿石风化崩落后由河水搬运至河流上游的玉石，由于距原生矿近，块度较大，棱角稍有磨圆；另一种是原生矿剥蚀后被流水搬运至河流里的玉石，其特点是块度较小，常为卵形，表面光滑，这种水产玉叫籽玉。珍贵的籽玉大都产自喀拉喀什(墨玉)河和玉龙喀什

（白玉）河，在古代，于阗人在明月下夜视河水，"月光盛处，必得美玉"。

和田玉分为白玉、羊脂白玉、青田玉、青玉、黄玉、糖玉、墨玉等，葡萄牙的耶稣会士鄂本笃于1603年前后游历过和田，留下了和田山料玉开采方法、矿权所有和租赁方式的详细记录。

李约瑟在《中国科学技术史》中说："对玉的爱好，可以说是中国的文化特色之一，启迪着雕刻家、诗人、画家的无限灵感。"在中国文字中"玉"通"王"，和"王"同用，三横是天地人，一竖贯通，中国文化的道统是天人合一思想，在这种价值体系里，玉被视为天地精气的凝结之物。孔子曾详细论述过玉的11种德性：仁、知、义、礼、乐、忠、信、天、地、德、道，赋予玉崇高的道德禀性，从而使玉在儒文化中占据了一个显要的位置。古语道："言念君子，温其如玉。故君子贵之也。"所以君子比德于玉，玉不离身。而华夏龙脉（山脉）皆发脉于昆仑山，采自这座"山中之王"的品质绝伦的和田玉，自古以来就被认为是玉中的正脉、玉中的真玉，其他地方的玉从精妙程度上、从地位上是无法望其项背的。

殷商的玉饰、周朝的礼器、秦代的玉玺、汉代的玉衣、唐代的玉莲花、宋代的玉观音、元代的渎山大玉海、明代的子冈牌、清代的大禹治水图玉山，和田玉是东方的灵符，它无量的光轮扫过历史的天空，闪耀着高洁曼妙的天意。

和田玉产于西域，成于中原。最神秘的和田玉雕件是被王室的星象家用来观测星象的圭臬，以及帝王行封禅祭礼时深埋地下的玉牒，如乾封元年（666），唐高宗在泰山举行盛大的封禅大典告谢上天时，使用了"玉策三枚，皆以金编，每牒长一尺二寸，广一寸二分，厚三分，刻玉填金为字"。汉代时中原贵族广泛用和田玉来制作"丧葬玉"中的玉衣，这是汉代最高规格的丧葬殓服。据《西京杂记》记载，汉代帝王下葬都用"珠襦玉匣"，玉匣就是状如铠甲的玉衣，用金丝连接，当时的人们沉迷于不朽的观念，视玉为高贵的礼器和身份的象征。魏晋时，玄风流行，名士服药成风，主要是服五石散，也有服玉屑的，以和田白玉之屑为上品，服用玉屑主要是为了轻身羽化、延年益寿，这种观念最早源自求仙术士的神秘主义思想，影响很大的葛洪就说："玉亦仙药，但难得耳……当得璞玉，乃可用也，得于阗白玉尤善。"直到唐代，在官方的药剂中仍仔细记录了服用玉屑来轻身延年的用途，认为所服用的玉"当以消作水者为佳"，但是"粉状及屑如麻豆者"亦可服用，服用后能"取其精润脏渣秽"。唐代贵族的一大新风尚是佩带用玉饰板做成的玉腰带，这种晶莹美丽的腰带取代了以前的皮腰带。肌肤似雪的杨贵妃是和田玉的迷恋者，每到夏天，怕热的她每天都要在口里含一个玉鱼儿，以玉的清凉之津来消除肺热。宋代时金石学掀起了一个高峰，对玉的研究胜过往昔，皇帝宋徽宗颇有恋玉癖，他的凤阁龙楼里收藏了众多的玉。

玩玉者,不可不知子冈,在和田玉浩瀚的史海上,明代的玉雕大师陆子冈是一个绕不过去的角色。陆子冈是当时琢玉中心苏州的代表性人物,琢玉技艺巧夺天工,以区区工匠名闻朝野,声震天下。据《苏州府志》载:"陆子冈,碾玉录牧,造水仙簪,玲珑奇巧,花茎细如毫发。"陆子冈主要活跃于嘉靖、万历年间,自幼在苏州城外横塘的一家玉器作坊学艺,操得一身绝技,其所琢玉雕,形制仿汉,取法于宋,精妙无比,颇具古意。据说他的玉之所以雕得那么好,得力于一把妙不可言的"吾昆刀",这把刀他从来秘不示人,操刀之技也秘不传人。成名后,陆子冈琢玉更加讲究,有所谓"玉色不美不治,玉质不佳不治,玉性不好不治"之说。一次,隆庆皇帝命他在小小的玉扳指上雕百骏图,他在玉扳指上刻出霞气氤氲的叠峦和一个大开的城门,然后雕了三匹马,一匹驰骋城内,一匹正向城门飞奔,一匹刚从山谷间露出马头,整个画面给人以藏有马匹无数、奔腾欲出的动感,令隆庆皇帝激赏不已,自此,他的玉雕便成了皇室的专利品。故宫博物院至今珍藏有陆子冈的合卺杯、青玉婴戏纹壶、青玉山水人物纹方盒等玉雕佳作。

和田玉的开采在清乾隆时期达到了一个高峰。乾隆皇帝对玉的迷恋超过历代帝王,被称为"玉痴皇帝",他写玉的诗作竟多达800多首。乾隆二十四年,新疆一带正式归入清廷的直接管辖之下,和田玉被确定为新疆向清廷皇室进献的三大贡品之一,源源不断运往内地。乾隆皇帝对此非常得意,在养心殿寝宫专门挂了个题有诗歌的碧玉大盘作为纪念。乾隆帝最喜爱的珍贵小玉雕,收藏在一种叫"百什件"的盒子里,共分为9层,抽屉中有每件玉器专用的小格子。一个叫丁关鹏的宫廷画师作了幅《鉴古图》,真实记录了乾隆皇帝赏玉的情况。乾隆帝对宫廷玉器制造极为关注,常亲临现场过问生产过程,亲自对玉雕进行鉴别、定级,并制定对玉工的惩罚办法,轻则扣除薪俸,重则降职、革职以及体罚或监禁。有些重要的器物,他对画稿、制木型、蜡样,以及最后的装饰、摆设等,要一一审查,作出指示,如乾隆四十六年初,制作"大禹治水图"玉山的玉料运到北京后,他直接参与了整个制作过程,并下旨指定自己选定的刻款工匠,将亲笔题写的"密勒塔山工大禹治水图"题诗,以及自己最得意的两方印玺"五福五代堂古稀天子宝""八徵耄念之宝",刻于玉山背面。这座青白玉玉山是我国古代最大的一件玉制品,现藏于故宫博物院,高224厘米,宽96厘米,重5300多公斤,由清代扬州玉工制作,前后共用了10年时间完成,仅从和田运到北京就用了3年。

157

伯希和从新疆图木舒克遗址上发掘出的唐代塑像，现存法国吉美博物馆

158

1905 年 11 月 6 日,慈禧太后 70 岁寿辰这天,她收受了来自全国各地的各种贵重礼品后,下了一道懿旨给新疆巡抚联魁,要他在和田找一块她"百年"之后在寝宫中停放棺椁的大玉座。联魁接到懿旨后,不敢怠慢,迅速组织人马在海拔 4000-4500 米的密尔岱山玉矿,靠铁锤、楔子、钢钎等简单工具,历尽千辛万苦,采出了一块浅绿色的巨大青白玉料,6 面凿平后重达 33600 余斤。将这块前所未有的大玉运往遥远的北京,在当时是一项无比艰巨的工程,数百名运玉人,将圆木垫在玉料下面,让大玉的光滑面朝下,采用几十匹马拉、数百人在背后用力推、用棍撬,轮番移动圆木往前垫,缓慢地将大玉料向前移动。

冬季是运大玉的最佳时间,运玉民工在路上泼水冻冰以加快运输速度,但在塔克拉玛干大沙漠边缘地区找到水源颇为不易, 有一段还是数百里长的无人区, 据说路上累死、病死的民工达好几百人。如此日复一日用原始手段艰辛地协同操劳,3 年后,1908 年 11 月 15 日,当大玉运到距离库车县旧城 1000 公里处时,慈禧太后在北京紫禁城内仪鸾殿驾崩的消息,通过有线电报从京城传来,已被折磨得痛苦不堪的运玉民工们再也控制不住心头的怨愤,作鸟兽散的他们砸碎了大玉料以泄数年之苦,小块和中块玉料被混乱的人群搬走,有些被掷入库车河里,只留下搬不动的最大两块。1949 年 11 月,解放军进驻库车县后,两块遗留下来的青白玉料,作为清代文物被存放在县委大院里。1965年,中国地质博物馆的胡承志到库车时被这两块玉料吸引,了解其不凡来历后,征得县领导同意,用汽车把两块玉料运到乌鲁木齐,稍小的玉料移交给新疆地矿局,较大的一块通过火车运往北京,在中国地质博物馆东大院内展出,底座标牌上写着"库车县赠"。

唐代帛画精品,1908 年被法国人伯希和从敦煌藏经洞中取走

一个粟特人的唐丝路

被称为"昭武九姓"的粟特人,靠著名的巴克特里亚骆驼组成的商队笑傲于商业江湖。

公元 751 年的一个秋日,朝阳橙黄的琥珀光温柔地泡着长安。位于皇城西南方向的繁华商业区西市(今西安糜家桥与东桃园一带),万头攒动之际,蓄着大胡子的粟特商人纳奈凡达克乐呵呵地忙着贩卖羊毛、宝石、玉石等货物,这些东西是他从遥远的撒马尔罕一带运来的。一丝看惯风云的圆滑和一丝横行大漠的精悍从纳奈凡达克的蓝眼珠里荡出来,从背面看他犹如一只巨鹰。他的粟特式服装别有特色,圆锥形的帽子顶端略微向前倾斜,长度抵达膝盖的深蓝色绸衣上有圆环纹饰,里面绣了两头美丽的小鹿,绸衣外系了典雅的腰带,狭长的裤腿塞在鞋底用皮子做成的缎面长靴子里。他把大宗的货物批发给一些代理商,省却了众多琐碎的麻烦事,货物中最多的是羊毛,这些上好的羊毛是用金子从突厥人的草原上收购来的,像往常一样,在到达长安前,他就在大捆的羊毛上割开了几个缝隙,让沙子渗透进去,以增加重量,由于是沿着漫漫大沙漠走了好几个月运来的货物,一般的买主也没法怪罪。

这是天宝十年,安史之乱爆发前的第四个年头,大唐王朝像盛极转衰前的日头一样运行到了最高处。长安的两个大集市是东市和西市,汉语中购买货物被称为"买东西",即是由这两个市场而来。西市占地 100 万平方米,被称作"金市",堪称当时世界上最大的市场,分属 220 多个行业的 4 万多家商铺鳞次栉比,整齐排开,将整个市场分割成"井"字状的九宫格局。拥有 200 万人口的长安常年流动着 5 万左右的外国人,这些外国人主要是粟特人、突厥人、回鹘人、吐火罗人、波斯人、天竺人、日本人等。外国商人大多云集于西市,被称为"昭武九姓"的粟特人占了相当大的比例,他们是横贯西域的丝绸之路上的商业九头鸟,靠著名的巴克特里亚骆驼组成的商队笑傲于商业江湖。

纳奈凡达克的家乡是位于撒马尔罕以东 40 里处的小城喷赤肯,尽管那里的晴空远远地浮着帕米尔高原的清凉白雪, 但夏天时酷热的高温却可以烤焦周围的草原。少年时,纳奈凡达克的父亲战死于疆场,这使他成为一名问题少年,在喷赤肯过了几年倒霉蛋的生活后,他来到撒马尔罕跟随叔父做生意。撒马尔罕是丝绸之路上最重要的商业城市,四方客商云集,距他叔父家不远处,到处排列着各种仓库,有时在同一个地方就可听到 10 种以上的语言,在这样的环境中成长加上叔父的点拨,数年后纳奈凡达克就掌握了许多做生意的方法,脑瓜精明得像草原上的银狐,还学会了阿拉伯话、汉话及一些突厥话、吐蕃话。尽管他不得不跟随叔父做生意,但他内心却迷恋一种闲云野鹤式的生活。他叔父经常看到他一大早起来坐在帐篷外凝视旷野上绛红色的晨光,或是在黄昏时忘了卸下骆驼上的货物,呆呆地望着暮色由紫色变为青色,再变为黑色。然而来自现实的黑暗常常像烈焰一样烧焦了他的闲云野鹤之梦,阿拉伯人的月牙弯刀刺穿了粟特人的金甲,他亲历了自己的祖国是如何被一点点消灭的,撒马尔罕沦陷后已成为阿拔斯王朝(黑衣大食)的东方明珠。在漫长而壮阔的丝绸之路上长年跋涉,不失为逃避亡国之痛的一种自慰式选择。

纳奈凡达克在西市打点完所有的货物,已临近黄昏时分,见赚到的钱比预计的多了一大截,他忍不住偷偷抿着嘴乐了一会儿。接下来他该放松放松了,他决定找个地方饮酒作乐逍遥一番,在离开西市前,他做的最后一件事是把一块未经雕琢的巴克特里亚青天石存放到珠宝匠那儿,让他精心打磨成一件美妙的饰物,准备回去时作为送给家人的礼物。

夕阳无限好,明艳艳的黄光流脂般涂在西市外的杨树林上,纳奈凡达克望着粗大如围的杨树,不禁轻轻叹了口气。他第一次来长安是开元十九年(731),那时的杨树亭亭玉立,青翠欲滴,就像青春如花的自己,20年弹指间就过去了呀,他感到了时光迅猛的掩杀,这种掩杀一寸寸透进了肌肤。以往来长安,卖完货后,他喜欢到距东市不远的平康坊去作乐,找个幽雅的卷着珠帘的阁楼,要上一壶黄酒,一盘熏肉,一叠长安流行的加了香料的"千金碎香饼子",再花一千六百文铜钱找个罗衣高启的内地青楼女共度良宵。但这次,不知怎么的,一抹乡愁像丝线一样缠住了他的喉咙,于是他决定去春明门(长安东大门)以南的地方,那一带胡风颇盛,有许多粟特人和回鹘人开的酒馆,散发着浓稠的丝路风情。

纳奈凡达克特意选了一家粟特人开的豪华酒馆,这家酒馆以卖用高昌葡萄酿的葡萄酒和波斯风味的三勒浆、龙膏酒而出名,他在二楼清雅的芦苇席上斜躺着,要了一盘俗名叫"毕罗"的手抓饭,然后慢慢品一壶放在银盘上的葡萄酒。做这种酒的葡萄与冰块一起装在铅制容器内保鲜,从千里外的高昌运来,价格很是不菲。"胡姬招素手,延客醉金樽。"一个浓妆艳抹、云鬟高耸的粟特女子穿着绯红色缎袍,负责侍候纳奈凡达克,她吟唱热烈深情的粟特民歌,并不停地斟酒,她身上宽幅的粟特式银色腰带和漂亮的尖顶帽让纳奈凡达克想起了自己年轻时迷恋过的一个女子。纳奈凡达克如坠撒马尔罕的温柔乡,他感到很享受。他注意到粟特女手中盛葡萄酒的粟特式银壶上有精致的骆驼图案,骆驼被奇怪地装饰了双翼。骆驼要真是会飞该有多好,那样自己就不用那么辛苦了,从撒马尔罕到长安,得走好几千里呀。

　　纳奈凡达克不禁想起了开元十九年(731)自己第一次跟随叔父前往长安的情景。一切都如此新奇,如在昨日。那是初春季节,他们在撒马尔罕采购产自地中海的红珊瑚、波罗的海的琥珀、本地饰有波斯式图纹的金子及青天石,然后组织商队踏上漫漫旅途。商队由 100 匹左右的骆驼组成,一根长绳拴住四五匹骆驼的木制鼻拴,使之形成有纪律的一组。走到扎克沙提河(锡尔河)一带,商队用一部分金子和青天石从东突厥人手中收购上好的羊毛,尤其是尾巴蓬松的登巴绵羊的毛。来到伊塞克湖时,有几条线路可供选择,由于吐蕃骑兵不断袭击疏勒、于阗一带的丝路南道,所以他们沿着天山南侧走从阿克苏到龟兹、高昌这条线。一路上,北面白雪摩天的汗腾格里峰和南面苍茫的滚滚黄沙陪伴着他们,壮阔、深邃、神秘的大沙漠令纳奈凡达克有些莫名的兴奋,这兴奋中包含着狂野的赞叹、无限的敬畏。到达龟兹后,疲惫不堪的商队休整了好几天。拥有 3 层城墙的龟兹是大唐著名的安西都护府所在地,有 3 万大军驻扎在这里,居民主要是龟兹人和突厥人,城南的河流两岸分布着沃野,城内到处是佛教建筑和白杨树,每条街上都有漂亮的佛塔,随处可看到托钵僧和经营摊位的僧侣,他们除了卖佛经、祈祷文、符咒和药材之外,还帮人算命。纳奈凡达克对街头婀娜的舞伎和市中心庞大辉煌的佛寺尤其着迷。离开龟兹后,枯燥而千篇一律的沙漠之旅开始了。天气日益灼热,商队改为在夜里赶路,一般在日出前得走上 30 里,饮水变得重要,纳奈凡达克感到背上用空心葫芦做的水壶越来越宝贵了。当储备的水用完后,纳奈凡达克的叔叔便命令身边的脚夫牵着骆驼去寻找水源,矮而壮的巴克特里亚双峰驼比阿拉伯单峰驼更能够适应极冷极热的沙漠气候,预知风暴和探测水源这两项沙漠中的救命能力,使它成为丝路之宝并驰名史册。在有地下水的地方,巴克特里亚骆驼会停下来,不停地用脚刨抓地面。在一些被不断飘荡的黄沙吞噬的城址上,纳奈凡达克看到了成群的野骆驼,成群的野驴、羚羊、瞪羚、沙鼠,以及废弃的荒屋、惨白的尸骨,当风暴呜呜着像怪异的笛声掠过,一种弥漫着死亡的阴气便在浩瀚的大野间飘荡,这时,陷入恐惧的纳奈凡达克用头巾把整个头紧紧遮住。

　　当商队来到吐鲁番盆地腹部的高昌城时,在一阵悦耳的梵音中,纳奈凡达克嗅到了一股混着瓜果味和寺宇气息的秘香。佛风盛行的高昌城同时是摩尼教的中心之一,与众多的粟特人一样,纳奈凡达克和叔叔都是摩尼教徒,他们向摩尼教堂布施财物,满怀虔诚的洁净之心做礼拜,在秘密的神意中祈祷平安。高昌的酷热令人难以忍受,当地的富人已纷纷躲到为避暑而建造的地下室中去了,在葡萄枝的紫色光晕下饱饮了一顿葡萄酒后,纳奈凡达克的叔叔命令商队继续赶路。他们决定躲开罗布泊一带望而生畏的白龙堆,有关那里妖魔出没吞噬了许多旅人的消息让他们不寒而栗。他们绕道从距离稍远的伊吾(今哈密)前往安西,到伊吾后他们买了许多葫芦来储备足够的水,因为有一截很长的路,水里全带有咸味,喝了只会更渴。从伊吾到安西得走上11天,经过一段到处是开金矿留下的窟窿的山丘地带,以及一大片被称作"黑色戈壁"的褐色大戈壁后,他们终于看到了安西城那雄沉而夯实的城墙。纳奈凡达克和他叔叔都长长地松了一口气,丝路上的种种危险已基本挺过去了,接下来他们沿着河西走廊再平安地走上两个月,就可顺利到达目的地长安。

纳奈凡达克在春明门南头的粟特酒馆里喝得有些微微醉了,天色渐暗,夕光恭敬地托起一轮浅金色的月亮。"长安一片月,万户捣衣声。"远处的捣衣声清寂地响起,缥缈地在月下浮着。纳奈凡达克从酒馆里走出来,来到内院的胡式水帘凉亭上,呆呆地看了一阵月亮,这轮月亮也照着撒马尔罕呀,那里现在可安好?一想到家乡,纳奈凡达克突然增添了许多担忧,数月前,镇守安西四镇的大唐常胜将军高仙芝率领几万大军越过帕米尔高原,与阿拔斯王朝的阿拉伯大军在恒罗斯城(今哈萨克斯坦的江布尔)决战,结果大唐战败,帕米尔一带的时局发生了重大变更,想到归途中可能遇到的麻烦,纳奈凡达克摇了摇头。无论怎样,在长安办完事后,还是早点返回的好,他想。

这是纳奈凡达克最后一次出现在长安,他的丝路商旅就要画上句号,他将像撒马尔罕草原的羊毛一样消失在浩淼的历史烟波上。不久,大唐发生了"安史之乱",吐蕃人的雪山骑兵乘机切断丝绸之路,攻占了整个安西都护府管辖的西域地区,纳奈凡达克为之魂牵梦萦的撒马尔罕,则依靠恒罗斯之战中的一批大唐战俘,成为阿拔斯王朝的造纸中心。

晋代纸画,1964年出土于新疆吐鲁番阿斯塔那

163

1908 年,伯希和在敦煌莫高窟藏经洞内

斯坦因在古代遗址上发现的物具

20世纪初,在丝绸之路上淘宝的德国考察队

20世纪初年,敦煌莫高窟的僧人 伯希和 摄

魔镜照耀着亚洲腹地

　　高古的阳光遍布西北大地。幻渺的月光噙满丝路大漠。沧海一笑间，湖面曾达5400平方公里的罗布泊化作滚滚黄沙，这滚滚黄沙遮隐着昨日的丰满岁月，这丰满岁月已被神秘担架抬走。

　　20世纪最初的10年可谓是"探险时代"，1909年美国探险家皮里征服北极，1911年挪威阿蒙森探险队和英国探险家斯科特角逐南极，这是极富时代特色的两件大事。与此同时，人迹罕至的中亚沙漠，遥远而神秘的青藏高原成了探险家、地理学家和考古学家们角逐的另一沙场。

　　1930年，国学大师陈寅恪在为《敦煌劫余录》一书所作的序中，概括了"敦煌学"的学科概念，他怀着无尽的悲怆感慨道："敦煌者，吾国学术之伤心史也。"

　　英国学者彼得·霍普利先生在《丝绸之路上的魔鬼》一书中写道："文化侵略者们盗走西夏文物壁画、手稿、塑像、铸像和其他珍宝，可以说总数是以吨计。今天这些西夏珍贵文物至少分散在世界13个国家的博物馆和文化机构里。"

　　西北，是文明的"谜之海"，这片"谜之海"最幽深的部位，便是散发着魔幻主义媚气的楼兰。1934年，瑞典探险家贝格曼从罗布泊附近的小河墓地带走了200件左右文物，这些东西再次在欧洲刮起了一阵亚洲腹地的魅风，贝格曼诗意地把在小河墓地上发现的一具古代干尸称作"微笑公主"，咏叹道："高贵的衣着，中间分缝的黑色长发上戴着一顶装饰有红色带子的尖顶毡帽，双目微合，好像刚刚入睡一般，漂亮的鹰勾鼻、微张的薄唇与露出的牙齿，为后人留下一个永恒的微笑。"

167

敦煌黑暗书

吉美博物馆至今还毕恭毕敬地陈列着一个精致的小盒子，
里面放着伯希和当年探险返回后从靴子中抖出来的沙子。

　　1900年6月22日(光绪二十六年五月二十六日)，甘肃敦煌县莫高窟，与往常一样，50岁的王圆箓道士从当地人称作下寺的太清宫沿宕河右岸步行400米，来到后来编号为第十六窟的石窟，该石窟是莫高窟千佛洞最大的背屏式石窟，面积达268平方米，窟主为晚唐敦煌(当时叫沙州)僧团首领吴和尚，当地人管这个石窟叫吴和尚窟。石窟甬道彩绘壁画上的一团红色映着身板弱小的王道士，明艳的夏日涌进来，几粒光斑在他宽大的褐色道袍上跳跃，见往昔积满流沙的甬道已被清除得差不多了，他的眼睛里挤出了一点欢愉的精光。在祥和的寂静中，他背着双手在空旷的石窟里踱步，不时盘算着手头维修壁画的银子，他的宽幅袖筒在流光中摆动，粗布布鞋面上沾了一层细沙。王道士哪里想得到，这天，在遥远的帝都，已于头一天向八国联军宣战的大清帝国乱作一团，义和团的长矛大刀正在天津以东拼死阻挡着2000洋人猛烈的炮火。而让他更加匪夷所思的是，这天，一件文化史上石破天惊的大事在他手头发生了——一个无与伦比的古代写本宝藏被发现，自然，他并未意识到这一秘藏着5万多卷4世纪至10世纪古老写本的宝库的重要性，也断不会想到世界上由此会出现一门叫"敦煌学"的显学，众多一流智者为此而皓首穷经费尽毕生心力。略识几个大字的王道士只是历史棋局上一个不起眼的小人物，然而正是这个和气、猥琐、周密、有责任心的小人物，一不小心撬动了历史的神秘机关。当他激动得像阿里巴巴一样举着烛火走进敦煌藏经洞的一瞬间，脸上却写满了失望，怦怦跳得像头小鹿的心脏很快平息下来，在洞内没有发现金银珠宝。

　　藏经洞是莫高窟第17窟的俗称，位于莫高窟第16窟甬道的北壁内，是附属于第16窟的一个密室，未发现前，窟门上绘有壁画，十分隐蔽。这个秘密的小石窟边长3米，四面墙高2.5米，窟顶为覆斗形，最高处离地约3米，它当初是为纪念第16窟窟主吴和尚而设立的影堂(即寺庙供奉尊长真实身像的纪念地)，内有吴和尚塑像。藏经洞发现的古写本包括从公元359年到1002年间的各种宗教、历史、文学、艺术、地志、民俗等方面的珍稀文献资料和图像，除大量的汉文外，还有为数可观的吐蕃文、回鹘文、突厥文、于阗文、叙利亚文、西夏文和少量的佉卢文、梵文、粟特文等，堪称大百科全书式的宝藏。

关于发现藏经洞的真实情形,至今仍罩着朦胧而幽暗的雾帐。据王道士写给慈禧太后的《催募经款草丹》(又称《王道士荐疏》,很可能是请人代写的),提到藏经洞的发现时称,在清理补修石窟过程中,光绪二十六年五月二十六日清晨,石窟的壁头上突然发出很大的响声,接着裂开一缝,他同雇工挖开裂缝,发现了一个密室,内藏古经数万卷。《王道士荐疏》估计写于1908年下半年以后,因为里面提到了英国人斯坦因和法国人伯希和,伯希和离开莫高窟的时间是1908年5月,这篇用丹笔催要经款的奏疏未及上呈的原因,应该是慈禧太后于这年的11月死了,王道士得到消息时,奏疏已写好。在1931年王道士死后百日,其徒弟赵玉明、徒孙方至福所作的墓志铭上,则说王道士为维修石窟四处苦口劝募、极力经营,用流水清除积压在甬道上厚厚的流沙,在此过程中,壁头上现出一个洞,里面仿佛有光,结果发现了密室。而据1941年前后在敦煌采风的著名画家谢稚柳撰写的《敦煌石室记》,当时王道士雇用了一个姓杨的书生抄写经文,杨书生在第十六窟的甬道上摆了一个案桌每日抄经,休息时他要吸旱烟,用芨芨草点火,他见座位后面的墙壁上有裂缝,便随手把燃剩的芨芨草插在裂缝中,习以为常,一天,燃剩的芨芨草很长,插入墙缝后深不可测,他用手击打墙壁,发现里面是空的,于是怀疑里面有异常,他向王道士作了汇报后,两人在夜半时分挖开墙壁,发现了藏经洞。谢稚柳所说的这名杨书生,其真名叫杨河清,系出身苦寒的敦煌人。1907年王道士亲口告诉斯坦因的情况则是,花大力气清理完甬道上的流沙后,他开始着手在洞窟里树立新的塑像,"在立塑像时,工匠们在甬道右侧的壁画上发现了一处裂痕,壁画下面不是岩体,而是一堵砖墙。打开这堵砖墙,便发现了藏经洞及堆积在里面的藏经"。而1908年伯希和问及藏经洞的发现时,王道士信口开河地告诉他,是神灵在梦中向他揭示了密室的存在。

王道士的法名是"法真","圆箓"系其俗名,他是湖北麻城人,咸丰七年前后,由于连年蝗灾和旱灾引发的饥荒,被迫"逃之四方,历尽魔劫"。他在陕西流落了一段时间后,来到酒泉从伍,成为一名肃州巡防军的士卒,解甲后连回乡的路费都没获得,不久,他结束倒霉蛋般的红尘生涯,拜酒泉一个姓盛的道长为师做了道士。1898年,他云游至莫高窟,"见千佛之古洞,乃慨然曰:'西方极乐世界,其在斯乎!'于是修建太清宫,以为栖鹤伏龙之所"。那时的莫高窟,只在上寺里有几个诵习藏文佛经而不识汉文的喇嘛,王道长是出家人中唯一能读"天地上下、十方万灵"之类通俗道经及《西游记》的人,这一点让鸠占鹊巢的他很快便站稳了脚跟。

　　藏经洞被发现后，王道士一面小心翼翼地捂住秘密，一面谨慎地测试着洞中这一大堆老东西的价值。他先选了一些书法精良的卷子上呈给当时的敦煌县令严择，希望能获得赏赐和嘉奖，没想到严大老爷只是象征性地选了两件卷子表示接受好意外，就再也不提此事了。接着，王道士把在藏经洞内他认为最值钱的那些小铜佛偷偷卖给了敦煌城里的绅士，并邀请了几个好奇的绅士，带他们去参观自己得到的一窟古代写本，这些人对这些古老的"破烂"完全没兴趣，只是告诫王道士说，这些经书如果四处流散是不吉祥的，还是封起来吧。王道士很是失望，过了段时间，他雇了毛驴，驮着两箱字迹较为漂亮的经卷，亲自送到酒泉城的道台兼兵备使廷栋那里。王道士以前在这里当过兵，知道廷栋大人雅好书法，所以不辞辛劳特来"投其所好"，没想到这位道台大人轻蔑地认为这些经卷的书法不如自己，因此仅是瞟了几眼经书，赏了王道士一杯茶，留了点东西打个哈哈答应把它转呈给省城兰州的藩台大人，就把王道士打发回去了。后来，尚未死心的王道士听说敦煌县令换成了进士出身的汪宗翰，再次把一些古经卷送到了他那里，学问很好的汪宗翰是个识货的人，他看过东西之后，断定是不寻常之物，马上向省里主管文教的甘肃学政叶昌炽写了份报告。叶昌炽是当时研究古文献的高手，接到报告吃惊不小，旋即向甘肃藩台建议把发现的所有古经卷运到省城兰州来保存，结果估算下来，得花几千两银子的运费，这笔经费一时无法落实。不久汪宗翰接到省里的命令，责成他先把藏经洞封存起来，让王道士暂时管理，等候处理。汪县令于 1904 年 5 月执行了这条命令，接下来由于其他原因，他于 1906 年 2 月被调离敦煌，这前后，遭到撤职的叶昌炽返回了湖南老家。此后的两任敦煌县令都对藏经洞大不以为然，而王道士的肚子里也添了一腔怨气，他一直在为维修荒芜的莫高窟而孜孜不倦地努力着，全部心血都放到了这件事上，原指望官府能奖赏他对古代写本的发现，得些银子投入到维修工程中去，结果 5 年了一个子都没得到；把藏经洞简单地封存起来，显然不合他的心意，所以他表面上应承，暗地里却不断把古经卷拿到敦煌城里悄悄出售。

　　1905 年初，俄国人奥勃鲁切夫从文物贩子处听说敦煌发现了藏经洞，深秋时他为此赶到敦煌，用 6 包日用品换取了两大包流散出来的藏经洞古写本。

　　1907 年 3 月，一个长着希腊式高鼻子的英国籍匈牙利犹太人来到了莫高窟，他是沉迷于丝绸之路考古发掘的斯坦因，他从一个叫扎希德伯克的土耳其商人处获知敦煌莫高窟发现了大量古代写本的消息，于是带着懂英语的湖南师爷蒋孝琬从新疆赶来看个究竟。不巧，王道士和两个徒弟为募集维修石窟的经费外出化缘去了，斯坦因耐心地在壮丽得深不可测的莫高窟及敦煌各地转悠，直到 5 月 21 日才见到王道士。

　　王道士礼仪性地接待了这位异国的不速之客，并对其怀有戒心，而在斯坦因眼中，王道士"可以称得上是一个孤傲的、忠于职守的人。他看上去有些古怪，见到生人非常害羞和紧张，但脸上却不时流露出一丝狡猾机警的表情，令人难以捉摸"。为了避免引起王道士的过度警惕，斯坦因声称自己主要是来考察石窟的，他和蒋师爷在空地上搭了个帐篷，准备慢慢和王道士磨。再三揣摩后，斯坦因让王道士带他参观了新近修复的一些石窟，说了不少恭维话，而实际上，斯坦因认为"新做成的泥像，都跟真人差不多大小，依我看它们比起洞窟中其他的塑像要笨拙逊色许多。不过王道士为此所付出的辛勤努力还是给我留下了很深的印象"。听了一堆赞扬后，王道士自豪地展示了这些年来他四处化缘的账本，一笔一笔，记得非常仔细，全部募捐所得都用于修缮石窟，他个人从未花费过这里面的一分一厘。接着话题很自然地转到了王道士发现的藏经洞上，他对官府的做法很是不满，尤其对未给予自己任何褒奖感到愤愤不平。

由于斯坦因只是略懂汉语，所以能说会道的蒋师爷在和王道士的交道中扮演了关键角色。蒋师爷费尽心机地提出想看看藏经洞的请求后，谨慎的王道士迟疑再三，只是让他们把放在自己住处的几本古经卷拿去翻看，结果其中一本的边页上竟题有玄奘的名字，表明这是当年玄奘翻译出来的汉文佛经。这让斯坦因在惊讶的兴奋中，决定利用王道士虔诚、无知而又很执着的性格，因为经过几天的接触，他已发现此人恰恰是玄奘的忠实信徒，还搞了些玄奘取经的新壁画。当蒋师爷把题有"玄奘"的佛经指给王道士看时，胸中本只有一小勺墨水的王道士愣住了，他先前从未细看过这些写本，蒋师爷声称这是唐僧的在天之灵在催促他向斯坦因展示密室里的藏经，而斯坦因则添油加醋地和王道士大谈"自己的保护神"玄奘，玄奘撰写的《大唐西域记》是他在西域从事探险考古的行动指南，他对玄奘可谓滚瓜烂熟。最终，王道士确认眼前的这位洋人和自己一样都是唐僧的信徒，他来到这里是唐僧这位神僧的一种"神授"。在斯坦因承诺事成之后将捐一笔数目不菲的修缮石窟的功德钱后，王道士被"击溃"了，他允许把部分古写本取回"西天"。

那是很热的一天，外面空无一人，借着摇曳不定的烛光，激动得不能自持的斯坦因睁大眼睛向阴暗的密室走去，"只见一束束经卷一层一层地堆在那里，密密麻麻，堆积的高度约有 10 英尺，后来测算的结果，总计约近 500 立方英尺"。接着，双方达成一致意见，王道士分批把经卷拿到一旁吴和尚窟的耳房里让斯坦因细看，耳房有门，有纸糊的窗子，刚好可以避人耳目。其后数天，斯坦因一面竭尽所能地从卷帙浩繁的古写本中把最有价值的那些挑选出来，一面摆出漫不经心的模样，以免让王道士意识到他手中的这批东西是无价之宝。他暗自惊呼"我以前所有的发现无一能与此相提并论"，同时遗憾自己在文字学、语言学上功力的不足。最终，蒋师爷偷偷花了 7 个晚上把一捆捆选好的经卷运到马车上，总计 24 箱古写本和 5 箱绢画及麻布画珍品。王道士笑眯眯地拿到了 14 块马蹄银（一说价值 200 两白银，一说价值 700 两白银），在斯坦因走时，他再三叮嘱他离开中国国土前，对这批东西的出土地点必须守口如瓶。

171

　　大半年过后，在一阵暴烈的西风中，另一位"洋玄奘"来到了莫高窟，他是29岁的法国佬伯希和，一位集汉学、蒙古学、突厥学、伊朗学于一身的一流学者，通晓十余种语言和文字。伯希和在乌鲁木齐得到皇族载澜赠送的一卷敦煌古写本，卷末有"大唐贞元二年弟子法明沐浴焚香敬书"的题跋，他断定这是公元8世纪的古物，在了解了一些语焉不详的藏经洞发现的背景后，立即拍马赶来敦煌。伯希和在敦煌城里见到了王道士，他用一口流利的汉语很快博得王道士的好感，从斯坦因的手头尝到甜头后，王道士便对外国人有了好印象，见财神爷再次送来鸿运，他眯着一双小眼睛暗示出让古写本得花不少银子，派头十足的伯希和满口答应。1908年3月3日，王道士打开紧闭的铁锁，让伯希和进入了他后来称作"至圣所"的藏经洞。伯希和后来回忆说："一种令人心醉的激动心情涌遍了全身，我面对的是远东历史上需要记录下来的中国最了不起的一次写本大发现。""我简直被惊呆了。由于人们从这一藏经洞中淘金的时间长达8年，我曾认为洞中的经卷已大大减少。当我置身于一个在各个方向都只有约2.5米、三侧均布满了一人多高、两层或三层厚的卷子的石龛中时，您可以想象我的惊讶。"此后的3个星期，借着一盏摇曳的烛光，伯希和蹲在狭小的空间里，每小时打开100卷写本，以"一种供语言学家使用的汽车速度"，把所有的精品都选了一遍，尤其是那些有纪年或题款的写本。眼力一流的伯希和精力耗尽仍容光焕发，每天经过十多个小时的劳作之后带着一大堆文字宝藏激动不已地回到临时住地。最终，经过一阵漫长的讨价还价后，王道士以500两银子的价格允许伯希和把挑选好的6600多件精华古写本及一些绘画作品带走。望着白花花的银子，他快乐地舒了一口气，沉浸在自己绚烂的千秋大梦里，意气风发地感到复兴石窟仙境的伟业已指日可待。

　　1909年，来到北京的伯希和拿出部分随身"宝物"在六国饭店举办了敦煌文物展览，中国内地学界才始知发现了大批珍稀的"敦煌遗书"。伯希和向学术名流们讲述了藏经洞的情况，并透露藏经洞还未全空，他没有取完，不然有伤他的品格。看完展览后著名学者罗振玉扼腕不已地用"可喜、可恨、可悲"表达了自己的心情，在他的再三呼吁下，官方把藏经洞的剩余古写本押运到北京，没想到押运过程中又历经了一场磨难，负责押运的官员大肆侵吞写本，运达北京图书馆的只有8000余件。视自己为掘宝人的王道士对政府给予的拨款极为不满,私自藏下了许多古写本,1912年,这批写本中的600多本被卖给了前来敦煌淘宝的日本人吉瑞超,斯坦因1914年第二次来敦煌时买走了另外的600多本。1914年至1915年,俄国考古学家奥登堡率考察队到敦煌,不仅收集到一大批先前从藏经洞中流出的古写本,而且掠去众多石窟内的珍品文物。直到1919年,获知民间常有人向外国人兜售敦煌写本的消息,甘肃省政府下令敦煌地方官员查找流散的敦煌遗书,官员再次打开藏经洞,里面竟然还藏有94捆古写本。

1925年,在藏经洞发现25年之后,一个叫陈万里的学者才代表中国学界西行来到敦煌对莫高窟进行了3天的学术考察,这是中国学者第一次对这一艺术宝库进行正式考察。中国学界比蜗牛还缓慢的行动,令人想起鲁迅说过的一句话:"真正的国学家正在稳坐高斋读古书,假的国学家正在喝酒打牌。"

斯坦因把藏经洞的文物带到英国后,在大英博物馆展出,几乎一夜之间,他达到了考古生涯的巅峰时刻,后被英国女王授予骑士勋章。而伯希和返回巴黎后,1909年12月,法国4000多各界名流在巴黎大学参加了为其举办的隆重报告会,他从西域带回去的文物,被收藏于巴黎国家博物馆和吉美博物馆,吉美博物馆至今还毕恭毕敬地陈列着一个精致的小盒子,里面放着伯希和当年探险返回后从靴子中抖出来的沙子。

1930年,国学大师陈寅恪在为《敦煌劫余录》一书所作的序中,概括了"敦煌学"的学科概念,他怀着无尽的悲怆感概道:"敦煌者,吾国学术之伤心史也。"

如今,在莫高窟,放有王道士骨灰的道士塔仍静静地竖立在宕河畔,塔敷白色,呈不规则的喇嘛塔形制,有点像个长葫芦,使用这种塔来安葬一个道士,显得极为奇怪,不过这倒与王道士在莫高窟的"奋斗"生涯相匹配。这个冒着诡异之气的道士塔,像一个浮在时间深处的标记物,里面充塞着一个时代的哀与恸。一首河西走廊一带叫《陇头歌辞》的古乐府诗唱道:"陇头流水,鸣声幽咽。遥望秦川,心肝断绝。"也许这样的哀伤,才能表达中国人对敦煌藏经洞的凭吊。

西夏灵魂故地

尘封7百多年的西夏王陵之谜,就此露出了第一截标志性的线头。

贺兰山苍茫的山色耸入沉沉白云,大野苍黄的荒原上,朔风像刀子一样涌向几个雄浑的大土包,一种"百年孤独",闪着冷光从大土包上冒出来。这是1971年寒冬,宁夏银川市以西35公里贺兰山东麓,兰州军区某部驻地,一个大土包的封土顶端耸着驻军的水塔,前面的荒原已辟为操场,附近有些破败的残垣。在一条沟壕里,乘坐一辆跃进牌卡车前来考察"唐墓"的考古专家钟侃、王菊芳等人发现了一些红色砂岩质的残碑,上面写满了西夏文。尘封7百多年的西夏王陵之谜就此露出了第一截标志性的线头。

　　这时距西夏王朝覆灭已整整 745 年。几天后，专家们在明代《嘉靖宁夏新志》里找到了与残碑相对应的资料，证实那几个大土包就是湮沉已久的西夏王陵墓群："李王墓，贺兰之东，数冢巍然，即伪夏所谓嘉、裕诸陵是也，其制度仿巩县宋陵而作……"该书还记录了朱元璋的孙子安塞王朱秩昊的一首《古冢谣》："贺兰山下古冢稠，高下有如浮水沤。道逢古老向我告，云是昔年王与侯。"

　　在钟侃的主持下，从 1972 年暮春开始，一项长达 6 年的考古工程很快获得实施。位于驻军一个老家属院南侧的显陵（6 号陵）由于接水接电比较方便，被选为首个发掘的王陵。墓主为西夏王李乾顺，3 岁即位，在位 54 年，墓室为多室土洞式，由墓道、甬道、中室、东侧室、西侧室组成，墓道全长 49 米，墓道甬道两壁有武士像壁画，墓室内出土有甲片、铜泡饰、铜铃、瓷片、珍珠及零散不全的金马鞍饰、鎏金银饰等。发掘前此墓多次被盗，故出土遗物不多。接着 1975 年发掘了寿陵（7 号陵），墓主李仁孝系李乾顺的长子，寿陵地表建筑绝大部分已被破坏，仅剩下阙台、碑亭、月城及部分神墙，考古人员挖出不少西夏文残碑、汉文残碑，尤其是发现了李仁孝的墓志文碑。1977 年，陵区内一座陪葬墓中赫然出土了一件和真牛差不多大的鎏金铜牛珍宝。

　　到 1999 年，考古人员共在西夏皇家陵园区发现帝王陵 9 座，陪葬墓 253 座，分布在东西 5 公里、南北 10 多公里、总面积 50 多平方公里的范围内，其规模与河南巩县的宋代皇家陵园、北京郊区的明十三陵相当。考古专家还惊奇地发现，9 座西夏帝王陵神秘地组成了一个北斗星图案，陪葬墓也都是按星象格局来布局。西夏是党项人建立的国度，历史上党项人盛行火葬，元朝初年，意大利大旅行家马可·波罗到西夏故地唐古特访问，亲眼目睹了西夏遗民的火葬过程，在自己的行记中留下了详细的描述。西夏人建造与传统葬风相悖的辉煌皇家陵园，或是受汉文化的影响？就像那些闪烁着星曜魅影的西夏方块字。

　　其实早在 1938 年，德国就出版过一本名叫《中国飞行》的书，书中收录了德国人卡斯泰尔在中国荒凉的大西北航拍到的一张照片，上面有几个奇怪的黄灿灿的大土包，当时谁也没有料到，这就是日后被称作"东方金字塔"的西夏王陵。

　　"西夏"是一种他称，党项人在唐朝后期崛起于夏州，其首领后被宋朝和辽国封为夏王，加之所处位置靠西，所以宋人和辽人便称其为"西夏"，实际上西夏人的自称是"大白高国"。雄霸塞上的党项首领元昊于 1038 年在兴庆府（银川市）建立了西夏国，历 11 帝，享国 189 年，盛时"东尽黄河，西界玉门，南接萧关，北控大漠，地方万余里，倚贺兰山以为固"，中后期与南宋、金鼎足而立，三分天下居其一。13 世纪，蒙古人突然迅速兴起后，在 22 年间 6 次征伐西夏，其中成吉思汗 4 次亲征。1227 年，成吉思汗率大军包围夏都兴庆府达半年，在西夏人"玉碎式"的拼死抵抗下，蒙古军付出了惨重代价，成吉思汗亦受重伤死去，死前降旨对西夏人施以灭绝政策："每饮则言，殄灭无遗？以死之、以灭之。"所以兴庆府被攻破后，西夏人遭到大肆屠杀，白骨蔽野，千里苍凉。据史料记载，西夏建国初期人口约为 250 万，大杀戮之后，元朝初年西夏故地并入元朝户籍的只剩下了 10 多万人。1987 年，考古工作者对元昊帝陵东碑亭进行发掘时，发现 5 个大灶坑，灶口直径达 118 厘米，灶壁烧结层厚约 10 厘米左右，显然，曾有大批人马在此驻扎了很长一段时间，在附近的堆积物中，还发现了陶瓷器皿、铜铁器具和棋盘、棋子等生活用品，这些东西很可能与蒙古军的驻扎有关。在蒙古人的焦土政策下，作为西夏国"地脉"象征的西夏王陵群必然也遭受了巨大的劫难。

由于西夏亡国之状极为悲惨，存世的西夏文已成为天书般的死文字，而元人脱脱主修的《宋史》《辽史》和《金史》中，仅各立了《夏国传》或《党项传》，没有为西夏编修专史，所以一直以来西夏像一个散发着浓厚巫气的"缥缈之国"，留下众多散乱而深邃的谜团。

可以肯定的是，有部分党项遗民在 1227 年的那场灭顶之灾中幸存下来。1976 年 9 月，西夏学者史金波、白滨在甘肃酒泉考察时发现了一块题为《大元肃州路大达鲁花赤世袭之碑》的大石碑，据这块石碑记载，蒙古军剿灭西夏时，肃州城西夏守将为保全城内军民的性命，不战而降，得以世袭"大达鲁花赤"的官职。以这支西夏降卒为基础，蒙古军组建了一支完全由党项遗民组成的特殊部队，叫作"唐兀军"，这支"唐兀军"，与蒙古军并肩作战，攻城略地，立下不少战功。在河南濮阳一个叫杨十八郎的村庄中，矗立着一座唐兀碑，记述了"世居宁夏路贺兰山"的杨氏祖先唐兀台带家人从西夏故地一路征战来到河南并接受敕封的历程。元朝建立后，实行种族划分政策，国内民族分 4 个等级，依次为蒙古人、色目人、汉人、南人，西夏遗民属色目人。从历史资料看，在元代，不少唐兀人位高权重受到重用，有专家做过粗略统计，元代唐兀人中，有姓氏、有官职、有事迹，或有姓氏而无官职、无事迹的，达 370 多人。

仍有一部分坚韧的党项遗民继续留居在贺兰山一带的西夏故地。元大德六年(1302)，西夏灭亡 75 年后，元成宗下令在杭州大万寿寺雕刻、印刷了西夏文大藏经 3630 卷，"施宁夏、永昌等路"。当时的宁夏路，也就是西夏的兴庆府(今宁夏银川)，而永昌路则是西夏故地凉州(今甘肃武威)。这一史实说明，元代时信奉佛教的西夏遗民数量还不少。蒙古人退守大漠后，坚守在西夏故地的党项遗民和散居各地的西夏遗民，逐渐融合到其他民族中，作为完整单一民族的党项族消失于茫茫史海。1962 年 9 月，在保定城北韩庄村一座废弃的明代寺院中，文物工作者发现了建于明朝弘治十五年(1502)的胜相幢，上面刻有不少西夏文，所记录的西夏人名达 80 多个，这显然是迁居到保定的西夏遗民建造的，表明直到明朝弘治年间，仍有少量西夏遗民能使用复杂的西夏文字。保定胜相幢是迄今为止所知道的年代确切的最晚的西夏文字碑。

1886年，曾经到中国北部沙漠地区考察的俄国学者波塔宁在《中国的唐古特、西藏边区和中央蒙古》一书中，很模糊地记载了一个有待验证的传闻——一座叫黑水城的古城遗址内藏有大量的奇珍异宝。正是依据这条信息，1907年，俄国皇家地理学会委派退役上校军官科兹洛夫带领一支探险队前往黑水城遗址(今属内蒙古额济纳旗)，该探险队于1908年3月19日抵达黑水城。黑水城在党项语中叫"亦集乃"，在蒙古语中叫"哈日浩特"，西夏国时是一个繁华的驻军重镇，西夏王元昊在这里设置了"黑山威福军司"。科兹洛夫的探险队在忍耐了一连串的一无所获之后，意外地在几个破败不堪的寺庙遗址里发现了一些精致的泥塑佛像、精美壁画和汉文、古文字书册。几天后，由于所携带的食品和水用完了，探险队只好撤离了黑水城遗址。经过短暂休整，他们一方面将盗掘到的文物运往圣彼得堡，一面前往四川继续探险。黑水城出土的文物运回圣彼得堡后，引起俄国汉学界的震动，认为这批文物价值连城，并断定黑水城遗址很有可能掩藏着独特的宝藏，值得进一步发掘。俄国皇家地理学会紧急给科兹洛夫带信，命令他立即返回黑水城遗址，不惜一切代价大肆深入挖掘文物。科兹洛夫旋即中断去四川的考察之旅，率探险队再度前往黑水城。1909年6月，在做好充分准备之后，科兹洛夫野蛮地下令把整个遗址挖了个底朝天，发掘到众多文物。当一座距古城西墙约400米的大佛塔被挖开后，科兹洛夫惊呆了，里面堆满了各式各样、五花八门的古写本及唐卡、佛像等。科兹洛夫得意洋洋地回忆说："正是这座赫赫有名的塔，后来消耗了我们全部的注意力和时间。它赠送给探险队一大批藏品，整整一个图书馆的书、纸卷、手稿，多达三百幅画在亚麻布、细丝料和纸上的佛像。"科兹洛夫将大批古文献和文物运回圣彼得堡后，古文献被编为8000多个号。1909年，俄国著名汉学家伊凤阁在杂乱的黑水城古文献中发现了一本汉文和西夏文的双解词典《蕃汉合时掌中珠》，这一发现，破解了黑水城古文献之谜，俄国汉学界已清楚，科兹洛夫弄回来的是西夏国的古写本，从而催生出一门新的国际性学科——西夏学。科兹洛夫的发现使当时的整个欧洲感到震惊，并成为20世纪初继敦煌藏经洞之后的又一次重大古文献发现。

英国学者彼得·霍普利先生在《丝绸之路上的魔鬼》一书中写道："这些帝国主义的文化侵略者盗走西夏文物壁画、手稿、塑像、铸像和其他珍宝，可以说总数是以吨计。今天这些西夏珍贵文物至少分散在世界13个国家的博物馆和文化机构里。"

如今，曾名噪一时的黑水城遗址早已被流沙所淹没，漫漫黄沙缄默地倾诉着古西夏国的美丽与哀愁。

大漠之花楼兰

亚洲腹地，是文明的"谜之海"，这片"谜之海"最幽深的部位，便是散发着魔幻主义媚气的楼兰。

　　亚洲腹地，是文明的"谜之海"，这片"谜之海"最幽深的部位，便是散发着魔幻主义媚气的楼兰。楼兰，这娇艳欲滴的名字混合着迷离的海市蜃楼和坚韧的历史之真。它是大漠之花，秘香四散，幻影重重，隐伏着无尽的深邃。

　　楼兰古城遗址位于新疆若羌县境内罗布泊的西北角，古孔雀河道南岸 7 公里处。史上的楼兰古国，即西汉时西域三十六国中的鄯善国，在《史记·匈奴列传》中，它第一次闯入人们的视野。这个小国有 4 万多人，国都叫扜泥城，处于丝绸之路的咽喉之地。古楼兰人头上喜欢插象征族群的飘逸翎羽，不时划着独木舟在芦花隐约的孔雀河上渔猎，死后每个人胸前都放置着一袋麻黄草。汉武帝时期，在大汉与匈奴两大势力的猛烈搏杀中，楼兰国采取了两面派的骑墙政策，使自己在夹缝中存活下来，并一度繁荣。汉昭帝元凤四年(前 77)，一件大事改变了楼兰国的历史走势。当时新登基的楼兰王安归亲近匈奴疏远西汉，楼兰是丝绸之路上阳关以西的第一站，各国使者和商旅必须经过这里。在楼兰境内一个名叫白龙堆的流沙地带，楼兰人杀害了一批与他们发生矛盾的大汉使者。这一消息被严密封锁。安归的弟弟尉屠耆是亲汉派的代表人物，他逃到了汉都长安，将情况如实上奏。主理国政的大将军霍光大为震怒，然而他并未发动大军，只是派出一个叫傅介子的勇士去刺杀楼兰王。傅介子带着 100 多号人携带着重金，宣称奉大汉天子之命给西域各国国王赏赐。他们到楼兰国后，楼兰王安归心中有鬼，不见傅介子，傅介子于是带着随从离开了楼兰国，他把厚礼拿给负责接待的官吏看，让他捎话给楼兰王："楼兰王不接受大汉的厚礼，那只好把这些东西赠给其他国王了。"安归得到报告，听说赏赐极为丰厚，起了贪念，立即前去找傅介子。傅介子于是在帐外设宴款待，安归见到一大堆黄金、绸缎，不禁心花怒放，开怀痛饮。过了一阵，傅介子对醉眼迷蒙的安归说："天子有几句话让我告诉给陛下，请随我到帐内，这些话只有您一个人能听。"醉醺醺的安归走入帐内，立即被傅介子的随从刺杀，刀尖从背心杀入，穿胸而出，顷刻毙命。安归带来的大队人马慌乱中准备剿灭傅介子，混乱中傅介子大喝道："楼兰国杀大汉使臣，背叛大汉，犯下大罪。天子派我诛杀楼兰王，立尉屠耆为新王，尉屠耆和大汉大队人马就要到了，你们谁敢轻举妄动，安归就是下场。"安归的部属听了，怕惹来杀身之祸，又见傅介子勇同天神，谈笑间取国王首级，遂尽皆归降。不久，尉屠耆被立为国王，西汉派遣军队到楼兰抗御匈奴。在汉朝的护佑下，楼兰比先前更加富足。《后汉书·西域传》记载楼兰的繁荣时称："驰命走驿，不绝于时月；商胡贩客，日款于塞下。"

公元 4 世纪时,丝路明珠楼兰国突然衰落。公元 400 年,高僧法显西行取经途经楼兰,他在《佛国记》中说,此地已是"上无飞鸟,下无走兽,遍及望目,唯以死人枯骨为标识耳"。它陡然消亡的原因极可能和生态环境的恶化相关,据《水经注》记载,东汉以后,由于当时塔里木河中游的注滨河改道,导致楼兰严重缺水。那一时期中国北部处于旱化严重加剧的时期,沙漠不断扩大,比邻沙漠的城市如尼雅、喀拉墩、米兰城、尼壤城、可汗城、统万城等都和楼兰一样逐渐消亡。楼兰人的生活习俗也在一定程度上加剧了生态的恶化,如楼兰人盛行木葬,在楼兰古城附近发现了神秘莫测的太阳墓,这种外表奇特的墓葬,墓穴内深埋着一层又一层的圆木,墓穴外同样埋放着一排排圆木,呈放射状,不少墓葬都使用了成千上万棵圆木。有的学者认为,伴随着生态的恶化,一种叫"热窝子病"的可怕传染病席卷楼兰,人口大量锐减,在严重的瘟疫前,国家迅速瓦解,人们四下逃亡,曾经兴盛的城邦变得死寂。历史广漠的帐幔从此将楼兰雪藏起来,它被急速扩张的浩浩黄沙占领,西风呼啸着,荒凉的星月形沙丘上,不时有大队野骆驼从枯死的红柳旁窜过。

盛代时,唐诗妙手王昌龄的《从军行》写道:"青海长云暗雪山,孤城遥望玉门关。黄沙百战穿金甲,不破楼兰终不还。"事实上,这时的楼兰早已沦为大漠深处的废墟,它仅在诗中扮演了一个有象征意味的文化符号而已。

漫长的沉寂。荒漠上的黄沙越堆越厚,荒漠上的甘泉日益稀少。十几个世纪的星移斗转之后,一个叫斯文·赫定的瑞典探险家突然把仅存在于传说和故纸堆里的楼兰掀开来,世界为此大吃一惊。

1900 年 3 月, 斯文·赫定带着探险队从北向南穿越塔里木东端罗布荒原。3 月 28 日下午, 探险队发现一个古代佛教遗址, 没想到苍莽的罗布荒原居然有古老文明存在过,探险队中的土著罗布人对此也一无所知,赫定兴奋地对遗址作了考察,然后带人马继续朝前走。宿营时,发现探险队仅有的一把铁锹遗失在佛教遗址上了,向导奥尔得克于是动身返回去寻找铁锹。第二天,已寻回宝贵铁锹的奥尔得克赶上了队伍,他告诉赫定,自己一度曾迷了路,无意间闯进了另一个遗址,那地方比佛教遗址更罕见,他特意带了块木雕来,赫定仔细查看那块木雕后激动地断定,这是千年前的装饰物件,而且建筑的规格很高,他真想立即跟随奥尔得克去寻找这个隐秘的古文明遗址,但所携带的食品和冰块已不多了,遂悻悻作罢,与奥尔得克约定第二年 3 月一起去找那个遗址。

一年之后,赫定果然再次带探险队回到了这一带。一路上很不顺利,几次都差点放弃探险计划,好在心底的希望之火坚韧地支撑着他们完成这苦涩的旅途。1901 年 3 月 3 日, 赫定在步履蹒跚的骆驼上突然惊得张大了嘴巴, 一个硕大的佛塔残体挡在了前面,佛塔后面,一个规模可观的古城遗址散落在古河道两岸的雅丹地貌中,如同中了魔法的古城仿佛处在沉睡中,异样的静谧令赫定震慑不已,似乎古城的居民匆匆离去没多久,他们就接踵而至了。古城遗址最壮观的建筑物是由4堵厚实的墙壁分割成的3间房屋,这就是考古史上著名的楼兰"三间房"。1901年3月4日到10日,赫定的探险队在包括"三间房"在内的13处遗址上大肆发掘,获得大量汉代五铢钱,精美的汉晋时期丝织物、玻璃器、兵器、铜铁工具、铜镜、装饰品、料珠、犍陀罗风格的木雕,仅汉晋木简、纸质文书就达270多件。所发现的钱币中有一枚罗马钱币和一枚于阗钱币。魏晋书法真迹流传至今的寥寥无几,被历代收藏家视为珍宝,而赫定在楼兰遗迹一次发掘所获就达150余件。

第二年,赫定返回瑞典后,把在大漠遗址上发掘出的古代写本提交给德国的汉学家们做鉴定,结果引发了整个欧洲学界的震惊。赫定所发现的被流沙覆盖了十几个世纪的古城遗址,正是《史记》和《汉书》记载的丝路重镇楼兰,而他获得的一大堆稀奇古怪的东西,直接将他送上了探险生涯的巅峰。赫定后来在学术报告《1899-1902年中亚科学考察成果》第二卷《罗布淖尔》中,曾这样书写自己在罗布泊的感受:"这里的景物一片死寂,就像来到了月球。看不到一枚落叶,看不到一只动物的足迹,仿佛人类从未涉足于此。"但就是在这片寂灭的荒漠上,赫定涂写了考古史上绕不开的一笔浓彩。

说到楼兰遗址,不得不提斯文·赫定,同时不得不提他的向导奥尔得克,这个罗布人助赫定发现楼兰遗址后,于1934年再次助另一位瑞典人完成了另一次惊世发现。1934年,奥尔得克已72岁了,初夏,他带着西北联合考察团的成员、瑞典人贝格曼去寻找他的重大发现——在楼兰遗址不远处的孔雀河荒漠中,一座有一千口以上古代木棺的浅丘。他们口干舌燥地在沙漠里转悠了15天,迷失在无边黄沙的迷魂阵中,6月2日,他们意外地来到孔雀河支流库姆河的一条小支流上,河床遗迹周围布满了沙丘、形状灵异的胡杨和柽柳墩的尸首,贝格曼随口把它叫作"小河"。黄昏时分,当夕阳把橘红色的流光漫过魔鬼般的沙丘,奥尔得克指着一处浑圆矮丘狂喊道:"那……就是它。"他们找到了著名的楼兰小河墓地,一些矗立的木柱密密麻麻地兀立在沙丘的顶部,强烈的风暴和烈日使得它们看上去无比怪异,木柱间层层叠叠、错乱散落着数不清的弧形棺板,部分白骨、干尸、裹尸布散落在棺板间。贝格曼从小河墓地带回了200件左右的文物,这些东西再次在欧洲刮起了一阵亚洲腹地的魅风。贝格曼诗意地把在小河墓地上发现的一具古代干尸称作"微笑公主",咏叹道:"高贵的衣着,中间分缝的黑色长发上戴着一顶装饰有红色带子的尖顶毡帽,双目微合,好像刚刚入睡一般,漂亮的鹰勾鼻、微张的薄唇与露出的牙齿,为后人留下一个永恒的微笑。"

179

斯坦因在新疆古代遗址上发掘出的佛像

神秘来自时光之蛇

鸠摩罗什的译经弘法运动持续了十多年,共翻译了佛经74部,384卷,这是中国历史上第一次较为系统全面地翻译印度大乘佛教缘起性空的经论体系,对后世佛教产生了无以复加的影响,是天台宗、净土宗、禅宗、华严宗、成实宗、三论宗等佛教宗派依据的主要经典。公元413年,70岁的鸠摩罗什圆寂于长安逍遥园,圆寂之前,他向多年来协助他译经的僧众说:"今于众前,发诚实誓:若所传无谬者,当使焚身之后,舌不焦烂。"圆寂后举行了毗荼仪式,以火焚尸,烟销骨碎,但是柔软的舌头果然没有被烧坏,形成了舌舍利。

琵琶那典雅沁人的逸响深处,曾站立着一个绚丽的家族,曹氏家族——琵琶中的簪缨世家,这个家族的一双双灵动妙手,拨动大雅的天籁,深度淘洗了琵琶的浪漫灵性。

1979年10月2日,河北遵化,清东陵文物保管所对帝陵进行修缮时,发现裕陵(乾隆墓)西侧一个妃子墓的宝顶塌了个大洞,这个墓以前被盗过,盗贼为了掩人耳目,用木头棍把盗口堵上,时间一长木头就朽了。考古人员顺着洞口进入地宫,发现里面一片狼藉,棺床上到处扔着衣物,刻有阿拉伯文描金棺的方位被扭转,死者的头骨和死时戴的吉祥帽尚在,找到她一条长85厘米的花白发辫,还找到颗猫眼石,有猫眼石说明死者起码是妃子,另外还在残留遗物中找到带有少数民族文字的八宝花绫。通过对出土文物的考证,证实死者是信奉伊斯兰教的回部人,无疑,这人正是生前深受乾隆帝宠爱的容妃——也即被民间传得沸沸扬扬的香妃,她是乾隆四十多个妃嫔中唯一的回部人。

圣者鸠摩罗什

一个改变中国佛教史和中国文化史的人横空出世了。

公元 344 年(东晋康帝建元二年),动荡而妩媚的江南,高僧昙顺在南京南林寺塑了尊一丈八尺的佛像,这是汉册记载中最早的大佛造像。这年,一个改变中国佛教史和中国文化史的人横空出世了,他是智慧无边的鸠摩罗什。

鸠摩罗什出生在西域三十六古国之一的龟兹(今新疆库车一带),这个使用吐火罗语的小国是亚洲腹地小乘佛教中心,盛产音乐和葡萄,佛教极有可能最早就是从这里传到汉地的。鸠摩罗什的父亲鸠摩罗炎是天竺人,婆罗门种姓,家世显赫,世代为相,由于沉醉于修行,年轻时就放弃国相之高位出家为僧,随后越过葱岭来到龟兹。龟兹王白纯非常敬仰鸠摩罗炎的高风,亲自前去迎接,并延请为国师。白纯有个 20 岁的妹妹叫耆婆,天资明敏,智慧高卓,她的身上有红痣,按照相书将生贵子,各国王公贵族纷纷来向她求婚,但她就是不允,见到鸠摩罗炎后一见钟情,非此人不嫁,于是白纯逼着鸠摩罗炎娶了他的妹妹。生下鸠摩罗什和其弟弗沙提婆后,耆婆决定脱离红尘遁入空门,当时鸠摩罗什才 7 岁,跟随母亲一同出家。从小就性情率达、智慧无碍的鸠摩罗什很快能背诵众多佛经,妙悟其中的真谛。他 9 岁的时候跟随母亲来到罽宾(克什米尔),向声名远播的智者盘头达多求法,一段时间后,这位智者对鸠摩罗什的慧根感叹不已,国王听说后,觉得惊奇,于是请来一些有智慧的修行者与鸠摩罗什辩论,没想到都输给了这个小孩,于是他的声名大噪。12 岁时,也就是公元 355 年,鸠摩罗什和母亲决定返回龟兹,途中在疏勒停留了一年,向精通大乘妙义的高僧须利耶苏摩、佛陀耶舍求法,在此期间鸠摩罗什由小乘佛法转向大乘佛法,智慧之门日臻圆满。少年鸠摩罗什回到龟兹后,广说经论,四方信众崇仰,莫之能抗。龟兹僧俗两界本大多崇信小乘,听鸠摩罗什开示大乘佛法后,纷纷悔恨觉悟太迟,自此大乘教义在龟兹被广泛传扬。20 岁那年,鸠摩罗什的母亲再次前往天竺国,临行时,对罗什说:"精湛的佛教教义传之东土,要靠你了,但于自身无利,其可如何!"鸠摩罗什回答说:"大士之道,利彼忘躯。如果大法真能流传过去,虽复身当鼎镬,苦而无恨。"

数年后,鸠摩罗什在罽宾的恩师盘陀达多听说自己弟子鸠摩罗什的盛名,遂来到了龟兹,结果在师徒二人的"智慧之战"中,鸠摩罗什用大乘法门击败了盘陀达多的小乘法门,说服盘陀达多改而皈依大乘,盘陀达多礼拜鸠摩罗什为师,谦虚地说:"和尚是我大乘师,我是和尚小乘师。"鸠摩罗什说服了自己大名鼎鼎的老师之后,"道流西域,名披诸国",更加受西域各国的崇敬。他的大名也传到了中原,中原佛教的泰斗慧远亲自给他写信,另一位声名显赫的高僧道安热衷于译经事业,他劝说前秦王苻坚将鸠摩罗什迎到长安。公元 379 年正月,前秦掌管星相的官员上奏说,星相显示,当有一个大智慧的大德高僧从西域入辅中国。苻坚分析后认为:"朕闻西域有鸠摩罗什,将非此耶?" 4 年后,派遣骁骑将军吕光率军远征龟兹,饯别宴上,苻坚对吕光说:"帝王顺应天道而治国,爱民如子,哪有贪取国土而征伐的道理? 只因为怀念远方的大德智人罢了。我听说西域有一位鸠摩罗什大师,他深解佛法,擅长阴阳之理,是一代宗师,如果你战胜龟兹国,要赶快护送他前来。前秦的军队到来之前,鸠摩罗什劝说龟兹国王要注意国运已衰,不要和前秦以硬碰硬,结果龟兹战败,国王被杀,41 岁的鸠摩罗什被捉拿。

鸠摩罗什随前秦军队在返回途中, 吕光接到淝水之战中惨遭失败的苻坚被杀的消息,见国家已亡,于是吕光在凉州建立了凉国(史称后凉)。在这前后,中原一代高僧僧肇慕名前来寻访鸠摩罗什, 足见鸠摩罗什的影响力。鸠摩罗什到凉州的时间是公元 385 年,同年,姚苌即皇帝位于长安,建立了历史上的后秦。统治凉州的吕氏家族不喜佛教,对鸠摩罗什敬而远之,但又不放他走,鸠摩罗什于是在凉州韬光养晦达 17 年。公元 401 年,后秦国主姚兴继位,宫廷里突然出现了一棵连理树,而御花园的葱变为了茝,这被认为是祥瑞,预示着有大智慧的人要来到。于是,姚兴部下硕德西伐凉国,凉国战败后上表归降,于是,这一年的旧历十二月二十日,57 岁的鸠摩罗什终于被迎到了长安,笃信佛法的姚兴非常喜悦,以国师之礼厚待鸠摩罗什。

鸠摩罗什到长安后的第二年,他被姚兴请到逍遥园西明阁翻译佛典,后来姚兴又在园内建草堂寺,供其居住,由于鸠摩罗什译经场以草盖顶,故得名为"草堂寺"。这场历史上至关重要的译经弘法运动持续了十多年,高僧僧肇、僧契、僧迁、法钦、道流、道恒、道标、僧睿等八百余人被选出来参加翻译工作,共翻译了《中论》《百论》《十二门论》《般若经》《法华经》《大智度论》《维摩经》《成实论》《阿弥陀经》《无量寿经》等共 74 部,384 卷。鸠摩罗什羁留凉国 17 年,对于中土语言、文字、民情已很熟悉,智慧无碍的他精通梵文、土火罗文,所以所译经文契合旨义、妙不可言,在忠于原文和文字的表达上都达到了前所未有的水平。这是中国历史上第一次较为系统全面地翻译印度大乘佛教缘起性空的经论体系,对后世佛教产生了无以复加的影响,鸠摩罗什翻译的经书是天台宗、净土宗、禅宗、华严宗、成实宗、三论宗等佛教宗派依据的主要经典。

183

　　据说鸠摩罗什的智慧令姚兴折服,于是他对鸠摩罗什说:"大师,您悟性卓越,天下无双。如果将来圆寂了,法种便断绝了,应该把您的血脉传下来。"于是,姚兴逼迫鸠摩罗什接受 10 名女子。鸠摩罗什苦不堪言,但为了译经大业,只得忍辱,每逢升座讲说经义,常对弟子自嘲说:"譬如臭泥中生长莲花,只须采撷莲花,不必沾取臭泥啊!"便有僧人生起轻慢之心,想仿效他娶女人,鸠摩罗什于是把僧众集合起来,走到盛满铁针的钵前说:"如果各位能像我一样把这一钵针吃下去,就可像我一样娶女人。否则大家各自安心修道,谨守戒律,莫再滋生妄想!"说完,他若无其事地把满钵铁针吞了下去,僧众无不目瞪口呆,那些想效仿他的人则深怀惭愧。

　　公元 413 年,70 岁的鸠摩罗什圆寂于长安逍遥园,圆寂前,他向多年来协助他译经的僧众说:"今于众前,发诚实誓:若所传无谬者,当使焚身之后,舌不焦烂。"圆寂后举行了毗荼仪式,以火焚尸,烟销骨碎,但是柔软的舌头果然没有被烧坏,形成了舌舍利。

　　传奇的鸠摩罗什所译的经书,据说还不到他精通的十分之一。孔子有三千门徒,据说鸠摩罗什的弟子亦达三千,其中最著名的为僧肇、僧睿、道融、昙影等,后世有四杰、八俊、十哲之称。他曾题赠给友人一首诗:"心山育明德,流薰万由延。哀鸾孤桐上,清音彻九天。"这同时是这位圣僧一生的写照。他的著名的"不烂之舌"一直供奉在甘肃武威的罗什寺的佛塔里,现存罗什寺塔高 32 米,全以条形方砖砌成。从下起第三、五、八层均设门,顶部是葫芦形的铜质宝瓶,塔上有唐人的"姚秦三藏鸠摩罗什舍利塔"刻字。

琵琶簪缨世家

琵琶典雅沁人的逸响深处,曾站立着一个绚丽的家族。

　　"琵琶幽怨语,弦冷暗年华。泪润玲珑指,多情满地花。"琵琶那淳雅婉转的清音从往昔朱阁里冒出来,飘过时光的仓廪,飘过一大片香影绰约的红花,让我们的耳膜折返于旧时青山旧时绿水。

　　琵琶古称"批把",最早见于汉代刘熙的《释名》:"批把本出于胡中,马上所鼓也。推手前曰批,引手却曰把,象其鼓时,因以为名也。"意即批把是胡人在马上弹奏的乐器,向前弹出称作批,向后挑进称作把,据此演奏特点得的名。现在的琵琶由古时的直项琵琶和曲项琵琶演变而来,秦汉时期的"秦汉子",就是直柄圆形的直项琵琶,魏晋后,波斯一带的曲项琵琶经西域传入汉地,当时的曲项琵琶为四弦、四柱、梨形,横抱着用拨子弹奏,到北朝时开始盛行。

言琵琶不可不言龟兹,不可不言琵琶中的簪缨世家曹氏家族。玄奘在《大唐西域记》中把龟兹译作"屈支国",说屈支国的管弦伎乐在西域是最棒的。龟兹的管弦伎乐中,最具代表性的是琵琶。龟兹琵琶,又被汉地叫作胡琵琶,《隋书·音乐志》记载说:"今曲项琵琶,竖头箜篌之徒,并出自西域,非华夏旧器。"据陈寅恪先生考证,琵琶的知音白居易的远祖就是从龟兹迁来的白氏或帛氏。白居易秉承了龟兹人的琵琶雅道,情之所钟一往而深,他写出了关于琵琶的千古佳作《琵琶行》,死后葬在洛阳龙门恰似一个琵琶的香山琵琶峰,真是生亦琵琶,死亦琵琶。

琵琶音乐史上著名的曹氏世家,系入迁汉地的西域曹国人(在今乌兹别克斯坦共和国境内)。曹国是历史上的西域昭武诸国之一,先后有数万人通过丝绸之路迁入中原定居,这些人多以"曹"为姓。南北朝时,曹国人曹婆罗门从一个商人处学得精妙的龟兹琵琶,成为琵琶高手,他传艺给儿子曹僧奴,再传给孙子曹妙达和孙女曹昭仪,4个人合称"四曹"。北齐文宣帝高洋和北齐后主高纬酷爱胡乐,对曹僧奴、曹妙达父子的琵琶技艺激赏不已,高洋喜欢亲自击打胡鼓,曹氏父子常穿着胡服为其伴奏,高纬则对龟兹琵琶无比耽爱。高纬登基后,一次宫廷宴会上,琵琶圣手曹妙达应召弹奏,曲声曼妙,绸帐高启,在金色瑞兽泛出的袅袅香霭中,后主高纬斜倚在龙榻,微闭龙目轻轻用掌击打节拍,文武大臣屏息敛气,清越的琵琶声如玉珠落盘,高雅深切,一曲奏罢,众人齐声喝彩,如痴如醉的后主兴奋之余起身说道:"佳音,佳音,孤今重赏,封尔为王。"群臣闻言无不惊诧,如在春梦中的曹妙达伏地跪谢皇恩。这就是著名的曹妙达以伶人之身开封封王事件,当时的人感叹说:"乐工封王侯,妙达唯一人。"曹妙达以一曲琵琶受封为王,这个事确实显得有点奇怪,实际上他的受封或许与其妹有关,他妹妹就是历史上色艺双绝的曹昭仪,也弹得一手好琵琶,后成为高纬的妃子(昭仪)。高纬喜欢亲自演奏自己作的曲子,他最著名的曲子是《无愁曲》,有人由此给他取了个"无愁天子"的雅号。高纬常与曹昭仪"悦玩无倦,倚弦而歌",还专门为这个心爱的女人建了绮丽的隆基堂,可见曹妙达虽出身伶人,但也算是个"国舅",他受封与这应该大有关联。

北齐被隋朝取代后,曹妙达仍在朝中做乐官,他曾奉隋文帝杨坚之命新作清庙歌词12曲,以取代北周旧曲。曹妙达的琵琶为一时之妙,令世人叹服,《隋书·音乐志》称他"持其音技,估衒公王之间,举世争相慕尚"。

1920 年代，大漠日出　岛崎役治　摄

盛唐时,西域诸国处在大唐的控制之下,龟兹乐成为影响至深的摩登音乐,龟兹的曲项琵琶、羯鼓、筚篥、横笛成为大唐燕乐中的主流乐器,尤其是四弦曲项琵琶,往往处于领奏地位,当时十部乐中有八部离不开龟兹琵琶。这时期,曹妙达精湛的琵琶技艺在其后人中得到传扬,他的后裔曹保世居长安,是才艺高卓的琵琶妙手,曹保之子曹善才、之孙曹纲,都以琵琶技艺广受敬仰,白居易在《琵琶行》序中介绍琵琶女说,"本长安娼女,尝学琵琶于穆、曹二善才","曹善才"即曹保之子,李绅听过曹善才的琵琶曲后曾赞道:"花翻凤啸天上来,徘徊满殿飞春雪……流莺子母飞上林,仙鹤雌雄唳明月。"曹纲青出于蓝而胜于蓝,境界更在乃父之上,刘禹锡曾赞叹说:"大弦嘈嘈小弦清,喷雪含风意思生;一听曹纲弹《薄媚》,人生不合出京城。"

蓬勃的盛唐气韵把琵琶推向了一个高峰。当时长安每逢重大活动,都要举行"斗声乐"大会,也就是音乐比赛,据《乐府杂录》记载,大唐贞元年间,长安大旱,德宗皇帝下诏在南市搭台祈雨,祈雨过后在这个台子上举办了"斗声乐"大会,东市聘请了当时号称"琵琶第一高手"的宫廷乐师康昆仑出马演奏,弹了一曲自己新近改编的"羽调绿腰曲",听众齐声称妙,激赏不已,东市的人大为得意,以为不会再有敌手了,不曾料到,代表西市出马的一位女子走上赛台,摆弄素手,也弹了自己改编的"羽调绿腰曲",乐声缈如仙音,变化万千,其妙入微,弹完后,听众叹服不已,喝彩如雷,康昆仑惊异之余输得心服口服。等这位女子卸了妆出来,康昆仑才发现此人不是女子,而是庄严寺的和尚段善本扮了女相来参加"斗声乐",他遂拱手表达钦慕之情,想拜段和尚为师。这事传到唐德宗的耳朵里,觉得挺有趣,特召见了两位琵琶高手,让段善本收康昆仑为徒,段善本微笑着答应了,但要求康昆仑忘掉他原来的本领,然后才肯教他。从此康昆仑从头改正技艺,虚心苦学,终"尽段之艺"。据《西阳杂俎》的记载,段善本腕力过人,神思绝妙,他弹琵琶使用的弦与众不同,颇为古怪,用的是皮制弦。

由上面这则故事,可看出琵琶在唐代市井中的普及程度及汉地对它的喜爱程度。而后人不该忘记,琵琶典雅沁人的逸响深处,曾站立着一个绚丽的家族,曹氏家族——琵琶中的簪缨世家,这个家族的一双双灵动妙手,拨动大雅的天籁,深度淘洗了琵琶的浪漫灵性。

一个 18 世纪的尤物

据说艾孜姆自幼便有天然异香，玉容未近，芳香袭人，
这种香不是粉香，而是一种混合着沙枣花香的奇异芳香。

香妃，一个 18 世纪的尤物，于天山白雪下迈着华丽碎舞，沿着大漠骄阳漏下的圆光，被驼队带入香幔沉沉的帝宫，这之中摇曳着皓腕的魅影、沙枣花的暗香、洁白的乡愁以及无边的神秘，这神秘来自时光之蛇，它咬住自己的尾巴，形成一个幽香的环，所有凝视这个环的人都会被一种欲望之毒缠住。

明月芦花怅寥廓。北京陶然亭的锦秋墩上，以前有个香冢，民间相传是乾隆妃子香妃之墓，墓碑的阳面用篆书刻着"香冢"两字，阴面上刻有铭文："浩浩劫，茫茫愁。短歌终，明月缺。郁郁佳城，中有碧血。碧亦有时尽，血亦有时灭，一缕香魂无断绝。是耶非耶？化为蝴蝶。"这哀丽侵骨的文字像滴着清愁的白茶花感怀着一代红颜，碑文的拓片现藏于北京图书馆。其实这个香冢与香妃并无瓜葛，上面的铭文为大清同治时的御史张盛藻为感念义妓蒨云而作。

1979 年 10 月 2 日，河北遵化，清东陵文物保管所对帝陵进行修缮时，发现裕陵(乾隆墓)西侧一个妃子墓的宝顶塌了个大洞，这个墓以前被盗过，盗贼为了掩人耳目，用木头棍把盗口堵上，时间一长木头就朽了。考古人员顺着洞口进入地宫，发现里面一片狼藉，棺床上到处扔着衣物，刻有阿拉伯文描金棺的方位被扭转，死者的头骨和死时戴的吉祥帽尚在，找到她一条长 85 厘米的花白发辫，还找到颗猫眼石，有猫眼石说明死者起码是妃子级别以上的人物，另外还在残留遗物中找到带有少数民族文字的八宝花绫。通过对出土文物的考证，证实死者是信奉伊斯兰教的回部人，无疑，这人正是生前深受乾隆帝宠爱的容妃——也即被民间传得沸沸扬扬的香妃，她是乾隆四十多个妃嫔中唯一的回部人。

香妃之名最早出现于 1892 年萧雄写的《西疆杂述诗》卷四"香娘娘庙"："香娘娘，乾隆年间喀什噶尔人，降生不凡，体有香气，性真笃。"1914 年，故宫古物陈列所展览了从沈阳故宫和承德避暑山庄调来的一批文物，其中有一幅引人注目的清宫美女戎装像，这幅画当时挂在武英殿侧面的浴德堂内，画像下面的说明文字明确指出："香妃者，回部王妃也。美姿色，生而体有异香，不假熏沐，国人号之曰香妃。"自此以后香妃之名大震。但

"香妃戎装像"后来遭到多方否定,认为画上的人不可能是香妃。香妃画像中被人们广为接受的是一幅旗装像,原为宋美龄的个人收藏,画中美丽的鹅蛋脸女子穿着高雅素洁的红色绣花旗装,仪态万千,恍若仙人,但这幅画最大的疑点是画中女子并无新疆回部人的容貌特质,因而遭到不少质疑。史学界迄今较为认可的香妃真容像,出现在一幅叫《威弧获鹿》的画上,该画描绘了乾隆帝在马上挽弓射鹿的情形,一个身着回装的高贵妃子骑马紧随递上箭矢,她头戴红纽缨冬冠,身着典雅的回部黄袍子,肌肤洁白,高鼻深目,非容妃而谁?

最初认定香妃就是容妃的文章,出自民国史学名家孟森的《香妃考实》。容妃生于雍正十二年(1734),本名为买木热·艾孜姆,世居叶尔羌,即今新疆维吾尔自治区塔里木盆地西南部的莎车。清朝初年的新疆,以天山为界分为南北二部,北部称准噶尔,南部称回部,艾孜姆的祖父阿帕霍加是回部著名的宗教首领,曾建立过叶尔羌政权。乾隆二十四年(1759),定边将军兆荣率清军平定大小和卓叛乱,艾孜姆的叔叔额色伊、哥哥图尔都配合清军作战立下大功,第二年,她一起随同进京受赏,额色伊被封为辅国公,图尔都被封为一等台吉,乾隆对艾孜姆的天生丽质和天然异香早有耳闻,当他看到这朵不假熏沐的"天山雪莲"时,立即被其高华脱俗的倾国之色迷住了,于是迎入宫中,封为"和贵人"(乾隆二十五年四月),当然这也是稳定统治、笼络新疆上层贵族的一个伎俩。香妃入宫后不久,一棵从南方移栽到皇宫的荔枝树竟结出了200多颗荔枝,乾隆认为这事是一个祥瑞之兆。

据说艾孜姆自幼便有天然异香,玉容未近,芳香袭人,这种香不是粉香,而是一种混合着沙枣花香的奇异芳香,由于身上散发着不可思议的"天赐之香",人们亲切地称她为"伊帕尔罕"(香姑娘之意)。有的资料说艾孜姆从小到大有一个嗜好,即特别喜爱沙枣花,常常长时间地待在沙枣树下,株丛稠密的沙枣又叫香柳,长着银白色鳞片叶,花季时满树繁花一片银白,钟形的白色花萼飘荡着浓烈的香气,久而久之,这位"神仙姐姐"的身上便熏染了一股馥郁的沙枣花香。真实的情况则也可能是,酷爱沙枣花的艾孜姆身上常常携带这种高洁的"大漠之花",花香与体味胶合为一种高雅的秘香,这种香气被人们附会为天生的异香,越传越奇。不管怎样,一个绝代佳人身上的异香从时间的谜团中挤出了一道光缝,溢出来,成为诱惑后世的一个唯美主义传奇。

艾孜姆入宫后,由于言语和生活习惯与众嫔妃不同,乾隆帝把她安排在西苑的一处寝宫,饮食起居全遵从回部传统,派回部女子做待从,让宫中懂维语的宫女为她当翻译,还让宫中一位名努倪玛特的维族厨师专门为她做回部饭菜。乾隆帝本人天资高卓,熟谙汉语、满语、蒙语、懂维语、藏语,所以两人交流没有障碍。

　　乾隆帝对一派天然、高贵真淳的艾孜姆很是宠爱,入宫后没过多久,将其由贵人升为容嫔,入宫第 8 年晋为容妃,"容"字,示现了她不同凡响的仪容。艾孜姆有每日沐浴的习惯,乾隆帝便在武英殿侧的浴德堂为其修建沐浴之所,浴室为土耳其式风格,四壁镶有白玉珐琅,室内有漂亮的熏香器物,西墙外有一口高石阶的井,将井水汲上来倒入石槽,水就会沿着水道流入锅炉,水烧热后再流入浴室。

　　皇宫有富贵红尘,有珍馐玉液,但没有亲人、醇酽的回部风情,以及银花、金果、铁干的沙枣树,艾孜姆初进宫时的新鲜劲很快便下去了,对故乡的思念渐渐侵入脏腑,她常常郁闷不乐,有时在朱栏外顶着明月一站就是几个时辰,凭栏远眺泪水涟涟。乾隆多次慰抚都不管用,于是这位"浪漫天子"怜香惜玉之余下诏让熟悉新疆风土的将领兆惠在京城督建一座回部城,兆惠率一批和阗工匠花了两年时间,在皇城外建了一座伊斯兰风格的回部城。修好城后,兆惠调来许多内附的维族人,在城内生活,形成北京西长安街之南的"回子营"。在皇城外建造回城的同时,兆惠还建了一座回部式的楼宇,尖圆顶、圆穹窗,楼前是大片白色大理石砌成的水池,楼内有回部式的豪华雕饰,墙壁嵌着清雅的伊斯兰小花砖,地上铺着富丽的波斯地毯。乾隆帝对这座楼非常满意,赐名为"宝月楼",并专门作《御制宝月楼记》。在宝月楼的斜对面,还建了一座清真寺,供回部城的信徒做礼拜之用。教堂的大殿四围有走廊,碧色的琉璃瓦和朱色的窗柱交相辉映,从远处看有些像著名的天坛祈年殿。一切都安顿好后,当艾孜姆被乾隆带上宝月楼,她被眼前的景象惊呆了,仿佛看到了大漠一头的海市蜃楼:那些戴着故乡的金边小帽的维族人在满街的回部店铺进进出出,恬静的微风传达着久别的乡音,随着一阵钟声从尖而圆的礼拜堂传出,虔诚的信徒喃喃念着"拉,伊拉哈,伊,阿拉"的祷告声。半响,艾孜姆才明白这是乾隆送给自己的礼物,她感戴之余不知说什么才好,像一枝雨中的白梨花边流泪边谢恩。从此,她增添了许多笑容。

　　乾隆是个极为有心的人,他知道回部妃子的最爱是沙枣树,为大获美人芳心,他下诏移栽大批新疆沙枣树入京,新疆乌什的劳工负责办理此事,在执行过程中,官府的残暴令劳工们忍无可忍,结果引发了一场暴动,暴动后来被镇压下去了,但移植沙枣树入京的计划也泡了汤。这事,深居皇宫的艾孜姆并不知晓,如果她知道自己对沙枣花的喜爱导致故乡遭受如此大的波折,一定会于心不安的。

　　作为乾隆的爱妃,容妃艾孜姆曾跟随这位历史上最会享乐的君王南下江南、东巡泰山、北上盛京。乾隆四十六年正月十五日,皇帝在圆明园大宴妃嫔,容妃入主了西边头桌的首位,这时,她 48 岁,达到了她帝宫生涯的巅峰。

　　乾隆五十二年(1787),艾孜姆病倒,经常在御药房取药。乾隆帝常去看她,多次单独赏给枣糕、橘饼、柿霜、梨膏、耿饼等物品。乾隆五十三年(1788)四月十四日,乾隆帝赏给了艾孜姆 10 个春橘,5 天后,她在圆明园辞世,享年 55 岁。她在宫中生活了 28 年,最大的遗憾就是未能给乾隆生育儿女。艾孜姆死后,她的金棺暂放在畅春园西侧的西花园,同年四月二十七日奉移到北京东北郊的静安庄殡宫暂安。同年九月十七日,乾隆帝命皇八子仪郡王永璇护送容妃金棺奉移东陵,于九月二十五日葬入裕陵妃园寝。

　　艾孜姆死后,其部分遗物被运回新疆,安放于家族墓园的衣冠冢里,这个家族墓园位于喀什市东郊 5 公里处的浩罕村,墓园精丽宏伟,安息着艾孜姆家族的 5 代人,今天人们俗称这个墓园为"香妃墓"。

　　年迈的乾隆不时会怀念起这位高洁美丽的异域妃子,一次他独自登上宝月楼,睹物思人,不禁黯然长叹,写下《宝月楼自警》:"液池南岸嫌其远,构以层楼居路中。卅载画图朝夕似,新正吟咏昔今同。俯临万井诚繁庶,自顾八旬恐眺丛。归政五年亦近矣,或当如原吴恩蒙。"这时艾孜姆已离世 3 年,诗中殊有悼亡之味。

敦煌壁画上的西夏贵妇

191

敦煌彩绘穹顶

刀锋上的古典黄金

菊花与刀，丝绸与铁，白雪与金甲，大漠与孤鸿，羌笛与乡愁，边塞诗里囤积着无边白昼无边黑夜，囤积着滚滚胡尘滚滚生死。

"大唐"，当这个词飘向丝绸之路，一轮英雄主义的明月便从时间的谷屯上升起。这明月被一声慷慨的吟哦唤出，吟哦者的铁衣塞着几卷边塞诗，一股遒劲的本源之气灌满他的胸膛。

壮士拂剑浩然弥哀，真力弥满万象在旁。盛唐时西北边塞守将崔延伯帐下有个吹笳的乐师田僧超，擅长吹奏《壮士歌》《项羽吟》，每次出师作战，崔延伯都会令田僧超吹响壮怀激烈的《壮士歌》，然后单枪匹马率先杀向敌阵。这只是"神秀声律，灿然大备"的大唐雄风的一个小插曲。蓬勃大唐最强劲的呼吸，蕴藏于边塞诗之中，它是刀锋上的古典黄金，"孰知不向边庭苦，纵死犹闻侠骨香"（王维《少年行》），"脱鞍暂入酒家垆，送君万里西击胡。功名只向马上取，真是英雄一丈夫"（岑参《送李副史赴碛西官军》），"野云万里无城廓，雨雪纷纷连大漠。胡雁哀鸣夜夜飞，胡儿眼泪双双落"（李颀《古从军行》），"明月出天山，苍茫云海间，长风几万里，吹度玉门关"（李白《关山月》）。菊花与刀，丝绸与铁，白雪与金甲，大漠与孤鸿，羌笛与乡愁，边塞诗里囤积着无边白昼无边黑夜，囤积着滚滚胡尘滚滚生死。

说到边塞诗，不可不提太原才子王翰的《凉州词》："葡萄美酒夜光杯，欲饮琵琶马上催。醉卧沙场君莫笑，古来征战几人回。"生与死都放下了，浓烈与惨淡散尽，笑傲大漠的壮士在沙场上饮下旷达的琼浆，英雄气与浪漫气在生死断际的醉意中化为无畏的逍遥。葡萄美酒，这散发着美丽紫光的阴柔尤物，用一种空潭泻春的温婉调和了至阳至刚的血刃。

1910年,玉门关外的火沟,高轮车旁的老妇　莫里逊 摄

1908年,兰州过年的市民　马达汉 摄

尽管葡萄在汉代就由西域传入汉地,但栽种面积实际上一直很小,属于珍稀果品。大唐初年,高祖李渊有次大宴群臣,葡萄作为珍馐摆上桌面,侍中陈叔达拿了葡萄却没有吃,高祖问他怎么了,陈叔达答道:"臣的母亲有口干的疾患,听说葡萄最能生津止渴,但贵而难求,所以臣想拿点回去孝敬老母。"李渊的生母已不在人世,他不由叹息道:"你毕竟还有可以奉上葡萄的母亲啊!"说完忍不住潸然泪下。这个典故说明唐代初年汉地的葡萄是很稀有的。当时汉地还不会做葡萄酒,西域盛产葡萄和葡萄酒的高昌国,每年都会给大唐进贡。贞观十四年(640),大唐征服高昌国,尽掠其地,当各种战利品运到长安后,太宗皇帝宣布"赐酺三日",大搞庆祝活动,据《册府元龟》记载:"及破高昌,收马乳葡萄实,于苑中种之,并得其酒法。太宗自损益,造酒成,凡有八色,芳辛酷烈,味兼缇盎,既颁赐群臣,京师始得其味。"说明高昌著名的马乳葡萄已传入长安并在皇宫中栽种,唐太宗亲自参与了葡萄酒的酿制。到盛唐时,大唐皇宫中已有两座葡萄园。

在一种"与其苟延残喘,不如从容燃烧"的醉幻中,自负而旷逸的王翰写下他的《凉州词》。王翰的家乡太原(当时叫晋阳)正是盛唐时的葡萄酒之乡,所出产的"燕姬葡萄酒"异常醇美。俊迈不羁、才情纵横的王翰是一匹出身富贵的"野马",年轻时一直过着整天纵酒游猎、斗诗赋词的纵乐生活,尽管23岁便高中进士,得到当朝红人张说的赏识,但桀骜不驯自视王侯的做派与官场格格不入,不断招致嫉恨,屡屡受挫,然他终不改其纵意所如的狂放德性,颇有些"竹林七贤"的遗风。当时有个文人叫杜华,搬家择址时,其母崔氏对儿子说:"当年孟母三迁,今日吾家择居,你若能与王翰为邻,吾便心满意足了。"开元十四年(726),王翰因"行为狂荡"的罪名再次受挫,被贬往湖南道州,披西风,驱瘦马,他在漫漫古道上身染重病,没到任便死去,年仅39岁。

仅比王翰小一岁的另一个太原才子王之涣写下了另一首著名的《凉州词》:"黄河远上白云间,一片孤城万仞山。羌笛何须怨杨柳,春风不度玉门关。"这首在史上"旛发垂髫,皆能吟诵"的边塞诗,雄阔深远意味无穷,一派天成如有神助。出身官宦世家的王之涣翩若黄鹤,有高逸风范,常击剑悲歌,怀揣一腔遗世独立的山林气,唐人靳能为其写的墓志铭说他"夹河数千里,籍其高风;在家十五年,食其旧德",可见其风骨和德行。尽管王之涣只出仕过两次,担任的都是微不足道的小官,一生更多的时光在闲放中度过,但他的诗名很盛,可惜死后他表弟不慎将其诗集烧了,流传至今的只有6首。

关于王之涣的这首《凉州词》,唐代人薛用弱在《集异记》中有极为精彩的叙述,妙趣横生令人绝倒:"开元中诗人,王昌龄、高适、王之涣齐名。时风尘未偶,而游处略同。一日,天寒微雪。三诗人共诣旗亭,贳酒小饮。忽有梨园伶官十数人,登楼会宴。三诗人因避席隈映,拥炉火以观焉。俄有妙妓四辈,寻续而至,奢华艳曳,都冶颇极。旋则奏乐,皆当时之名部也。昌龄等私相约曰:'我辈各擅诗名,每不自定其甲乙,今者可以密观诸伶所讴,若诗入歌辞多者,可以为优矣!'俄而,一伶拊节而唱曰:'寒雨连江夜入吴,平明送客楚山孤。洛阳亲友如相问,一片冰心在玉壶。'(王昌龄诗)昌龄则引手画壁曰:'一绝句。'寻又一妓讴曰:'开箧泪沾臆,见君前日书。夜台何寂寞,犹是子云居。'(高适诗)适则引手画壁曰:'一绝句。'寻又一伶讴曰:'奉帚平明金殿开,强将团扇半徘徊。玉颜不及寒鸦色,犹带昭阳日影来。'(王昌龄诗)昌龄则又引手画壁曰:'一乐府。'之涣自以得名已久,因谓众人曰:'此辈皆潦倒乐官,所唱皆巴人下里之词耳,岂阳春白雪之曲,俗物敢近哉?'因指诸妓中紫衣貌最佳者曰:'待此子所唱,如非我诗,吾即终身不敢与诸子争衡矣。脱是吾诗,子等当须列拜床下,奉吾为师。'因欢笑俟之。须臾次至,双鬟发声,则曰:'黄河远上白云间,一片孤城万仞山。羌笛何须怨杨柳,春风不度玉门关。'(王之涣诗)之涣即与二子曰:'田舍奴,我岂妄哉!'因大谐笑。诸伶不喻其故,皆起诣曰:'不知诸君何此欢噱?'昌龄等因话其事,诸伶竞拜曰:'俗眼不识神仙,乞降清重,俯就筵席。'三子从之,饮醉竟日。"

旗亭画壁的故事大约发生在开元十六年(728),王之涣、王昌龄、高适三人都是写边塞诗的妙手,此前的开元十二年(724),34岁的王昌龄参加科举考试未能及第,遂于一瓢春光中开始了一生中最长的一次漫游,沿渭河平原西出萧关道,到腾格里沙漠,再溯黄河而上,至兰州,然后南下临洮,西游鄯州,北上凉州、肃州,出玉门关远游碎叶,直到第二年秋天,才折回玉门关,从凉州东行沿黄河返回长安。正是这次壮游,使他对西北边塞有了深入骨髓的苍茫体验,得江山之助,写出《出塞》这样唐诗中的压卷之作:

其一:秦时明月汉时关,万里长征人未还。但使龙城飞将在,不教胡马度阴山。

其二:骝马新跨白玉鞍,战罢沙场月色寒。城头铁鼓声犹震,匣里金刀血未干。

王昌龄是七绝圣手,他的边塞诗骨力勃发、意境深远,可谓打通了唐诗刚与柔的任督二脉,沈德潜在《唐诗别裁》评价他说:"龙标绝句,深情幽怨,意旨微茫,令人测之无端,玩之无尽。"

雄姿英健的高适比王之涣和王昌龄年龄小些,但在边塞的时间颇长,作品也多得多。在结交天下英雄的放浪中,"弹棋击筑白日晚,纵酒高歌杨柳春"(《别韦参军》)的高适三次出塞,投身戎马,写下《燕歌行》《塞下曲》等边塞名篇。识王霸之略的高适是一个以直心为道场的豪士,"千里黄云白日曛,北风吹雁雪纷纷。莫愁前路无知己,天下谁人不识君？"这首《别董大》是与董庭兰饯别时写的，诗歌调式接近汉魏古诗的真朴与雄健。董庭兰为陇西著名琴师，是个"不事王侯，散发林壑者六十载"的高士，两人饯别时都很落魄，连买酒的银子都难以掏出，在这样的贫贱中，高适丝毫不改其豪迈激越的禀性，他那时断不会想到日后自己会飞黄腾达，成为大唐诗人中官运最为亨通的一个。

在当时的边塞诗中，《全唐诗》收录的《袍中诗》是极为另类之作。开元年间，有一年冬天玄宗皇帝下令让宫中的宫女制作一批战袍，运往边塞给一支远征军御寒，结果出了一件颇为稀奇的事。一个士兵拿到战袍后居然在短袄里发现了一首诗，他向上司作了禀报，最后这事传到了玄宗的耳朵里，他让把这首诗呈上来，只见写的是："沙场征戍客，寒苦若为眠。战袍经手作，知落阿谁边。蓄意多添线，含情更着绵。今生已过也，重结后身缘。"情思宛转情意绵绵，玄宗看后不禁动容，于是把当时做战袍的宫女全部招来，查问是谁写的，宫女们生怕怪罪，鸦雀无声，过了一阵一个宫女才勇敢地站出来承认那首诗是她写的，叩首说"罪该万死"，没想到玄宗感叹着说："你是一个深情的女子啊，你诗里说'今生已过也，重结后身缘'，然而朕就让你结今生之缘如何？"遂把这名宫女许配给了有缘获得诗作的士兵。此事一时传为佳话。

"誓扫匈奴不顾身，五千貂锦丧胡尘。可怜无定河边骨，犹是春闺梦里人。"当每天晚上穿着鹤氅在巨石上焚香的晚唐隐士陈陶写下他的反战诗《陇西行》，孤独的星辰便在忧郁的金色中从大漠升起，它勘破了神秘黑夜，这神秘黑夜是大唐的黑夜也是人心中的黑夜。写下这首边塞诗中的"旷野呼告"后，陈陶一定哀痛得大叫了三声，接着他遁迹于烟水。

感天地之悠悠，悲歌舞剑醉眠西风。边塞诗是大唐灵魂之喉发出的高亢之声，它像夜颂中的夜莺飞向时光中的时光、时光中的忧歌、时光中的脐带。它距离壮阔大地是如此近，让人想起马克西姆的那曲《出埃及记》来：

世界归我，蒙主赐予。英勇土地，古老疆域。
晨光初现，山色旖旎。自由之邦，孩童嬉戏。
携我之手，与我同行。壮阔大地，有我同行。
危难之刻，与我相依。与主同在，赐我刚强。
与主同在，赐我家乡。以我英勇，慰我家乡。
以我身躯，慰我家乡。

中原梦华录

Dreams on the Central Plains

公元 1862 年,法国考古学家梅·戴沃在叙利亚北部荒凉的沙漠里发现了由巨塔、教堂、修道院、塔楼组成的古城堡。这些建筑物几乎完整无缺地保留了下来,精美的考林斯式柱头支撑着建筑物的拱顶,墙面、柱头、过梁上雕着十字架和象征基督的符号。更加令人惊异的是这些古城堡不是一座、几座而是几百座。当年这里曾是布满葡萄和橄榄树的青翠山冈,城堡里生活热闹非凡,如今沙漠将一切都吞噬了,已没有人在这里居住。这些城堡的命运使我们联想起北宋京城汴梁来,在今天,它的大部分早被泛滥的黄河埋在地下,昔日雍容繁华的一切皆烟消云散。

河南古为豫州,据九州之中,又称中州,自古为东方文化发祥地。随着殷墟故都、禹都阳城、偃师二里头、仰韶龙山、郑州大河村等遗址的发现,河南在华夏文明体系中的地位更加突显。

东汉时张衡认为:"天形似鸟卵,地居其中,天包地外,犹卵之裹黄,圆如浑丸,故曰浑天。"在古代,人们认为这蛋黄似的大地的最中央,是在保持着尊贵的龙眠之姿的中岳嵩山,所谓"于大地四方为正中"。

少林寺古塔林　陈新宇 摄

在古人眼中，上天有一半的秘密是在黄河与洛河之间泄露的，夏商周三个古老王朝的多数君王都居住在这一带。

从那弥漫着神秘占卜之气的甲骨文、幽丽纹饰遍布的青铜彝器，我们掂出了这片土地超凡的文化重量。从公元前21世纪夏王朝建立到1127年北宋帝国覆灭的三千年里，河南一直是中国历史上最显赫灿烂的地区，那时，它以繁荣的经济和发达的文化著称，层出不穷的英才有如雄阔磅礴奔流不息的黄河之水。今天，当我们翻开《辞海》及各种历史名人辞典，竟发现中国这艘大船在南宋之前的舵手是河南人，没有哪个地方涌现了那么多的重要人物。

德国人魏特夫十分强调东方专制王权形成与水利工程之间的关系，他认为大规模的治水（灌溉与防洪）需要强有力的合作、纪律、政权与专制主义。姑且不去评判魏氏观点正确与否，但我们有充分的证据可以说明中国第一个王朝夏朝的出现确实是与治理水患有着很大关联。夏朝及后来的商周统治中心正是在河南一带。历史上河南人必须干的一件大事就是灌溉和防洪，黄河在河南境内长达700公里，孟津至兰考段，近代以来已成越来越悬的"悬河"，在治理黄河水患的长期斗争中，人们培养起了比其他地区更为显著的集体协作精神和家族宗法血缘观念。

林语堂称河南的地盘上多拳匪。历史上河南人承受了太多战争带来的苦难，他们是中国深受战争苦难的一个群体，经常在战火纷飞的土地上滚打，没有点自我保护的匪气是不行的。何况，天下功夫出少林，少林寺就在河南的山头上，河南人耳濡目染久了，许多人也就学了那么三招两式。

河南人总是使人想起黄河岸上的老黄牛，因循守旧，谨慎而老于世故，同时毅力又不同凡响，拥有深远的目光和广阔的胸襟。

横槊赋诗不可一世的曹操在河南青梅煮酒论英雄，他对卖草鞋出身的刘备说："天下英雄，唯吾与使君耳！"

河南人中像苏秦、张仪、李斯这样的人精大有人在，像司马懿、袁世凯这样的千年老狐狸也不少。当然，更值得骄傲的还有大哲老子、墨子、韩非子，医圣张仲景，诗圣杜甫，文圣韩愈，民族英雄岳飞。

说到河南，便想起国色天香的千瓣牡丹来，洛阳牡丹甲天下。王者之姿的牡丹是河南旧时代的象征之物，它向人们展现了中原文化雍容华贵的一面。只要看看精细繁丽的《清明上河图》长卷，就会让人感慨历史上河南的繁荣盛况。

在新世纪的黄河之滨，我们清晰地听到了开封大相国寺著名的钟声，这钟声里交织着河南人复杂的心情。进入近代后这里早不是什么人间福地了。30年前，当广大沿海地区正日新月异地朝着高科技技术革命浪潮迈进的时候，数目惊人的河南农民仍在贫瘠的盐碱地上辛勤地耕耘他们的二分责任田，西汉时代使用的犁耕仍不少。1949年，历史上繁荣得难以形容的开封上百人以上的工厂仅有三家，连同几十人的小厂和手工业作坊，全部工人竟不足三千人。

民国初年的开封繁塔

民国初年的嵩岳寺塔 关野贞 摄

民国初年，洛阳龙门，奉先寺唐代力士造像　关野贞　摄

民国时，河南宋陵前的石像生

河南宋陵前的石兽

嵩阳书院的古柏 陈新宇摄

九朝故都风水传奇

　　洛阳的建城史充满了传奇色彩,这座"九朝故都"令人哑然失笑,因为它的出现竟然是西周初年一次大规模占卜和风水测试的结果。

　　黄河是中国地气最旺的一条水脉,它混浊的水体有助于融结天地的灵气,所以在它的两岸形成了许多"风水宝地",九朝故都洛阳便是其中之一。精于风水之道的刘伯温同时指出:黄河还是天地间的一大血脉,它过于汹涌浩荡的水势经常决堤改道、为害苍生。历史上黄河对河南人恩泽无边,但同时也经常使河南哀鸿遍野、满目疮痍。

　　在风水学中,洛阳是中原龙脉的融结处,且有黄河和伊、洛、瀍、涧四水环抱,风水格局堪称"河山拱戴,形胜甲于天下"。古人曾言洛阳的风水具有"宅中图大之势",意思是洛阳位于中国这座大房子的正中心腹,不但便于拓展,而且也是四方朝宗之地。历史上,东周、东汉、曹魏、两晋、北魏(孝文帝以后)、隋(炀帝)、唐(则天武后)、后梁、后唐等九个王朝曾在此建都立业。

　　洛阳的建城史充满了传奇色彩,这座"九朝故都"令人哑然失笑,因为它的出现竟然是西周初年一次大规模占卜和风水测试的结果。

　　西周周成王五年,年轻的周天子姬诵在镇压了两个叔父管叔、蔡叔发动的叛乱后,决定在中原地区建立一个新的政治中心,以便于加强对东方众多诸侯国的管辖。

　　大臣召公接受了这项重要任务,经过一系列严密的占卜和风水测试之后,他向天子汇报说:"占卜显示,在涧水以东、瀍水以西或瀍水以西、洛水之滨营建新的城市是大吉大利的。"于是天子大喜,下令动工兴建成周(即洛阳)。

　　几年之后,一座宏丽庞大的城市矗立在了洛水北岸,其地位仅次于镐京。为了表示对成周的重视程度,象征国家权威的九鼎重器也被搬到了这里。到周平王时,正式将都城迁到此地。

　　洛阳带着风水的诡秘,一开始就以帝王之都的姿态出现在政治舞台上。

　　一千多年后,风度翩翩金玉其表的隋炀帝杨广好像对兴盛的长安城并不感兴趣。也许是其父冤死的鬼魂整天在梦中向他索要性命的缘故吧,这位谋杀老子夺得龙袍的皇帝在长安的皇宫里总是显得心神不定,因此经常离开长安出游天下。

公元604年,爱江山更爱美人的隋炀帝在彩旗和美女的簇拥下来到了洛阳。他风尘仆仆地摆弄帝王的风采,并兴致勃勃地游览了山水胜迹。当这位天性浪漫的权力狂登上邙山的时候,一下子就被广袤雄沉的景象吸引住了,但见北边浩荡的黄河襟挽大地,南面深秀的龙门伊阙山云天低垂,他不禁长叹道:"好一块帝王之都的风水宝地,自古以来的王朝为何不全在这儿建都呢?"身边精明能干的马屁精苏威立即接嘴献媚道:"这正是上天专门留下来等候陛下的啊!"于是龙颜大悦,马上向天下颁布诏书,下令建立新的都城。

杨广是很青睐风水术的,他曾经在母亲独孤皇后死后指使风水先生找一块能促使父亲早日一命呜呼的坟地。在他的驱使下,天下一共有二百万精壮的能工巧匠被投入到营造新都洛阳的浩大工程,这些可怜的人为了尽早实现杨广的梦想不得不日夜兼程,繁忙的工地上攒动着的人头使我们想起了秦朝时的骊山陵墓工地。由于在洛阳周围找不到高大的圆型巨木,人们必须从遥远的江西豫章去搬运大量巨木,每三千人负责搬运一根巨木,下面用铁毂滚动,一天不过能走二三十里,光是搬运这些木材就花费了几十万劳力。一座完全可以同长安城相媲美的崭新都城以惊人的速度完成了,仅仅作为皇家园林的西苑周长就达二百里,苑内沿龙鳞渠建起了十六所金碧辉煌的宫院,里面汇聚了来自全国各地的美人、奇花异草和珍禽异兽,供杨广一人穷奢极侈地观赏游乐。秋冬凋落时节,为了造成四季如春的感觉,工匠们要剪杂彩为叶缀在枝条上,水池内也用剪彩做成荷花菱茨,一切布置得与春天没有什么两样。苑内还有十里长的人工海,水面上高耸着蓬莱、方丈、瀛洲等岛,华丽的楼阁台榭遍布其间。

为使新都城达到风水形局上完美无缺的效果,涧水、洛水两条河流随后被引入黄河。就在同一年,杨广下达了以洛阳为中心开挖空前绝后的大运河的命令。不久,洛阳水陆交通四通八达,成了名副其实的中心帝王之都。

汤汤伊洛,郁郁北邙。隋炀帝所盛赞的邙山地处黄河与洛河交汇处,是洛阳风水形局中的"水口",气象雍容壮丽,阴阳交合,藏风聚气,且土质密实,渗水率低、黏结性好,古往今来就是最佳的墓葬宝地,有"生在苏杭,葬在邙山"之誉。数千年来,邙山汇集了各个时期、各种类型的大量古代墓葬,郁郁累累,数不胜数,仅各个朝代的皇帝就有二十多个,早在东周时,这里就已葬了25位国王中的8位。东汉、曹魏、西晋、北魏皇陵也多建于此,著名的亡国之君刘禅、李煜也安息在这一带。邙山的"修墓热"在历代都不曾降温,普通老百姓老早就已经葬不起邙山上的几抔黄土了,唐代时便有诗感叹邙山的墓地"堆着黄金无买处"。到元代时,由于邙山墓地太多,著名诗人元好问说这一风水宝地"万冢无人识"。即便如此,后世达官贵人、富商巨贾仍以能挤进这片"亡者的宝地"为一生之荣。2009年的清明,邙山爆出了"公墓售价每平方米2万元,约是当地活人住房平均价格的10倍"这条极有争议性的新闻。邙山之热,由此可见一斑。

洛阳周围的大多数冈埠山岭及两条流经市区的主要河流涧水、瀍水全部发脉于嵩山,因而山水葱郁钟灵,秀气相望,龙脉水脉之宗主强健。所以有人断言洛阳"龙势强健,人物必英武俊秀"。

从战略上来看,洛阳的形局确实也不错,它北边有黄河天险作天然军事屏障,南有高耸的中岳嵩山,西有秦岭、潼关、渑池、函谷关等地势深险之所,东有咽喉要地成皋关(即虎牢关,《三国演义》中三英战吕布处)。城郊地势开阔,水土丰美,水陆交通极为便利,并拥有大谷、广成、伊阙、旋门、孟津、小平津等制高点可作军事关卡。自古以来这座城市就是兵家中原逐鹿之地,谁获得了这块天下之中的风水宝地,就意味着谁抢到了大展鸿图的锁钥。

唐代孔颖达说:"洛阳北有太行之险,南有宛、叶之饶,东压江淮,食湖海之利,西驰崤渑,据关河之胜,河山拱戴,形势甲于天下。"而翼奉则称赞洛阳的地理"左据成皋,右阻渑池,前向嵩高,后介大河,建荥阳,扶河东,南北千里以为关,而入敖仓,地方百里者八九,东压诸侯之权,西远羌胡之难"。

洛阳优越的地理优势是无可否认的,但是否选择它作为都城这一问题上,持否定意见的却大有人在。例如张良、娄敬、郭子仪等人就认为洛阳虽然处于领袖天下的中央位置,背山面河,有成皋、函谷等战略要地可以依仗,但是它最大的不足之处是四面受敌,自古以来战争多发生在这里,他们认为把首都建在如此战争频繁的四面受敌之处是不合时宜的。

20世纪初,距黄河不远的窑洞

20世纪初，开封的老石狮

传统是坚韧的担架

真正聪明的人是不会小瞧河南人的，因为他们深知有大聪明的人都是很质朴的。老子说大巧若拙，大音稀声，大智若愚；河南人是不能小瞧的，谁小瞧了河南人，谁就将搬起石头砸自己的脚。

北方意味着干旱、寒冷、贫瘠、强悍和壮阔，南方意味着温暖、湿润、富庶、发达、柔婉和清丽。北方人意味着深沉的阳刚之美，厚重、严谨、朴实、豪放，南方人意味着婉约的阴柔之美，浪漫、灵敏、细腻、温情。河南人既不是典型的北方人，也与南方人差别甚远。要描绘处在北南交汇地带的河南人整体性格无疑有点困难，因为它缺乏醒目而鲜明的地域性特色。比方说我们提到陕北人的时候就会想起在黄土地上吼着信天游大碗喝酒的绥德汉子，说到山东人，就会想到杀富济贫的梁山一百零八好汉，说到山西人就会想起两眼贼溜溜放光的钱庄柜台老板，说到浙江人就会想到身着绸衣水灵灵的采菱女。河南人不是三言两言能够描绘的，从表面上，我们看不出貌似平实无奇的河南人丰富的心灵世界。

历史上，河南博采众家之长，汇聚了周围各个地区的文化营养。河南文化是一种吃"万家奶"长大的文化。

河南是中国传统文化的一大堡垒，在这儿的土地上随便刨几下，说不定就能刨出恐龙蛋或是青铜器什么的。

文章老辣雄沉的河南人韩愈说，要看整个中国的兴衰变迁，请到河南来。

河南人牛劲十足，勤劳简朴，自视甚高，因循守旧。早期的河南人老愚公就是个胸襟开阔豪气冲天的小农。

211

河南人灵柔不如南方仔,刚猛不如北方佬。这里的人刚柔相济,受到过传统文化严密的训练,他们的性格集中了周围陕西愣娃的老成、湖北九头鸟的心机、山东梁山好汉的沉勇、河北棉农的淳朴。

张仁福在《一方水土一方人》中辑录有河南各地人的性格条目——

滑州郑州(今郑州、滑县一带):周末有子路(孔子弟子)、夏育(周代勇士),人民慕之,故其俗刚武,尚气力。

颖川韩都(今河南禹县):士有申子(申不害)、韩非,刻害余烈,高士宦,好文法,民以贪遴争讼生分为失。

开封:厥性安静,人多豪俊,好儒术,杂以游,有魏公了遗风。

河南府(今洛阳一带):人性勇敢,负气,尚力。

第二次世界大战结束后,一家欧美报纸登载了一则幽默——如果在各自房子里落了一根针的话,屋子里的意大利人、法国人和德国人会对此做出大不相同的反应。意大利人耸耸肩膀,满不在乎地离去;法国人顺手抄起一把扫帚把地胡乱扫了一通;德国人则用一把尺子和一根粉笔把地板划成一个个小方格,在每个格子里仔细寻找,直到找到这根针为止。这则幽默生动地体现了意大利人的散漫、豁达、不拘小节,法国人的浪漫、细腻、浮躁,德国人的严谨、求实、思辨、坚韧。

这事要发生在河南人身上,他们会一边悠闲地啃着馍馍,一边蹲下身来盯着地上看,不慌不忙,找到针后立即收藏起来。他们不会像意大利人、法国人那样随心所欲,也不会像德国人那样十分拘泥严谨。他们凡事从容不迫,对自己的一切充满了良好的感觉。在近现代,河南人穷怕了,他们深知生活的艰辛和物质的来之不易,在他们眼里,一根针是生活中必不可少的东西,应该珍惜,一块钱实质上是一堆白花花的盐。然而河南人并不怕艰苦的生活,他们吃的苦像天上的星星一样数也数不完,然而他们懂得如何在苦中作乐,他们对此深怀自信。

尽管如今的河南早已失去了璀璨的巅峰时光,然而河南人仍然对家乡怀着"中国唯有此地可居"的心理认同。一个河南人曾郑重其事地宣布说:"不懂豫剧就不懂得中国文化,因为豫剧是中国文化的最高峰。"那份自豪感和顽固劲儿可谓深得老祖宗愚公的真传。

河南人就像寒冬的土拨鼠一样蛰伏在中原大地的深处,他们慢慢舔吮自己的爪子,以备来年更加辛勤地耕耘。

河南人还是中国传统礼教观念较重的一个群体,他们保守而注重实惠,尤其注重自己在家族或周围人群中的名声。儒家传统的"三纲五常""三从四德"等礼教准则在许多河南人那儿仍很有市场。

犹太人卡尔·魏特夫指出："黄河的泛滥必然导致专制主义的产生。"威特福格尔则强调水利事业与集权制国家产生之间的关系。在开封禹王台的水德祠大石碑上，镌刻着古往今来 37 个为治理黄河做出了突出贡献的人，每年前往祭祀的人络绎不绝。另外，战国初年著名的西门豹治水的故事就发生在河南邺城。

虽然我们不能完全赞同魏特夫和威特福格尔过分强调水利重要性的论调，但有充分的证据说明中国历史上第一个王朝夏朝的出现确实是与治理水患有着很大关连。夏朝及后来商周时代的统治中心正是在河南一带，那时，这里有当时世界上最为灿烂的青铜文明，河南在文明的冲突中构建了中华文化早期的核心框架。在治理水患的长期斗争中，河南人培养起了比其他地区更为显著的集体协作精神和家族宗法观念。防洪灌溉及同四面来犯之敌作战是历史上河南人不得不经常考虑的大事。

直到南宋之前的三千年专制主义社会里，河南一直是华夏经济、政治和文化的中心，它是整个中国文明的焦点。这种漫长而古老的历史厚度，使得河南人长期生活在世代因袭的观念中，并直接产生了两个后果：一方面河南人深深地为脚下的大地所陶醉，这种独特的自豪感成为他们前进道路上重要的心理基础；而另一方面，专制主义和过分早熟的文化也极大地压制了人性，使个体鲜活的生命失去了那份与生俱来的野性。

河南人是四平八稳的，既没有北方人的粗犷，也缺少南方人的灵秀，他们仿佛被沉重的历史重担压得直不起腰板来。在外国人看来，中国人长得全都差不多，面部神情千篇一律、僵硬而沉稳，这在河南尤其突出。

河南人就像一口很深很深的井。由于深受儒家中庸之道的熏陶，他们不喜欢显山露水、锋芒毕露充当出头鸟，而是更愿意将真实的本领掩盖起来，把好戏留在后头，螳螂捕蝉，黄雀在后，河南人欣赏黄雀的老谋深算。若是初次见面的话，很难相信这些衣着简朴神色平实的人实际上深不可测、内涵丰富。在河南一个貌似文盲的乡村老头或一个摆地摊的小商贩也许就是一个情志高蹈的饱学之士。

中国人被权力社会折腾惨了，稍有不慎就会招来杀身之祸，人们不得不学会在政治旋涡中演戏，并狠下功夫钻营人生哲学。在一座黑暗的围城里怎样才能活得好一点呢？这是一个必须面对的人生大问题。在人生哲学方面河南人显然很有一套，他们懂得在简单的物质条件下如何去打发快乐的日子。

像李斯、司马懿、袁世凯这样的河南老狐狸多了，他们不动声色就将一切事情都搞定了。

河南人悠悠然不慌不忙，稳健，老成持重，心眼多，有分寸，近情近理，不偏不倚，不露头脚而具有最大适应性的潜力。

晚清河南会善寺

20世纪初,巩县的东城门

美国最著名的中国问题专家费正清在总结中国人的国民性时指出："中国人的忍耐,重视道德伦理,讲调和、守中庸,保守知足,崇拜祖先,尊敬老人和有学问的人等,体现了一种醇熟的人文主义,这种人文主义中心是人而不是神……中国的理想君子是一个置身于生产需要之上,能够优游岁月,致力于象征安闲的人。"他的这番话可以应对到河南人身上。

河南人韧性十足,能够应付各种不同的困难。同时他们的质朴不容置疑,然而河南人的质朴与山东人的质朴是不尽相同的,山东人的质朴很少掺杂了水分在里头,而河南人的质朴却很有分寸,猜不透他们葫芦里卖的是什么药。

真正聪明的人是不会小瞧河南人的,因为他们深知有大聪明的人都是很质朴的。老子说大巧若拙,大音稀声,大智若愚;河南人是不能小瞧的,谁小瞧了河南人,谁就将搬起石头砸自己的脚。

中原大地古风犹存。说河南人是传统文化的残余势力也罢,说河南人跟不上时代猛烈的步伐也好,他们全然不去理会,照旧悠哉悠哉地过自己的小日子,而不是像邻近的安徽人一样背着行囊背井离乡去金银满地的大都市当打工族。许多河南人不是不憧憬灯红酒绿的花花世界,而是实在舍不下家中的妻儿老小和生养自己的土地。

儒家道德精神和农耕文化编织成的小农意识,塞满了河南人的脑袋瓜子,同时他们有着强烈的自我保护意识。

河南的土地里埋着前人留下来的无尽宝藏,所以这里的文物贩子是全国最多的,盗墓贼之猖狂也是全国第一。文物贩子们谁都不怕,真真假假地背着一大堆破铜烂铁、唐三彩什么的走遍大江南北,他们从不单独行动,像几千年来的老祖宗一样成群结队。20世纪中国最大的盗墓贼当推河南军阀孙殿英,他曾下令部下用炸药炸开老佛爷慈禧的陵墓大捞了一把。

河南人特别服从权威,性格中庸,但这种中庸与江南人柔弱有余的温顺不大相同,它包含有刚健的内核在里头。

"天下功夫出少林",建于北魏孝文帝太和十九年(495)的嵩山少林寺对河南影响很大,千百年来这里习武之风长盛不衰,会耍弄点拳脚棍棒的人多的是。少林功夫可分为拳术、器械两大类,少林拳又称外家拳,以区别于以武当派为代表的内家拳,这种拳术又分外功拳和内功拳两种,外功拳刚勇迅疾,内功拳寓刚于柔。少林拳术每招每式中均有攻有守,静若春水无波,动若倒海翻江,拳发如穿山洞石,步落如入地生根;行拳时心安神定,意狠不露,以进为退,以静养动,出之有形,击之无形,忌暴躁浮露、拙力僵滞。

在河南与威猛的少林武术齐名的是发源于温县陈家沟的陈式太极拳。太极拳是一项意气运动,讲求"以心行气""以气运身",意动而后形动,意到气到,气到劲到,以柔克刚,不以拙力取胜。它由一系列螺旋运动组成,一动全动,整个过程一气呵成,如行云流水绵绵不绝。

少林武功和陈式太极拳一刚一柔把河南人的群体性格展示得淋漓尽致。一阴一阳谓之道,河南人刚柔相济、淳朴沉勇,坚韧守旧而暗含杀气。

民国时,河南发掘出的商周青铜尊礼器

黄河上的哀鸿

　　文明的衰落在劫难逃。星空黯然失色,历史瑰丽的灯芯绒大幕徐徐降下。南宋以后,以黄河骄子形象、风云咤叱近三千年之久的河南人逐渐一蹶不振。

　　亨廷顿指出:历史,是在文明的冲突与对垒中前行的。考察中国近五千年的历史,农耕民族与游牧民族的南北冲突是非常突出的, 这种冲突造成的严重后果最深刻地影响了文明内部的运行。根据气象资料表明,中国五千年来出现过四个气候寒冷期,其最低温度大体出现在公元前1000年、公元400年、公元1200年和1700年,恰好与北方游牧民族几次大规模南下中原在时间上吻合。第一次是西周后期北方狄羌人的大举南犯,第二次是魏晋时期的"五胡乱中华",第三次是契丹、女真、蒙古人的连续南下,第四次是满洲人的入关。强悍的游牧人每次入主中原,对这里的农耕文化都是一次难以想象的浩劫,精于耕织、头脑发达的中原人斗不过剽悍的游牧人,他们唯一的出路就是逃往南方,在那儿,他们将失去的乐园重建。

　　文明的衰落在劫难逃。星空黯然失色,历史瑰丽的灯芯绒大幕徐徐降下。南宋以后,以黄河骄子形象、风云咤叱近三千年之久的河南人逐渐一蹶不振。

　　河南人在近现代落伍了,他们只能在模糊的记忆中深情地缅怀古老时代的荣光。如果有人向他们谈起华人首富李嘉诚、世界船王奥纳西斯的话,他们偶尔也会自豪地提起他们富可敌国的老祖宗吕不韦、范蠡。

　　然而我们对北宋伟大的都城东京(汴梁)记忆犹新。这座庞大的城市人口最多时达到了140万到170万,其中经营工商业及其他服务业的人口占去了十分之一左右。仅官营手工业的各种工匠就多达8万人以上(规模最大的官营军器制造就拥有军匠3700人)。手工业的门类有军器、纺织、陶瓷、制茶、酿酒、雕版印刷等160多种。市内以大相国寺为中心地带,繁华的大街商铺林立,其发达程度远远超过了在此之前的任何一个时期,琳琅满目的市场除了白天熙熙攘攘的交易活动之外,甚至到了拂晓时分还有叫"鬼市子"的商贸场所。在《东京梦华录》中,曾长期生活在东京城的孟元老赞道:"举目则青楼画阁,绣户朱帘。雕车竞驻于天街,宝马争驰于御路。金翠耀目,罗绮飘香。新声巧笑于柳陌花衢,按管调弦于茶坊酒肆。八荒争辏,万国咸通。集四海之珍奇,皆归市易,会寰区之异味,悉在庖厨。花光满路,何限春游,箫管喧空,几家夜宴……"

在遥远的欧洲,与东京同一时期的大城市如威尼斯、米兰、伦敦、巴黎等,人口不过几万人而已。当金发碧眼的洋鬼子骑着高头大马长途跋涉漫游到达大马士革时,马上被地平线上一望无际的城市景观惊呆了,他们纷纷在著作里留下了对这座拥有50万人口的天地之城的惊奇和赞叹之词。然而,这些欧洲佬不会想到,与另一个庞然大物东京比起来,区区大马士革又算得了什么呢!

我们对东京最直接的了解来自于《清明上河图》。这幅长达5.25米的杰出民俗绢画反映的是汴河两岸的片断性景象,画中呈现出稠密的歌楼酒市、店铺馆阁、繁忙的船只、漂亮古雅的拱桥、依依的杨柳、成千上万情态各异的城市居民。农耕文明所能演绎出的理想模式在这幅画中都一一得到了体现。

历史在公元1127年划了一道美丽的弧线之后就将巨大的厄运抛向了河南。由于北方游牧民族的大举进犯,"金碧辉映,云霞失容,富丽甲冠天下"的北宋京城在维持了一百来年的鼎盛后便迅速地衰落了,随之而来的是整个中原地区的全面衰退。

在夏商到秦汉的漫长时期里,黄河流域温暖湿润的气候和肥沃的土地是河南物阜民丰的基本保证。那时候黄河出邙山以后,直奔东北方向流去,经由浚县、汲县、濮阳、大名等地,在天津附近入海,尽管它的河道经常发生变迁,泛滥成灾,但对大多数河南地区影响都不大。隋唐及北宋时期尽管中原的气候大不如前,但由于有运河这条黄金水道的庇护,处在运河与黄河中枢地带的河南可以源源不断地获得南方的粮食,从而繁荣的景象得以维持。进入金元以后,黄河的流向不断南移,上游严重的水土流失使得水患更加频繁,从此黄河像一把隐伏着深重灾难的达摩克利斯之剑插入河南的腹地。河南不再是一顶戴在中国人头上的王冠,不再是令人向往不已的丰饶富庶之地,它成了一个阴沉而充满危险的地区,小水灾几乎年年有,大水灾要不了几年就会暴发一次,河南人战战兢兢苦不堪言,唯有祷告上苍,乞怜神佑。作为黄河巨大破坏力的必然结果,河南富饶的田地大面积地沙化或盐碱化,土地日益贫瘠,蔽日的黄沙淤没了河湖森林,进而使得气候及生态恶性循环。以开封为例,历史上黄河缺口侵入城中一共6次,另有40多次泛滥于周围一带,致使原有的汴河、蔡河、五文河、金水河、蓬池湖、沙海湖全部消失,长年堆积起来的泥沙使开封成为一个人为制造的盆地。14世纪后,开封已经是一座不通航的城市,它完全丧失了当年水陆交通四通八达的地理优势。

我们无法忘记20世纪面带菜色的河南兰考饥民在焦裕禄带领下热火朝天地在盐碱地里劳作的情景,作为受到黄河危害最深的地盘,在今天,那儿仍然是河南最为贫困的地区。

金元以后黄河对河南的危害是述说不尽的,令我们惊奇的是这样一块土地竟然养活了一亿多人,绝大多数人都是土生土长的农民,他们并未在艰苦卓绝的生活和自然灾害面前屈服,而是以罕见的忍耐力与博大的情怀傲然屹立。河南人的厚重坚韧在中国可算首屈一指。

然而最令人痛心疾首的还是那种人为因素造成的灾难。对此我们不得不低下头颅深深地反思:

明朝崇祯十五年,李自成起义军第三次大规模围攻开封,垂死挣扎的明朝官军为了打击起义军,竟丧心病狂地挖开朱家寨、马家口两处黄河大堤,企图用黄河水淹没起义军。正是阴雨绵绵的秋天,波涛滚滚的黄河洪水铺天盖地向开封扑来,使得开封城原有的三十七万人几乎死伤殆尽,最后仅剩下三万余人。整个河南东部遭受了一次空前的毁灭性灾难。

1938年6月抗日战争期间,日军占领开封后进逼郑州,搜刮民脂民膏有一整套方法的国民党部队一触即溃,为了阻止日军前进的步伐,国民政府竟下令在郑州以北17公里处将花园口黄河大堤扒开。泛滥的洪水肆意纵横,将豫东、皖北、苏北三省上千里土地变成了荒无人烟的黄泛区。

马克思在论及近代中国历史进程时说:"与外界完全隔绝曾是保存旧中国的首要条件,而当这种隔绝状态在英国的努力之下为暴力所打破的时候,接踵而来的必然是解体的过程,正如小心保存在密闭棺木里的木乃伊——接触新鲜空气必然要解体一样。"事实正是如此,当趾高气扬的英国佬用坚船利炮把中国古老的国门打开一个缺口后,中国便开始了屈辱的近代化历程。传统的农耕与游牧之间的南北冲突不再是历史的主题曲,代之而起的是撞击力度更加激烈的农耕文明与工业文明之间的东西对垒,在这场血肉模糊、鱼死网破的文化大冲突中,显然首当其冲的是沿海地区。

河南宋陵前的瑞兽

219

民国初年，洛阳龙门，奉先寺卢舍那大佛唐代造像　吴野贞　摄

洋鬼子们仿佛对早已日薄西山的河南不屑一顾，这块贫困封闭的内陆腹地吊不起他们太大的胃口，所以除了对一些古玩珍宝进行散兵游勇式的掠夺之外，他们并没有张开血盆大口大动干戈，所以，直到晚清以后河南才受到国外势力更大规模的经济侵略。

河南干瘪的躯壳满目疮痍，散发着浓厚血腥味的海风吹来时，更显出古老黄河的无边苍凉。寒冷的冬天，穿着黑色棉袄的饥民背井离乡沿街乞讨，沉默的河南人在漫长的黑暗中苦苦挣扎，大地上哀鸿遍地。

美国知名学者埃德加·盖洛于 1926 年出版了《中国五岳》一书，在该书中他记述了在古代曾活力四射的登封城亲历的一个细节："观音庙旁边有一家风景宜人的小旅店。经过翻山越岭的漫长艰苦旅行，我从猎装口袋里拿出了一个棕色小包，打开以后里面就是一个橡胶洗脸盆，这令旅店男仆和众多围观者都感到非常好奇。当我要热水时，男仆感到很困惑，不敢把热水倒进这个脸盆。我再次清楚地说明了自己的要求后，他才壮着胆子把热水倒了进去，然后弯下腰去看盆底，以为它会漏水。可他发现脸盆外面一点儿也没湿，显得非常震惊。我的威望立即树立起来。在这座上古时的发明之城里，创新的精神已经枯竭。"

到新中国成立前夕，河南已沦落为一个破烂不堪的烂摊子，与其说这是经济萧条的地区，倒不如说是一处难民的收容所。最大的城市开封当时百人以上的工厂仅有 3 个，连同几十人的小厂和手工业作坊，全部职工不足 3000 人，产值只有 3000 万元，简陋的建筑间高级路面只有 3.29 公里。而河南历史上的另外一个大都会洛阳当时人口不足 10 万，全市只有一个 500 千瓦的小型发电厂，一个以手工开采为主的小煤矿、几个小铁矿、几个砖瓦窑厂及为数很少的个体手工业者。

河南旧时代的光芒并未与现实的光芒连续不断地融为一片，人们没法把它光辉的过去同后来的一切联系起来，这差点使我们失去了对于历史发展轨迹所持有的方向感。鲁迅笔下的九斤老太在感慨其家族成员时说："真是一代不如一代了！"这话对河南的履历来说是恰如其分的。

然而历史并未一直沉沦下去，新的契机出现在了 20 世纪末期，随着全中国波澜壮阔的改革发展浪潮，河南人以极快的步伐掀开了新时代的发展篇章。

民国初年的汉代太室阙

儒家身子佛家骨

在漫长的历史中,河南人的两大正统思想,一是儒家思想,二是佛教思想。正如万历皇帝所说,儒家与佛家犹如一只鸟的两只翅膀,每一只翅膀都需要另外一只翅膀的合作。

商人敬鬼神,周人畏天。在河南境内出土的大约15万片甲骨文中,内容大都是关于占卜结果的记载,可见早在商周时代河南人的老祖宗就挺迷信。

河南这个地方的许多人笃信宗教,其中一个重要原因是历史上他们一直对自然充满了敬畏之情,尤其是对黄河的敬畏,这种敬畏之情很容易使人相信超自然力量的存在。河南人被战争和自然灾害折磨惨了,冥冥之中,他们脆弱而敏感的心灵需要获得宗教的救济。

东汉永平十一年(68),汉明帝在首都洛阳的南宫里做了一个梦:一片圣洁的白光中,高大的金人在壮丽的皇宫中缓缓飞翔。这个梦被认为是吉祥的征兆,于是明帝召集群臣解析此梦。满腹经纶的博士傅毅上奏说:"西方有叫做佛的神,它的模样同陛下梦见的金人差不多。"明帝听后很高兴,遂派遣蔡愔、秦景等十多人出使天竺去求取佛法。过了一些时日,蔡愔等人牵着驮了佛经、佛像的白马万里迢迢回到了洛阳,并请得迦叶摩腾、竺法兰两位天竺高僧前来中土传授佛法。汉明帝亲自前往迎接,不久,他下令在洛阳西雍门外三里御道以北的地方修建僧院。这就是中国佛教的祖庭,即第一座寺院白马寺。

河南人很快就迷上了佛教,他们敬畏自然、乐天知命的天性与佛教的基本教义一拍即合。在以后狼烟滚滚的历史长河里,佛教成了河南人生活中的一个重要部分。佛教教导命运多舛的河南人从充满宿命的阴影中解脱出来, 学会在黑暗的世界里施洗自己的灵性,开启心智,并获得救赎。

佛教一进入中国就选择了河南这块宗教的沃土。后来的历史证明这是一次明智的选择。

我们想起了遥远的商周时代青铜器上的饕餮纹，那狰狞可怖的雕饰，流露出早期河南人对超自然力量的恐惧，以及对生命暗淡的忧郁之感。佛教在很大程度上冲淡了河南人的恐惧和忧郁，拓展了他们心灵的领域广度，使他们获得某种神秘的启示和灵性的愉悦。

"中国第一古刹"白马寺北依邙山、南望洛阳，青瓦覆盖，飞檐高翘，殿宇古色古香，寺内宏大的钟声声闻数里。香火最盛时这里的僧人多达数千人。

西晋时全国有 180 座寺庙，洛阳一地就占去了 42 座。

南北朝时，洛阳的寺庙竟空前绝后地达到了 1367 座。这是一个让后人无法置信的数字，据有的史料统计，当时以洛阳为中心的北魏僧众竟占全国总人口的十分之一左右。佛教使大动荡时代的河南疯狂了。印度禅宗二十八代祖菩提达摩在洛阳见到永宁寺后惊叹不已，声称走遍世界从未见过这样浩大精丽的寺宇。由著名女强人胡太后兴修的永宁寺，僧房多达一千余间，崇丽的殿塔高耸云天，整个工程气势磅礴，装饰华美，灿烂至极，浓烈的香火一直飘散到了云霞之外。从当时专门记述寺庙的《洛阳伽蓝记》来看，一系列寺庙占去了洛阳近三分之一的地盘。

菩提达摩在嵩山少林寺安顿下来，他将把精妙高深的禅宗教义传授给喜好佛教的河南人及所有的中国人。在达摩的徒子徒孙手里，他的这一愿望实现了，至唐代中叶，禅宗成为对中国影响最大的佛教派别。

拯救即逍遥，鲸吞海水，来去自由。禅宗的基本教义是直指人心、不立文字、见性成佛，反对任何偶像崇拜，要求人们返回"无住"的解脱之境，觉悟本自清净本自具足的妙明本性，这本性直通本源，就是本源，一而万万而一。如《十地经》说的："众生身中有金刚佛性，犹如日轮，体明圆满，广大无边；只为五阴重云所覆，如瓶内灯光，不能显现。"从无住本，立一切法，禅宗强调无执着无分别的心灵活动，识断神生，拈花微笑，"个事从来在这里，非内非外亦非空"，"至道无难，惟嫌拣择，但莫爱憎，洞然明白"，返归本心，方是正途。

一切善恶皆由自心，心外别求，终无是处，影响巨大的六祖惠能曾说："一切万法，不离自性。何期自性，本自清净。何期自性，本不生灭。何期自性，本自具足。何期自性，本无动摇。何期自性，能生万法。"

1962 年至 1967 年曾经当选总统的印度大学者拉达克里希南，对菩提达摩在南朝梁武帝的宫廷里发表的一次演说进行了翻译：

心性即是佛性。心性之外没有实性。心性之外一切皆幻，既没有原因也没有结果。涅

槃本身即是一种心灵状态。明见你自身的真实佛性，明见了你就是佛陀，你就不会犯下罪孽。善也不存在，恶也不存在，唯此心性存在，心性即佛，毫无瑕疵……你就是佛陀，唯有觉悟，才能断业报轮回。

在漫长的历史中，河南人的两大正统思想，一是儒家思想，二是佛教思想。正如万历皇帝所说，儒家与佛家犹如一只鸟的两只翅膀，每一只翅膀都需要另外一只翅膀的合作。

龙门石窟是河南地盘上佛教事业兴旺发达的历史见证。从北魏景明元年一直到北宋初年的五百年间里，人们耗尽心力在伊水两岸的石壁上开凿了难以计数的佛教石窟及浮雕。这些场面隆重、构图周密、刻工精致的石窟像马蜂窝一样密布在一公里多的山壁上。其中保存至今的窟龛有2100多个，佛塔40余座，碑刻题记3600多块，造像10万余尊。著名的窟龛有古阳洞、宾阳洞、莲花洞、药方洞、潜溪寺、万佛洞、看经寺、奉先寺等等。仅北魏开始开凿的宾阳三大洞，用时就达24年，费工82万人次，才将中洞完成，另外的南北两洞直到唐朝初年才全部竣工。整个龙门石窟的规模之大由此可以想象。

龙门佛雕大都是褒衣博带的"秀骨清像"，有面相清秀、颈项修长、体态瘦削、风度清逸等造型特点。富丽宏大、纷繁精细的浮雕画面富于变化，装饰图案由各种尖拱、楣拱、屋檐拱、缨珞、帷幕、流苏、云纹、卷草纹、几何纹、莲花纹、宝相纹、华绳纹等组成。在这法相庄严千姿百态的佛国里，到处是轻柔飘逸的飞天，娴雅美丽的供养天人，端庄忠厚的胁侍菩萨，纯真无邪的化生童子，剽悍勇猛的力士金刚，婀娜轻盈的歌伎乐天，以及多姿多彩的祥云琼花、瑞鸟吉兽……无不栩栩如生、神秘莫测。

龙门石窟的神品是奉先寺高17.4米的卢舍那大佛，这尊大佛体态丰匀传神，线条精妙，袈裟间层层皱褶富于厚重的质感，整个造型被宁静而慈祥的情感所包围，通体散发着静穆的伟大气息，被称誉为"东方的维纳斯"。据说，当初为了塑造这尊大佛，武则天掏出了自己的三万贯脂粉钱。

龙门石窟的佛雕艺术上承雕饰奇伟、雄健朴实的云冈石窟，下启唐代丰腴圆润的写实手法。人们花如此大的心血来制作这些佛雕，其根本目的是什么呢？也许他们觉得在人间活得太苦了，他们的心头激荡着一种宗教化的诗意，他们试图把这种诗意描绘出来。

谈及河南的佛教，许多中国人都记得伟大的高僧玄奘。这位河南人的坚贞精神世所罕见，他只身一人前往印度半岛学习正宗的佛教理论，历尽千辛万难终于大功告成。玄奘对中国佛教做出了卓越的贡献，在他身上，河南人那种坚韧的毅力体现无遗。

1908 年, 开封的土著犹太人 马达汉 摄

几年前,有家报纸报道宣称在开封发现了许多犹太人的后裔,他们中有的人仍保持着自己独特的生活方式。

从开封犹太人先民修建的庙宇遗址和三块保留至今的犹太碑文来看,犹太人是沿着丝绸之路分批进入河南及中国其他地区的。其中人数较多的一支于北宋时期来到了当时世界上最繁华的城市东京,在这儿长期定居下来,接受汉族人的文化,同时注意保持自己民族的纯洁性及宗教习俗。他们不与外界通婚,遵行割礼和安息日,遵守犹太教一定的饮食禁忌。他们将耶和华视为宇宙间至高无上的唯一真神,而在日常生活中,同其他犹太人一样,他们把著名的《摩西十诫》当作必须遵守的道德行为准则。

作为与吉普赛人、波西米亚人齐名的世界三大流浪民族之一,犹太人体现了一种世界主义,他们四海为家,靠精明得令人生厌的脑袋瓜子闯天下。犹太人从遥远的地方进入河南并不值得奇怪,要知道宋代时东京是一座国际性的大都会,高丽人、日本人、阿拉伯人、马来人、东非人都曾跑到这里来大发其财。

明朝末年,意大利博学多才的传教士利玛窦穿梭往来于北京与广东之间的广阔地区,他吃惊地发现河南居住着一些犹太人,当他把这则信息传回欧洲后引起了极大的轰动。欧洲人听说河南犹太人拥有古老的希伯来文经书《正经》(共五十三卷)时,无不渴望把它弄到手,就连大哲学家莱布尼茨也将此事看作是梦寐以求的事。1866年2月,晚清著名的美国传教士丁韪良租了一辆由两头骡子拉的板车,把行李和仆人安置在车里,自己则骑着一匹马从北京前往开封拜访犹太人聚居点,他发现开封的犹太人一共有7个家族,已经没有人能说希伯来语了,年久失修的犹太教堂遭到毁坏,教堂大门上原来悬挂的"以色罗也"鎏金牌匾被一家清真寺收藏着。丁韪良感到这些犹太人和当地穆斯林的差别很小,除了一点——他们有一个习惯是为了纪念雅各和天使搏斗而不吃肉中的肌腱。

除犹太教外,其他宗教也纷纷进入河南。例如阿拉伯人在河南的许多地方都建造了伊斯兰清真寺,规模最宏大的是开封东清真寺。明朝末年,在利玛窦的影响下意大利神父弗尔德在开封延庆观附近建立天主教堂,宣传基督精神,吸引了不少的信徒。

宋太宗像

遍地高手下夕烟

江南多英才，河南多雄才。江南与河南是中国两大人文荟萃的渊薮，江南为南宋之后出现历史名人最多的地区，而在南宋之前头把交椅非河南莫属。江南英才多清柔灵敏之人，河南雄才多雄浑沉勇之人。

初唐四杰之一的卢照邻称颂道："洛阳多才雄。"卢照邻的话改为"河南多才雄"也许更加贴切。

巨星闪耀于中原。黄河浩荡的情怀哺育了一代又一代冠绝一时的河南之子——

先秦两大思想家老子、庄子

北宋两大理学家程颐、程颢

中国最著名的两大忠臣比干、岳飞

中国谋臣的两大楷模范蠡、张良

中国文坛震古烁今的两大霸主杜甫、韩愈

中国天资纵横的三大文人贾谊、张衡、蔡邕

中国最著名的两大说客苏秦、张仪

中国最著名的巾帼英雄花木兰

中国最早的农民起义领袖陈胜、吴广

替隋文帝夺取南朝一统江山的两大将军韩擒虎、贺若弼

秦国的三大王牌丞相范雎、吕不韦、李斯

为汉光武帝刘秀夺取天下的"云台二十八将"

一代枭雄曹操手下的主要谋士郭嘉、荀攸、荀□、徐庶、钟繇、司马懿等都是河南人。

以三寸之舌为王侯师

战国的局势,就这样被苏秦、张仪二人颠来覆去摆布了几十年。

战国这个时代什么样的人物都跳出来了。

苏秦、张仪这对难兄难弟曾经在著名的谋略学大师鬼谷子门下混了不少年。三更灯火五更鸡,此二人如此卖力地苦读,并非是想救乱世中的黎民苍生出水火,而是为了自己能有出头之日,凭借三寸不烂之舌获得荣华富贵。苏秦学成后,踌躇满志地开始了夺取权势的行动,像鹰一样盯着地图看了几天之后,他决定首先前往秦国。他以较为便宜的价钱变卖洛阳家中的家产,凑足盘缠后前往秦国,临走前,特意去买了件名贵的黑貂皮外衣穿上,好让秦惠王认为他苏秦并不是因为缺银子花才跑到秦国来的。

继承王位不久的秦惠王接见了苏秦。在会谈中苏秦把早已准备好的一番高瞻远瞩的大道理讲了出来,滔滔不绝,口若悬河,他点明了当时天下的大势,极力怂恿秦王凭借自己强大的力量和优越的地理条件发动统一天下的战争。

无奈秦惠王对苏秦这番理论一点不感兴趣,他婉言回绝了苏秦,认为秦国现在谈统一还为时尚早。

此后苏秦待在咸阳,先后十次上书秦王大谈强有力的武力是通向和平道路的基础。无奈秦惠王丝毫不为所动,他将苏秦视为一个只会高谈阔论、华而不实的小人物。时间一长,苏秦惨了,名贵的黑貂皮衣服穿破了,口袋里的那点银子也花光了,几天吃不上一顿饱饭,弄得又黑又瘦,后来连鞋子都没有穿的了,他只好自己编双草鞋,背着又脏又烂的行李打道回府。回到洛阳,苏秦的老婆见他一副穷困潦倒的倒霉蛋模样,连正眼都不瞧他一下,父母也懒得跟他说话,嫂嫂不给他做饭,苏秦只好像老鼠一样垂头丧气地蹲在墙角受气。

他咬咬牙,决定一切从零开始,发愤读书,将各国之间的利害关系吃透。他找来古书日日苦读,揣摸其中博大精深的谋略,并与当时七国的种种利害冲突联系起来研究。在足足一年的苦读期间,苏秦没吃过一顿饱饭、睡过一次好觉,每当打瞌睡的时候,就拿铁锥子刺痛自己,鲜血随即流下来,一直淌到了大腿上。一年后,苏秦已对时局了若指掌,便制定了一系列针对时势的战略。连他自己都得意地说:"这真是能够说动当世君侯们的策略啊!"

苏秦再度出山了,这次他跑到北方弱小的燕国,针对时弊向燕文侯提出了使燕国强大的方针政策,同时强调只有齐楚燕韩赵魏六国合纵联手,才能够解除强大秦国的威胁。

燕文侯很赞赏苏秦的观点,资助他车辆与金帛前去游说赵国,在赵国,苏秦的一番理论使赵王茅塞顿开,大喜过望,他马上封苏秦为武安君,给他一百辆豪华车辆、白璧百双、黄金万镒及数不清的绫罗绸缎,让他带着去向其他的国家宣扬"合纵术",一起联合起来抗击秦国。

这下,苏秦这个贫民窟里长大的洛阳无业游民发了,他威风凛凛地周游列国,"以三寸之舌为王侯师",说得韩魏楚齐各路诸侯怦然心动,对其言听计从。很快,苏秦便令人吃惊地取得了六个国家的丞相位置,在苏秦执政的 15 年间,秦国的军队不敢东出函谷关一步。

当苏秦被浩浩荡荡的车马簇拥着前去出使楚国时,途中经过了故乡洛阳。他的父母听说他回来了,赶紧雇人来粉刷房子,把路打扫干净,准备了音乐、宴席,跑到十三里外的地方去迎接。他老婆见到他时毕恭毕敬,不敢抬头正眼看他一眼。当初虐待他的嫂嫂从地上爬过去,跪在他的面前向他道歉,请求他原谅自己当年对他的怠慢。苏秦对世态炎凉感慨不已,他深深地感受到了富贵权势的重要性。

苏秦大权在握,风光了很长一段时间。然而最聪明的人也难免有马失前蹄的时候,后来苏秦玩得过火了,他在燕国同徐娘半老、美丽而耐不住寂寞的王太后发生了关系。各种小道消息传进了燕王的耳朵里。

苏秦不敢在燕国待下去了,他跑到了齐国,去把持那里的朝政。岂料齐国有个大臣早就对花言巧语的苏秦瞧不顺眼了,他暗地里收买刺客实施了刺杀行动。结果苏秦身负重伤,临死前他告诉齐王,在他死后要对他的尸体进行车裂,并宣布苏秦是个大坏蛋,是燕王派到齐国来卧底的,如今死了,齐国就安定了,谁刺杀苏秦将受到重赏,这样做就可以抓住凶手了。齐王照着苏秦的话去做,刺杀的主谋大臣果然跑来领赏,齐王于是把他抓来杀了,替苏秦报了仇。

苏秦身佩六国相印的时候,张仪正在吃喝嫖赌,游手好闲。有一天他跑到楚相国家里去做客,刚好相国家里丢了贵重的白璧,相国的爪牙见张仪贼头贼脑地四处张望,于是怀疑是他偷了白璧,他们把他捆起来打了个半死,然后扔在野外。张仪被打坏了,他迷迷糊糊听见自己的老婆在旁边放声大哭,便忍住剧痛问老婆自己的舌头打坏没有,当他老婆告诉他舌头尚完好无缺时,他高兴地安慰老婆说:"好, 只要舌头还在, 那就不怕了,我定会有出头之日。"

　　一番权衡后,他决定去投奔位高权重的老同学苏秦,先讨个一官半职,然后再慢慢往上爬。

　　苏秦听说张仪来了非常高兴,他正想找人来完成一个很大的阴谋,而这个阴谋的理想人选正是才学胜过自己的张仪。原来,苏秦认为由自己牵头联合起来的这个"联合国"是个花架子,各国都以自己的利益为重,并不可能真正地联为一体,一旦秦国的气焰被封锁住了,时间一长六国之间肯定要发生内讧,没有了危机,合纵术也就失去了市场,那自己导演的这场戏就玩不成了,到时诸侯们不会听他摆布的,他对此充满了忧患之感。

　　苏秦决定派遣张仪去秦国替自己卧底。他要把张仪这把快刀打磨得像当年自己刺股苦读时那样充满锐气。

　　苏秦非常冷淡地接待了张仪,态度傲慢无礼。到了吃饭的时候,苏秦在殿堂上大宴宾客,却把张仪单独安排在一个角落里,苏秦的宴席摆满了山珍海味,而张仪的桌上仅可怜兮兮地摆着两道小菜。吃完饭之后张仪向苏秦说明此行的目的时,苏秦很不耐烦地对他说目前还没有机会,等到以后再说吧!

　　张仪见苏秦不顾过去的交情,如此对待自己,心里难受极了,陡然间他恨极了苏秦,身上猛地升起一股杀气。他发誓要与苏秦唱对台戏,为秦国出谋划策,破掉苏秦的合纵战略。事实上张仪也只有跑到秦国去另谋发展,因为其他六国都在苏秦的掌握之中。

　　然而此时的张仪穷困潦倒,口袋里空空如也,哪里还有盘缠到遥远的秦国去。这时,刚好就有个腰缠万贯的人站出来了,他对张仪说了一大堆相貌不凡贵气逼人之类的好话后,又说张仪此去秦国一定会取得成功,他愿意资助张仪并亲自陪他跑一趟。

　　张仪嚼舌头的功夫犹在苏秦之上。见到秦王后,他旁征博引,点明了当时列国之间利害冲突的要害所在,措辞激烈地批评了秦国的内政外交,最后献上了破除六国合纵战略的策略,即远交近攻的连横战略。

　　秦王正苦于找不到对付六国合纵的方法,几年来把自己搞得像头困兽,现在听了张仪一席指点迷津的话,大有相见恨晚之感,马上拍板封了个大官让他当,不久就又将其迁升为相国。

　　资助张仪的人见他已飞黄腾达,就前来向他告别,张仪惊讶地说:"我张仪之所以能有今天,全是依靠你帮助的结果,现在正想重重地回报你,怎么就要走了呢?"那人笑着对张仪说:"资助你的人不是我,而是苏相国,他认为你是天下少有的贤士,但又怕你乐于小利,所以才故意激发你的斗志。希望你掌握秦国的大权之后,威胁六国但又不发动强大的攻势,使合纵战略得以维持,这样就算回报苏相国了。"

　　张仪这才明白原来一切苏秦早有安排,就对那人说:"请你替我感谢苏相国的恩典,有他在一天,秦国就不会真正地去破坏合纵战略。"

张仪在秦国的政治舞台活动了不少年,为秦王出了不少鬼点子。后来,他代表秦国出游列国,一肚子坏水弄得六国之间矛盾重重,刀戈相向,而秦国乘机坐收渔人之利。战国后期六国貌合神离的合纵战略失败了,失败的一个重要原因是有一个乌鸦嘴在背后捣蛋,从而使各国之间彻底失去了相互之间的信任,这个乌鸦嘴正是张仪。

战国的局势,就这样被苏秦、张仪二人颠来覆去摆布了几十年,这真是两个可怕的人。可见,没有真正仁爱的内心做基础,好头脑是很可怕的。

那巨鹤掠过政治

他们属于那种能够把黑暗的政治同圣洁的天空连为一片的人中鸿鹄。

古语道:"功成名遂,身退,天之道也。"

在历史上,只有极少数人在政治的刀尖上自由地大展鸿图后,灵活地脱下乌纱帽全身而退。作为中国谋臣的典范,河南人张良和范蠡就是这样的人。时势造英雄,乱世出英雄,是兵荒马乱的铁血时代把张良、范蠡锻炼成了天姿神俊的风流人物。

与张良同时代的范增,是很厉害的谋士,但不幸他辅佐的是项羽,项羽虽然有盖世的英雄主义气概,但他在政治上目光短浅、刚愎自用,不时流露出妇人之仁,范增就栽在了他手上,最后于悲痛中被活活气死。东汉末年群雄并起的时候,河南人袁绍是势力最大的,不但粮草丰足,手下雄兵百万,而且有"四世三公,门生故吏遍天下"的强大家族后盾。当时袁绍帐下谋士如云,猛将如雨,尤其是有田丰等几个见识卓绝的人在幕后为他出点子,从表面上看,一统江山者非此人莫属。结果呢?袁绍惨遭失败。问题不是出在势力强不强,而是出在了袁绍自己身上,像他这样优柔寡断的人是不能够成就大事的。他不但不采纳田丰的金玉良谋,而且还杀害了他。可见识人很重要。在这方面张良、范蠡就很有水平,他们分别辅佐的是刘邦、勾践这两个心志坚忍老谋深算的政治狐狸。在用人上,刘邦、勾践扮演了一回伯乐,张良、范蠡则扮演了一回千里马,千里马常有,而伯乐不常有。

当刘邦向张良请教如何才能打败项羽时,张良告诉他,一是重用韩信,让他带兵占领燕赵一带,对项羽实行战略夹击,二是积极联合南方军阀势力英布和彭越,从而实现战略大包围,使项羽首尾不能相顾。刘邦用了张良的策略,果然取得了最后的胜利。

汉高祖刘邦晚年宠爱戚夫人，所以很想把太子废除，另立戚夫人的儿子如意为继承人。吕后得知这一消息后，整天在张良面前哭哭啼啼，请他想个办法让刘邦改变主意。张良被她的诚心所感动，就替她出主意说：东园公、甪里先生、绮里季、夏黄公这四个须发皓白的老头子，是当今的四个大贤人，圣上平定天下后，多次派人去请他们前来辅佐自己，结果这四个人无论怎么说也不肯答应，跑到商山里隐居去了，如果能把这几个人请来，让他们经常出现在太子身边，圣上见了，或许会改变主意。吕后照着张良的话去做，后来，刘邦见太子的身后站着四个气宇轩昂的老人，心里非常吃惊，一打听竟是自己邀请多次不肯出山的商山四皓，于是认为太子已经在天下人心目中树立了威信，羽翼已经丰满，就打消了改立太子的念头。

范蠡识人的水平就更不一般了。他与越王勾践肝胆相照，卧薪尝胆二十年，对饱受屈辱的越国洗刷耻辱灭掉吴国居功至伟。大功告成之后，范蠡敏锐地察觉到自己有功高震主的嫌疑，大名之下难以久居，于是他向勾践提出来要求隐姓埋名，远走高飞。勾践不愿放范蠡走，威胁说："寡人将把江山分一半给先生，如果你坚持要离开，寡人将杀掉你。"范蠡于是不辞而别跑了，临走前他给对勾践忠心耿耿的好友文种留了封信说："飞鸟尽，良弓藏，狡兔死，走狗烹，从越王的面相和性情来看只能跟他共患难而不可以跟他共享富贵和平，你为什么不赶紧离开呢？"文种认为范蠡太谨小慎微了，自己替越王立下那么大的功勋，他怎么可能加害自己呢？结果不出范蠡所料，过了不久，文种就在勾践的威逼之下自杀了。

显然，张良对刘邦为人的残酷早有警觉。当刘邦论功行赏大封功臣的时候，张良作为与萧何、韩信并列的重要功臣并没有接受三万户侯的显赫爵位，他坚辞不受，只要求封给"留"这块小地盘就满足了。当韩信、英布、彭越等人正在喋喋不休地为获得更多的封赏而发生争吵的时候，张良却常常称病在家里打发着清静无为的优雅时光，他警惕地预感到了刘邦后来屠杀功臣的一系列血腥事件。他明智地放弃了权势，而刘邦也就不会杀一个对自己构不成威胁的人。

刘邦死后，张良对政治已经没有任何兴趣可言，他决心舍弃一切红尘中的俗务，跟随一个叫赤松子的隐士去隐居，从此与高山流水闲云野鹤为伍。然而女强人吕后却很感激他，强行把他留了下来。张良不得已，只好留了下来，但从此金盆洗手，不再干预政治。

而范蠡以先见之明躲过一场杀身之祸之后，乘了条小船泛沧海来到齐国，从此隐姓埋名在海边耕读，过着与天地为友的淡泊生活。后来，他迁居到"陶"这个交通要地去做生意。由于经营得法，几年工夫就成了富可敌国的巨商，但他并不吝啬钱财，经常把金灿灿的黄金分送给周围的穷人。范蠡是在知天乐命无拘无束中度过晚年时光的。

显然，智慧惊人的张良、范蠡拥有高于道德境界的心灵修为，现实的罗网已经束缚不住他们过于高蹈的心灵，他们飘逸的身姿像鹤一样滑向政治，然后又顺利地从政治斗争中游弋出来，他们属于那种能够把黑暗的政治同纯洁的天空连为一片的人中鸿鹄。

傲杀人间万户侯

西汉初年为数众多的游侠中，河南人剧孟、郭解名盛一时。

"相国霜钟"为开封八景之一。大相国寺里的这口巨钟高约四米，重一万余斤，每当体格精壮的和尚撞响巨钟时，空旷浑厚的钟声传出很远，几里外都可以听到。钟声响起来，深沉的历史被带入到现实之中。钟声促使我们去追忆一位叫无忌的战国风云人物，那时他的府第，据说正是建在今天大相国寺的地盘上。

信陵君无忌在战国末年有着很高的威信，历史书籍对他礼贤下士、义气横天的为人津津乐道。信陵君平日里好结交江湖人物，其中一人是年过古稀其貌不扬的侯嬴。侯嬴不过是看守城门的糟老头子罢了，贵为千金之躯的信陵君却认为他洁身自好，人品很高尚，所以对他青睐有加、毕恭毕敬。信陵君常给侯嬴捎点东西什么的，但老头子并不因为自己贫困就贪图钱财，总是婉言回绝。有一次信陵君大宴宾客，在客人们坐好后他突然想起侯嬴来，于是亲自手执马鞭赶着马车去登门邀请。这次侯嬴并不回绝，而是径直登上了雍容华贵的马车。在路上，侯嬴为了考验信陵君，就故意说自己还有点事情，请公子委屈一下先把车子赶往杀狗屠猪的市场去一趟，到了市场上，侯嬴找到他的屠夫朋友朱亥后故意拖延时间交谈了好一阵子。信陵君被晾在一旁，但他没有流露出一点不高兴的神色。这下侯嬴满意了，他认为公子是真的瞧得起自己，而不是为了沽名钓誉，于是很愉快地坐着马车参加宴会去了。宾客们在信陵君家里端着酒杯等了很久，他们议论纷纷，猜测公子是去请哪一个尊贵的大人物去了。后来，当他们看见信陵君风尘仆仆地赶着马车回来，而衣衫褴褛的糟老头侯嬴大摇大摆坐在车上时，全气坏了，觉得公子如此屈尊，赶着车去请侯嬴，而这老家伙却不知好歹如此骄傲。在宴会上，信陵君让侯嬴坐在自己身边，对他恭恭敬敬，丝毫也没有怠慢。侯嬴见信陵君如此真诚地对待自己，心里十分感动，但并不表示出来。

　　几年之后，信陵君遇到急事了，为了拯救被秦国围困、危在旦夕的赵国，他屡次劝说魏王发兵前去救援都没有成功，于是只好决定带着手下的千余人马以死相拼，以回报同赵国平原君赵胜之间的交情。这个时候，深藏不露的侯嬴就站出来显山露水了，他向信陵君献上了"窃符救赵"的锦囊妙计，并指着好友朱亥说："他实际上是天下少有的勇士，只不过藏身于市井之间而已，现在请他拿着四十斤重的铁锤跟随公子前去抢夺虎符（象征兵权的令牌）。"信陵君认识朱亥后，对他也很好，常给他送些东西，并不因为他是屠夫就小瞧他，但朱亥收下礼物后从来也不道谢一声，信陵君觉得挺奇怪。直到现在朱亥才手持铁锤笑着对信陵君说："我不过是个在街头杀猪卖肉的屠夫罢了，公子却屈尊对我那么好，我之所以从不答谢，是因为那些小小的礼节没有什么用。如今公子处在危急关头，正是我朱亥拼死效忠的大好时机。"侯嬴年纪大了，无法跟着信陵君共赴危难，他眼里噙满了热泪，目送信陵君和朱亥渐渐走远，然后拔出剑来自刎而死，以此来回报信陵君的知遇之恩。"窃符救赵"一举获得了成功，信陵君从此誉满海内。

　　信陵君结交侯嬴、朱亥与孟尝君结交鸡鸣狗盗之徒如出一辙，在这三个早期的河南人身上，激荡着任侠重义的古风。

　　秦汉时期，崇尚武艺、任侠重义的风气是很盛行的，主要地区大概在燕赵、齐鲁、河南一带。那时在市井民间出现了许许多多杀富济贫重义轻生的游侠，他们的所做所为跟武侠小说里描写的江湖豪杰很类似。太史公司马迁曾经评价说："今游侠，其行虽不轨于正义，然其言必信，其行必果，已诺必诚，不爱其躯，赴士之厄困。既已存亡生死矣，而不矜其能，羞伐其德，盖亦有足多者焉。"

　　西汉初年为数众多的游侠中，河南人剧孟、郭解名盛一时。

　　剧孟在百姓中享有崇高的威望，吴王刘濞发动大规模叛乱后，名将周亚夫专门坐着车去河南找他，当得知这位大名鼎鼎的游侠并未参与叛乱时，周亚夫大喜过望，高兴地说："吴王发动叛乱而不去找剧孟，我已经知道他不过是无能之辈罢了，成不了什么气候的。"很快，周亚夫果然率领大军镇压了叛乱。剧孟平素喜欢行侠仗义，多做善事，他的母亲去世后，远近的人们感激他的恩义，自发组织前往送葬的车辆竟然多达一千余辆。

　　另一个专门结交天下豪杰的河南游侠郭解名冠当世，此人从不饮酒，长得短小精悍，其貌不扬，性格坚忍，寡言，喜怒不形于色，说话的时候则轻言细语，整个一个《水浒》里弱不禁风的时迁形象。就这么个人，却是当时游侠里笑傲江湖的顶尖高手，平生杀人如麻，视千金如粪土，践踏公卿，飘若孤鸿，天下富豪及豪杰之士无不将结识郭解视为平生的一大快事。

东汉末年是中国历史上最黑暗的时期,当时发生了一场由正直的官僚士大夫及太学生发起的政治运动,遭到了宦官集团的血腥镇压,史称"党锢之祸"。这场运动的骨干分子除了窦武、郭泰之外几乎全是清一色的河南人——李膺、陈蕃、杜密、贾彪、范滂等等。这些杰出的河南人以天下为己任,把脑袋放在刀尖上参与了这场著名的政治斗争。以正直而闻名的名士范滂,从大牢里放出来返回家乡时,慕其高义前来迎接的车辆竟多达几千。建宁二年(169),宦官集团两次大肆搜捕参与政治运动的士大夫,范滂被列为主要案犯之一,当诏书下达到河南郾城时,县令不忍心逮捕范滂,伏在床上抱头大哭,范滂听说了这件事,马上前去投案自首以避免使县令为难。县令把官印拿出来对范滂说:"我今天宁肯不当这个官也要同你一起逃亡,天地这样大,必然有我们的容身之所。"但是范滂拒绝了县令的一番好意,解释说不愿连累他人。不久他便慷慨就义,死于宦官的屠刀下。

"天下楷模李元礼,不畏强御陈仲举。"李膺、陈蕃与范滂齐名,为当时士大夫的领袖,二人皆舍身取义死于同宦官的斗争中,从这句当时人们广为传颂的民谣,千年后我们仍能听到河南人那掷地有声的凛然正气。

1920年,少林寺内的达摩塑像

237

秦中自古帝王乡
Qin State, the Home of Emperors

对陕西人来说,灵光已逝的旧日时光是神秘斑斓的无边锦缎。

陕西称秦,上古属雍州、梁州,其核心腹地为关中平原,东有潼关,西有大散关,南有武关,北有金锁关。缪希雍在《葬经翼》中说:"关中者,天下之脊,中原之龙首也。"传统风水学认为,中原的龙脉是从关中开始发脉的,所以长安高居龙首,俯视中原。而且,长安在黄河上游,有"处上游以制六合"的地理优势。

2011 年，西安觉化寺内的砖龛　白郎　摄

敦煌唐代壁画上的建筑和菩萨

周族人曾据守沃野千里的关中平原,并东出灭纣,建立了昌盛的周朝。周武王死后,周成王年幼,武王弟周公旦、召公奭辅政,当时,天下尚不稳定,周、召二人于是决定分陕而治,陕西之名最早由此而来。分陕的具体位置,《水经注》说以陕城或陕陌为界,《括地志》则说以陕原为界。

陕西是名副其实的帝王之乡,西周、秦、西汉、西晋(愍帝)、前赵、前秦、后秦、北魏、西魏、北周、隋、唐等王朝先后在这里建都,时间竟长达 1200 年之久。像黑夜中的蝴蝶,这些走马灯似的王朝消失于历史波澜壮阔的夕光,让人想起法国学者谢和耐在其名著《蒙元入侵前夜的中国日常生活》中所说的:"人们惯常于妄下结论,以为中华文明是静止不动的,或者至少会强调它一成不变的方面。这实不过是一种错觉而已……中国的历史并非存在于延续性和不变性之中,而是存在于一连串剧烈震荡、动乱和毁坏之中。"

"生活在中国是古怪的,因为人们在那逝去的千年历史中穿行。"谢和耐的法国同乡谢阁兰则如此感叹道。1909 年 9 月,在连绵的秋雨中,西安碑林那古老的东方神秘之光开启了谢阁兰敏锐而晶莹的心灵,他意识到自己梦寐以求的新诗体就潜藏在这些中国特有的石头文字中,碑的形式有可能成为一种新的文学样式。他大胆开始了变石碑为诗碑的崭新尝试,并于数年后在北京出版了诗歌集《碑》。该书的装帧采用了中国传统的金石拓片的连缀册页形式,开本按西安代表性石碑《大秦景教流行中国碑》的长宽比例缩小而成,木制封面上系着典雅的黄色丝带,刻有"古今碑录"四个隶字。

朝听天言,夕聆地声。沉甸甸的黄土,处处掩藏着旧时代的王气和帝国斜阳的忧伤,一入此地,正如贾平凹在《论关中》中所说:威威乎白天红日,荡荡乎渭水长行,朔风劲吹,大道扬尘,古都长安城池完整,广漠平原皇陵排列,断石残碑证历代名胜斜埋于田埂,秦砖汉瓦散见于农舍村头常搜常有……

山河古朴,天光沉穆,黄鹤掠过汉家宫阙的残垣,野花遥映王侯将相郁郁累累的陵墓。在这里,随便挖一锄下去也许就能碰上古典时代的碎屑,田间地头的一介草民也许就是一个《易经》研习者。这里的文士送礼喜用汉瓦当拓片,或是一方秦砖做成的砚台。

豪迈奔放的安塞腰鼓、如慕如诉的秦腔、古雅忧沉的筑、凄迷苍远的信天游、雄沉深切的秦音让我们感到陕西人的迷醉、厚实。

云南人有十八怪,陕西人有十大怪——面条似腰带、锅盔像锅盖、辣子也是一道菜、房子一边盖、大姑娘不对外、板凳不坐蹲起来、羊肉泡馍大碗卖、碗盆难分开、帕子不装头上带、唱戏大声吼起来。

1908年，西安城楼　柏石曼 摄

百二河山紫气东来

在历史上，周武王、秦始皇、刘邦、李渊，正是先占据了这样一块进可出退可守的富饶土地之后，才雄霸天下的。

谢阁兰在其《铜镜》中描写过一种奇特的铜镜，它在映照出镜前之物的同时也映照出镜背的纹饰，于是镜面呈现出两种图像的纷繁糅合。这面铜镜是关中帝王之乡的一个写照，这里的每寸土地都封藏着一面时光深处的文化铜镜，镜子映出现实的同时映出传统，两种庞大的图像在阳光的丝丝金线中相互撞击，并反射出穿透生死的尖锐幽光。

根据模糊的史料，一个星象学家在春秋晚期的楚康王时当上了函谷关令，这个不入流的小官是尹喜，这位与世无争的神秘主义者沉迷在星辰的奥妙中，他在终南山下结草为楼，每天必登草楼观星望气，有一天忽见吉星西行，紫气东来，心下一动，预感会有圣人前来，遂终日在关中关隘上守候，不久果然来了位骑青牛的老者，身上奇怪地披着五彩云衣，尹喜忙把这位叫李老聃的老人请到终南山下的楼观台，恭敬地执弟子礼，请其给自己讲授天地人生之秘籍，后世称之为"老子"的老人于是为尹喜讲授《道德经》五千言，然后在一阵吉光中飘然而去。这就是道家脉络最早的发祥。由这道家文化锦线的第一个线头，可测知陕西文化有多厚重深远。

历史上的风水师们曾用"中原龙首，天下形胜"来夸赞关中平原，在距今五六千年的半坡人时期，这里的农业就已经达到相当高的水准。司马迁评论说："关中沃野弥望，其富于天下十居其六。"而东汉大才子张衡则赞美这里是"九州之上腴"，意为这里是中国最富饶的地方。战国末年，著名的纵横家苏秦以"连横"之计游说秦惠文王时，把关中誉为"天府之地"。公元前264年，儒家代表人物荀子来到秦都咸阳，丞相范雎问他："入秦有何观感？"荀子说："秦国形势险要，山林川谷秀美，物产富饶，是形胜也。"

在《史记》中，关中被称作"四塞之国"。陕西的地理大体上可以一分为三，北部是陕北高原，中部是关中平原，南部为汉中盆地。在关中平原与汉中盆地之间，依次横亘着秦岭山脉的太白山、终南山、骊山、少华山、华山等一系列山峰，而在关中平原与陕北高原之间，则分布着陇山、岍山、歧山、梁山、九峻山、紫金山、尧山、黄龙山。历史上丰腴的八百里秦川，就狭长地横卧于南北两排山峰之间，这是陕西人最可引以为豪的一片旷野，从虞夏一直到汉唐，它是中华地脉的冠冕之地，如果不是唐朝以后的过度开发和气候的巨大变迁，它居于全国文化的主轴之地位以及其旺盛的帝王之气还应该继续维持下去。

1914年，华阴庙 谢阁兰 摄

唐代中期以前,终南山上长满了梅树,长安周围的群山一片青黛之色,长安城里盛开着硕大的牡丹花,街道两旁葱郁的槐树与榆树繁花飘芳,依山挟水之处,风物清淑,富庶甲于天下。

这样一个好地方对于以农业为经济基础的古代社会,其重要性可想而知。更兼关中沃野四周封闭,具有军事上的天然屏障作用;尤其是其东部,除了有黄河天堑作为保护之外,还有函谷关、虎牢关、崤关、潼关、华山等战略上的天然制高点。直到今天,有的陕西人还颇为自豪地说:"想当年,日本人都打不进潼关来。"

所以,古人从战略的角度把关中这个地方称作"百二河山",意思是秦地险固,仅两万人就可挡住东面诸侯百万人的进攻。这句话未免有夸大之嫌,但关中的战略地位也由此可见一斑。郭子仪就曾说:"雍州(关中)之地,古称天府,右控陇蜀,左扼崤函,前有终南、太华之险,后有清渭、浊河之固,神明之奥,王者所都。地方数千里,带甲十余万,兵强士勇,雄视八方,有利则出攻,无利则入守,此用武之国,秦汉因之,卒成帝业。"

在历史上,周武王、秦始皇、刘邦、李渊,正是先占据了这样一块进可出退可守的富饶土地之后,才最终雄霸天下的。

刘邦消灭西楚项羽之后,为定都长安还是洛阳大伤脑筋,群臣大都认为应该建都于洛阳,理由是东周在洛阳建都数百年,秦在咸阳仅二世而亡。洛阳东有成皋,西有崤渑,背山靠河,足可依仗。刘邦去征求谋士张良的意见,张良说:"洛阳虽有此固,其中不过数百里。田地薄,四面受敌,此非用武之国也。夫关中,左崤函,右陇蜀,沃野千里,南有巴蜀之饶,北有胡苑之利,阻三面而守,独以一面东制诸侯,此所谓金城千里、天府之国也。"刘邦听后深为所动,于是决定建都长安。

明太祖朱元璋晚年,曾一度想把都城迁到关中,他派太子朱标前往巡视,朱标详细考察后认为关中王者气派独步天下,非常适合做都城。岂料朱标第二年就病死了,年近七十的朱元璋遭受沉重打击,再没有精力和心情来迁都,他在《祀灶文》中表达了这一无奈之情:"朕经营天下数十年,事事按古就绪。维宫城前昂后洼,形势不称。本欲迁都,今朕年老,精力已倦,又天下初定,不欲劳民。且兴废有数,只得听天。惟愿鉴朕此心,福其子孙。"一副听天由命的样子,心中装满了惆怅,和他往常霸道的做派判若两人。

1914年，河南前往陕西的路上

1914年，唐代乾陵天马石像　谢阁兰　摄

昨日龙脉明月为灯

对于帝王们来说，骊山可谓是座不祥之山。

一块清代碑石纪录了关中八景，这八景分别是：华岳仙掌，骊山晚照，灞柳飞雪，曲江流饮，雁塔晨钟，咸阳古渡，草堂烟雾，太白积雪。

关中平原史上山水若绣，态势伟丽，景象非现在所能比拟，尤其是南面的吴山、太白山、终南山、药王山、香山、骊山、少华山、华山、商山，更是山势伟壮如龙，山色绮碧，烟霞之色与人文之气交相辉映。

华山无疑是陕西最伟大的山。在"天人合一"思想笼罩下的中国，它是倍受尊仰的"五岳"中海拔最高的西岳。其山势北瞰渭水、黄河，南连秦岭，襟山带河，雄视中原，"衣冠文物之盛，由此而致"。《水经注》上说它"远而望之若花状，因名华山"。花是温香秀软之物，拿它来比喻华山，并不贴切，因为它素来以奇拔险伟名扬天下，与骊山幽丽的巫气大不相同。

华山雄厚高蹈的气象，是可以象征陕西当初君临天下的气概的，登上华山，举头红日近，俯首白云低，令人遥想谪仙人李白在山顶上留下的"黄河如丝天际来"之句。

华山主要有三个高峰——北莲花峰、南落雁峰、东朝阳峰。险拔的峨峰上长着丰神秀质的华山松，姿态婆娑虬曲，当霞光映照，立时现出金碧之彩。在张大千晚年的泼墨画和明代画家王履的画中，华山那种壮丽的英气被表现得淋漓尽致。王履对华山的痴迷是令人吃惊的，他潜心画华山画了几十年。

1910年，对晚清中国颇有影响的《泰晤士报》驻中国记者莫里循骑着匹白色高头大马来到华山之阴的华阴庙，他记述说："这座庙是我在中国所见到的最好的庙宇之一。它矗立在一圈围墙里，堪与北京的天坛媲美。有富丽堂皇的大殿、庭院和亭子。可却是怎样的一座废墟呀！屋顶已腐朽、塌落，山门摇摇欲倒。肥料在院子里风干，倒是和那庙宇相适应。剃头匠和乞丐经常光顾亭子。我还从未见过比这更令人吃惊的败坏景象。"

晚于莫里循抵达华山的美国地理学家埃德加·盖洛则吃惊地在华山顶上的金仙宫看到："道士们焚香、敲锣,在神像面前鞠躬,念念有词地进行着自己也不明白的宗教仪式。与此同时,也是在金仙宫,正在举行一场基督教仪式,那古老的西亚《圣经》手稿用我们都能听懂的语言来进行朗诵,洋溢着信徒的抱负,欢乐的颂歌被被人们吟唱,就连一个简短演说也投入了全身心的真诚。"

自古华山天下险。唐代文豪韩愈以雄文傲视千古,由此可以推断韩愈是一个胸襟博大勇气非凡之人。但是就是这个韩大人,爬上华山险峭之处时,竟吓得脸色都变了,以为"吾命将休矣",连遗书都写好了,同去的人只得用酒把他灌醉后抬下山去。可见华山的险峻确实不一般。

华山同时是一处与崇尚自然的道教融为一体的道场,山中道观林立,道教势力在这里独领风骚。唐玄宗时,由于他的妹妹金仙公主在这里求仙学道,所以华山更是盛况空前,名震当时。而华山众多的道教人物中,最有名的当推那位生活在五代到北宋初期的陈抟老祖,他在华山上待了40年,这个高渺如神仙般的得道之人,翩若大鹤,"以元气为粮,白云为幄,清风为驭,明月为灯"。据说他最爱睡大觉,常常一睡便是数月,在秘密的修炼中,他完成了炼精化气、炼气化神、炼神还虚的道家至上境界。

关中一带最高的山峰为太白山,海拔3767米,山高气寒,背阴处冰雪终年不消,所以当地有"太白积雪六月天"的谚语。山中有三个湖泊,合起来叫太白三池,水极为清凉,绿水中漂浮着华丽的青铜色,深处鳞鱼浮游,周围花木高耸,从西安远望,此山山体云雾缥缈,宛在天际。

古人赞美终南山说:"关中河山百二,以终南为最胜。"如今,终南山那幽远高卓的山色我们只能从北宋大画家范宽留下来的《溪山行旅图》里领略一二了。终南山又叫太乙山,包括翠华山、南五台、圭峰山等山峰,如一道画屏耸立于长安之南。这里以宗教闻名全国,曾经出过无数高僧、隐士和著名道人。终南山是道教龙门派的大本营,被誉为20世纪中国第一高僧的净土宗印光大师当年也是在这里出家的。

汉唐时期,终南山上茂林修竹,山上长满了梅树,经冬之时,大片洁白的白梅花与鲜红的红梅花尽吐芳华,花之香馨,承天接地。山中有湖,山色倒映于寒翠的水面,另有飞瀑在山谷中吐碧泻玉。

唐朝时,终南山上有条有名的"荔枝道",风流皇帝李隆基常令人马不停蹄地从这条道上把四川涪陵的新鲜荔枝运到长安来收买胖美人杨贵妃的芳心。

一片浓黛之彩的终南山下,是汉唐风景胜地樊川,此地在西汉初年是狗肉将军樊哙的封地,背靠终南山,濒临潏水,土地饶沃,兼有山光水色之美。潏水两岸寺院林立,其中以兴国、兴教、华严、牛头、云栖、禅经、观音、法幢八个寺最为出名,号称"樊川八大寺"。

唐朝时,达官贵人们在樊川一带修建了无数的别墅和私家园林,终南山脚下处处雕梁画栋、烟花柳月,把个清幽的宗教道场弄成了富贵红尘之地。

一直到了北宋,樊川一带的景致还相当好,陕西籍宰相寇准来此游览后,对人赞叹说仿佛到了江南一样。

在喧哗的记忆中,骊山留给我们更多的是某种遥远而模糊不清的青涩记忆,这座山就像个拥有绝代艳姿的巫女。

相传上古时骊山周围居住着一支叫骊族的少数民族,所以人们把此山叫作骊山。但是又有人说,因为远远望去,这座山就像一匹青黑色的马(古人把这种马称为骊),所以才这么叫它。在今天,骊山的美景冠绝关中。

"骊"这个字在汉语里多少有点不吉利,因为它含有一层离别的意思,古人流泪而吟唱骊歌,这种骊歌就是朋友离别时候唱的歌。

按照历史上风水先生们的说法,骊山这个地方不太好,因为千古一帝秦始皇违反了天地的常理,派几十万囚徒花几十年的功夫为自己在骊山旁边堆起了一座大山般令后世不寒而栗的骊山陵墓。

对于帝王们来说,骊山可谓是座不祥之山。秦始皇在这里造陵墓,结果秦朝二世而亡。周幽王在骊山上烽火戏诸侯,结果西周就葬送在他的手里了。唐玄宗在这里整天与杨贵妃纵情声色,结果安禄山造反,唐朝从此江河日下。唐穆宗整天在骊山游山玩水,结果年纪轻轻就死了。而唐穆宗的儿子唐敬宗就是不信邪,不听从大臣张权舆的劝告,又去骊山游幸,结果回来不久就跛脚了,死时做皇帝还不到两年。到了1936年,光头枭雄蒋介石住在骊山脚下的华清池,结果让张学良和杨虎城给扣了起来,被迫答应联共抗日的主张。

山顶千门次第开,登上骊山,遥见渭水如带,长安如绣。天尽头,残阳如血。"骊山晚照"为古时长安八景之一,一襟晚照,令人感叹山河大地之变换!

"春寒赐浴华清池,温泉水滑洗凝脂。"骊山作为皇家园林,唐玄宗时期规模最大,这个历史上极富传奇色彩的真龙天子终日在这里"芙蓉帐暖度春宵",消闲之余,命人遍植松柏花木。当时骊山从山脚到山顶到处是华丽的宫殿,如长生殿、飞霜殿、九龙殿、玉女殿、宜春殿、四圣殿、集灵台、朝元阁、观凤楼、斗鸡楼、羯鼓楼等,数不胜数。

敦煌壁画上的唐代外国人

一声老陕，茫茫故乡

陕西人怀着自视甚高的口气调侃河南人是"侉子"，甘肃人是"炒面客"，四川人是"拐子"。

"麦面辣子菜籽油，老婆孩子热炕头。"陕西人大都敦厚笃实，豪洒温良，他们是中国最为恋家的一个群体。

茫茫故乡，渺渺苍天。"天下黄河九十九道弯，在黄土高原上拐了几道弯。"一曲悲怆悠扬的信天游唱得人眼泪都流出来了。

喝一大碗陕北的烧酒，听那高亢热情的喝酒歌，一股子烈气便从肚子里升腾起来。

江南人要是端起陕西的耀州老碗，肯定得倒吸一口凉气，啊呀呀，这粗糙而沉重的白瓷碗大哉！

253

南北陕西人

他们在黄土高原上年复一年日复一日地大口吃肉大碗喝酒。

陕西大多数地方历史上曾是西北游牧民族的盘踞之地，南北朝时，氐人、羌人、鲜卑人还在这里建立过好几个王朝。所以追溯血缘，今天的陕西汉人实际上大都掺杂着剽悍的游牧民族的血液，这是陕西人比较粗犷豪爽的原因之一，而陕北人更是如此。这个问题把它放到整个北方也是成立的，只要仔细翻一翻北方的历史就会明白这一点。当然，南方汉人在历史上也是由各种民族汇合而成，比如越人、三苗等，但应注意到北方的各个民族大都是强悍、流动性较强的游牧民族，而南方民族大都是定居型的农耕民族，性情要温柔细腻得多。

陕北是沉穆的，同时是宽阔激越的。黄土高原辽阔苍茫，贫瘠而深厚，人们世代把窑洞建在山峁川塬的高坡上。黄土高原一方面造成了长期落后的经济，另一方面也造就了陕北人坚韧的毅力、宽厚的性情、不可扼制的激昂野性。所以，陕北人属于比较典型的大西北人，他们保守老成，容易安于现状，对于物质的要求不高，近代以来对拥有"二亩地，一头牛，老婆孩子热炕头"的生活，就已经满足了。时至今日，陕北人仍是中国最为淳朴勤劳的一个群体，相对落后的经济并没有使他们厌倦家园、向往外界灯红酒绿的生活，他们在黄土高原上年复一年日复一日地大口吃肉大碗喝酒，小日子倒也自在。与此同时他们忧郁的气质也很深沉。

20世纪80年代的最初几年，曾经在陕北当过知青的北京作家史铁生写过一篇《我的遥远的清平湾》，这篇小说以平淡深沉的语气描述了陕北高原沉郁纯情的人文情态，贯穿着一种纯粹的感人至深的内核，这一内核同某一圣洁的境界有关。

而在以关中平原为主的陕西南部，人们在粗犷中又多了一份狡黠和灵秀，不论是这里的土地、民风还是建筑，都被古老而烂熟的传统文化熏陶得太久了，所有的一切都有如一坛保存了千年的老酒。

在经济地位上,尽管今天的关中与汉唐时期相比已经江河日下,但它仍是陕西最好的一块地盘,可算中国西部的发达地区。有人把近代的关中人称为没落的贵族,当然,这种"没落的贵族"更多是指整个文化上的衰退,内涵上与八旗子弟那种"没落的贵族"是不一样的。

陕西南部的人大都性情粗放,讲究礼仪,墨守成规而又富有灵敏的神经。他们忠厚老成,但同时精明倔犟,他们包容性较强,但又对新鲜的东西保持怀疑。汉中自古为富庶粮仓,当年汉中王刘邦以此为根据地终立霸业。祖先漫长的荣光,使陕南人自豪,并有点自视甚高,但这种理由随着时间的流逝越来越成为一种心理上的负担,这正如一个曾受人拥戴的有钱人后来家境没落了一样,他的心境可想而知。

米脂婆姨绥德汉

永恒的女性引导陕西人上升。

永恒的女性引导陕西人上升。米脂婆姨资质出众,壮实干练,朴实热情,她们是陕西女的出色代表。

米脂婆姨的美与江南女子的美是迥然不同的,一为结实健康的土性之美,一为缠绵婉约的水性之美。江南女多属于身段高挑苗条型,姿色浓艳端庄,感情敏感细腻,她们出没于明月青山或水乡阁楼之中,身披丝绸缎面,说话吴语呢喃。江南女大都纤柔清瘦,那位"态生两靥之愁,娇袭一身之病,闲静时如姣花照水,行动处似弱柳扶风"的林妹妹便是典型人物,她们被温柔的山水宠得太娇媚了,她们的樱桃小口适合于唱柔情似水的温婉吴歌。

米脂婆姨及陕西女与江南女之间的差别实际上是文化背景的差别。陕西女的气质品性与黄土高原所散发出的质朴气息是一致的,她们灵巧的手会做花枕、鞋垫、围裙、披肩、裹肚、坎肩等各种各样的东西,她们能帮助丈夫干活,把家庭的里里外外打理得舒舒服服,使丈夫爱家爱得不愿意出远门去闯天下。

另外,陕西女的一大拿手好戏就是剪纸,一把小剪刀在一张红纸上运作,不一会儿的工夫,一张张玲珑清新、层次分明、姿态万千的精美图案就出来了。题材有花卉、鸟兽、植物、山水、人物、文字、粮食等等。20世纪末,一个叫库素兰的陕北老太太用她的剪纸作品打动了无数热爱东方艺术的人。

陕西女周身洋溢着亲近自然的热情,在阳光的强烈照射和西北风的劲吹之下,她们显得比江南女更接近土地,更具有旺盛淳朴的精力,同时也缺乏那种大家闺秀的软玉气质。

"米脂的婆姨绥德的汉",陕西这块土地既然能孕育出优秀的女子,自然也就能孕育出优秀的汉子。绥德男人就以壮实英俊的体魄和敦厚豪迈的阳刚之美名扬陕西。有什么样的母亲就能生出什么样的儿子来,有黄土高原一样的母亲就能生出黄土高原般的儿子来。

外省人形象地把陕西男子称作"陕西愣娃",一个"愣"字,不失幽默地抓住了陕西男子的某些特点,比如说为人老成正统,待人温厚诚恳,脾气倔犟坚毅,等等。但如果以为"愣娃"们都是老实巴交的笨人王老大,那就大错了,"愣娃"们精着哩,大智若愚,心头比谁都有数。其实别人一看就知道聪明的人只是小聪明,未必真的聪明,同时由于看出他聪明,所以别人总是防着他,真正大聪明的是类似"陕西愣娃"的这种人,因比较老实而轻而易举地赢得别人信任,然后他们就可以老谋深算地来达到自己的目的。

"陕西愣娃"们迷恋家乡的一山一水和家庭的温暖,喜好大口吃肉,大碗喝酒,大碗吃面条。一大海碗的老稠酒,一口气就喝下去了。从表面上看他们是温和中庸的,但一火起来犟脾气就犯了,七八头牛都拉不回来。

当然,"陕西愣娃"还是有地域性差异的,关中愣娃比陕北愣娃要狡猾灵敏一些,而陕北愣娃比关中愣娃更笃实豪爽。

筑声里满座衣冠似雪

音乐,便是陕西历史上隐忍的"岩中花树"。

寒筇吹过,落下乡愁的果子。

乡土音乐里秘藏着一方水土的心灵史。王阳明在放逐途中说过一番意味深长的话,大意是:我未见岩中花树,则它与我同归于寂,待我一见它,世界便生动起来,于是知心外无物。音乐,便是陕西历史上隐忍的"岩中花树"。

陕西人是喜欢玩点音乐舞蹈的,什么安塞腰鼓、集贤古乐、信天游、秦腔、秧歌舞啦,什么郿鄠剧、碗碗腔、陕北评书啦,就连搬运东西时也要唱"报路歌",在农田里干活也要唱"锣鼓草",喝口酒也要引吭高歌以助酒兴。盛唐时的丝弦乐、胡旋舞等等就更多了,大唐是音乐的大唐。

筑的形状很像古筝,颈细而肩圆,有 13 根弦,弦下设柱,演奏时左手按住弦的音节,右手用竹尺击弦发出音响。古筝在战国时候就已经在陕西流行了,到唐宋之前是 13 根弦,而现代的筝经过改造后有 25 根弦。由此可见古时候筑和筝是很相似的,两者在陕西都很流行,所不同的是筑为击弦乐器而筝为拨弦乐器,演奏起来,筑的声音要慷慨激昂得多。秦汉时候筑在秦地是非常兴盛的。

"风萧萧兮易水寒,满座衣冠似雪。"说到筑我们不禁想起了战国末年击筑的高手高渐离,也就是著名刺客荆轲的知己朋友,他曾在易水河畔泪流满面地击筑为荆轲送别。荆轲死后高渐离隐姓埋名流落他乡。那时候秦始皇和其他秦人一样喜欢听筑,为筑发出的音律所着迷,始皇帝常召见天下击筑的高手,举行演奏会。高渐离为续荆轲遗志只身来到咸阳,在街头击筑,很快就大出其名受到始皇帝的召见。在演奏会上,高渐离用灌了铅水的筑击杀秦始皇未遂,结果惨遭杀害。一个人的大悲横亘一个时代,这是音乐史上最悲怆的关头。令人震惊的是高渐离为了尽快得到召见并使秦始皇放松警惕,到咸阳后竟自己刺瞎了双眼。在高渐离最后的漆黑世界里,筑该是发出了怎样动人心魄的崇高之音啊!

刘邦也是很喜欢筑的,他常常在这种乐器的伴奏下,独自吟哦楚歌。西汉初年,长安的宫廷楼阁、酒肆山水之间,到处可以听到筑悱恻深沉的声音。公元前 202 年,刘邦终于至尊加冕做了皇帝,他返回当年做亭长的故乡后,回想起铁马金戈风雷激荡的往昔岁月,忍不住涕泪涟涟,于是击筑吟唱了那首有名的楚歌:"大风起兮云飞扬,威加海内兮返故乡,安得猛士兮守四方。"

黄土高原的茫茫天地间,博大荒凉的景物衬托出生命的渺小。在这里,常能听到苍凉悠扬的信天游,那高旷朴素、舒展自由的曲调,散发着黄土的野性,令人陶醉,回味无穷。

信天游最早的时候据说是长工、脚夫和卖苦力的人在路上为解闷而吟唱的小调,后来慢慢流传开来。人们在孤独疲乏之余,天高地远随心所欲地吼上几句,心头一下就舒服多了。

陕北人说:"信天游,不断头,断了头,穷人无法解忧愁。"是的,对于穷苦百姓来说,信天游就像一束灿烂的火源,把生命从忧愁和苦难中解脱出来。在唢呐声中,一曲信天游悠悠地贴着一望无际的黄土飞上天空,强烈的阳光金灿灿地洒下来,那情景,岂是语言所能道出。

北方民歌早在《诗经》里就有兴、比、赋的特点,后来出现的民歌保持了这种特点,信天游与此是一脉相承的。庄子说:"天下莫与朴素争美。"意思是天下最美的东西是返璞归真自自然然的,信天游正是这般醇真飘忽,在苍天与大地相融之处呼出万千乡愁。

中国北方逢年过节喜欢打腰鼓的地方挺多的,而其中以陕北安塞腰鼓最为有名。现在的安塞县不过十来万人口,据说其中就有七八万人会舞弄腰鼓。

1990 年北京亚运会上安塞腰鼓可是出尽了风头,不少外国人被这种惊天动地意气风发的集体演奏弄得神魂颠倒、叹为观止。安塞腰鼓敲出了千百年来积淀在中国历史中无比博大的文化气韵,它是个人与整体融为一体的声势宏大的演奏,同时也是中国家国一体性传统的一个写照。

　　记得有一年的春节联欢晚会上,电视上播放了一段由张艺谋导演的"威风锣鼓",鼓手们齐齐地穿了白褂子,头上缠着块白头帕,手持一杆鲜红大旗,在古老的长城下齐刷刷舞弄起来,那阵式和画面不能不令人为之振奋,这是中国文化里最传统的东西,这种东西能抚摸人的灵魂,很鲜活很激情,饱含着旺盛的生命力,它从一定程度上说明了中国文化为什么几千年来一直没有中断过。

　　在形式上安塞腰鼓有"列队鼓"和"场地鼓"之分。"列队鼓"以行进表演为主,鼓手上着紧身箭衣,下着紧口灯笼裤,头扎英雄巾,腰系红绸带,强悍威武,边走边打。"场地鼓"则以广场表演为主,舞弄起来,刚健雄浑,豪爽舒展,搏击之声振奋人心。

　　从风格上看,安塞腰鼓有"文鼓"和"武鼓"之分,"文鼓"鼓点清扬、动作娴雅,悠然自得,舞步随兴所出,鼓点明快潇洒。文鼓多以单打单舞或对打对舞的即兴表演为主,当然有时候也群打群舞。而"武鼓"则场地恢弘,气势非凡,人数多时可达数百人,鼓点敲起来雄沉激昂,动作舞起来豪迈遒劲,在安塞腰鼓中,最有名的就是"武鼓",它那震天动地的浩大声势,给人以雷霆万钧的感受。

　　筑之郁沉,信天游之悠然,安塞鼓之壮美。此外,陕西人还能玩优雅的戏剧秦腔。秦腔出现的历史,最迟也当在明朝中期,苏东坡曾在关中做过官,如果记载中他善于演唱秦腔的说法属实的话,宋朝时候秦腔就已经形成了,在发展过程中,它受到昆剧、弋阳腔、青阳腔等剧种的影响。秦腔高雅优美,高亢激越,对于讲究涵养而性情又倾向刚烈的关中人来说,这种剧种大大地受用,他们正好以此来一展中庸而又火气很旺的嗓子。

　　秦腔也是大西北老百姓最喜欢的剧种,西北人大都能哼上几句《美人换马》《赵氏孤儿》什么的。秦腔对中国的很多戏剧影响都是非常大的,比如说豫剧、滇剧、山西梆子等等,它和豫剧、京剧被称作北方三大戏剧。

　　身为一个三秦之人,不会吼上几嗓子,那是很掉份儿的事,高亚平在《秦腔》一文中说得极其准确:秦腔境界在于吼……唱它时,要用生命的底音,那是来自洪荒时代的声音,野兽畏惧,天地震惊,这声音是带铜质的,经亮丽阳光打磨的……西伯利亚冷风揉搓过的……发自肺腑,磨烂喉咙,因有一种悲壮的肃杀之势。

开琼筵飞羽觞的秦人

陕西人喜欢吃，会吃，吃的历史久了，也就形成了秦菜。

中国人尚食，说到吃，中国人在全世界面前露脸了，翘首寰宇，找不出第二个如此善吃的民族来。

一位古罗马诗人感叹饮食对人类的重要性时调侃道：肚子发展了人的天才，传授人以技术。可见西方人也是重视吃的。不过和中国人比起来，他们在这方面的学问就差得太远了。在西方人看来，吃中国菜、娶日本老婆、住西洋房子可谓是人生的三大极致享受。难怪中国餐馆在五大洲办得红红火火宾客满座。

钱钟书说："这个世界给人弄得混乱颠倒，到处是磨擦冲突，只有两件最和谐的事物总算是人造的，音乐和烹调。"

孙中山更是对中国人烹调珍馐美味的成就说得明白无误："我中国近代文明进化，事事皆落后于人之后，唯饮食一道之进步，至今尚为文明各国所不及。中国所发明之食物，固大盛于欧美，而中国烹调法之精良，又非欧美所可并驾。"

在中国人眼中，饮食不仅仅是生理的需要，更是一门艺术。他们很普通地把享用一日三餐之事概括为"吃饭"二字。中国人"吃饭有时很像结婚，名义上最主要的东西，其实往往是附属品。吃顿讲究的饭事实上只是吃菜，正如讨小姐的阔老，宗旨倒并不在女人"。

同大多数中国人一样，陕西人喜欢吃，会吃，吃的历史久了，也就形成了秦菜。秦菜在中国八大菜系上还排不上号，这并非因为菜做得不好，比不上别人，而是因为这里曾长期是中国文化的心脏地区，各种风格的菜肴传了进来，久而久之，尽管有博采众家之长的优点，但也失去了特色。秦菜讲究色香味俱全，味道十足，但从整体上看确实算不上是自成一体的菜系。

秦菜主要是指关中一带的菜，在选料上土特产不少，像肥而不膻的陕北栈羊，肉质鲜嫩的关中猪，腰肥体壮的秦川牛，黄河渭河的赤尾鱼，武功的大蒜，韩城的大红袍花椒，兴平的干辣椒，秦渡镇的生姜，渭南的大葱，秦巴山区的竹笋，等等。

"开琼筵以坐花，飞羽觞而醉月。"古时候关中到处是钟鸣鼎食之家，天下山珍海味咸集，帝王将相们吃的是玉盘里的珍馐，喝的是金樽里的美酒，他们给秦菜添了许多绝妙的菜肴，比如说"八宝饭""八景宴""饺子宴"。

20世纪初，唐代崇陵前的石像生

"八宝饭"如今在全国都能吃得到,这原本是陕西特有的一道好菜。相传商朝末年周文王带领周部落在岐山强大起来,他为了消灭残暴的纣王,就遍访贤能之士,起用了伯达、伯适、伯突、伯忽、叔夜、叔夏、季随等八个能人,尊称为"八士"。后来,"八士"帮助周武王消灭了商朝,在庆功宴上,王室的厨师特意用八种珍品蒸制成一道菜,上席时,用红色的山渣汁浇在菜上,以象征"八士"不朽的功劳。从此,八宝饭就流传开来。

　　"八景宴"是按照著名的"长安八景"创制的,里面的八道主菜是秦菜中最为有名的菜肴。这八道主菜是:华山松子和秦岭熊掌烹制而成的"华松扒熊掌",牛舌烹制成的"晚霞映牛舌",鲜嫩鸡脯烹制的"灞柳雪花鸡",刚出壳的鹌鹑和醅酒烹成的"曲江雏鹌饮",山药和香料烹制的"晨钟山药糕",团鱼烹制的"渭水团鱼汤",草堂寺所产的八种特产菜烹制的"草堂烧八素",高丽糊和鸭掌等烹制的"雪山尕金鱼"。八道菜分别象征八处胜迹,真是妙不可言。

　　西安的饺子宴做工考究,品目繁多,在秦菜中颇具代表性。饺子宴主要分为百花宴、牡丹宴、龙凤宴、宫廷宴、八珍宴五种,每宴由 108 个不同馅料、不同形状、不同风味的饺子组成。饺子的造型有泡眼朝天、修尾轻摆、金鱼形、杏核形、珍珠形、鸳鸯形、蝴蝶形、元宝形、燕窝形、海螺形等等。饺子的制法分蒸、炸、煎、煮四种,所用馅料有茄汁五味、鲜咸、糖醋、麻辣、鱼香、咖喱、蚝油、红油、椒麻等,真是名副其实的"百饺百味"。当年美国国务卿来访,在饺子宴上望着一大桌子风格卓绝的饺子,连连拍手称绝,说这是他吃过的最好的一顿午饭。

　　秦菜的另一特色是回族人的清真菜肴,名菜有羊肉泡馍、腊牛羊肉、烀羊脑、烧牛蹄筋、酸辣羊肚、炸胡麻羊肉等。

　　到陕西而不吃羊肉泡馍不算真到过陕西。制作时,选用肥瘦搭配的优质羊肉,加五香佐料煮烂,捞出切成大片,然后把半发酵的面饼掰碎后与羊肉同放入炒瓢中,加羊肉原汤煮沸即可食。佐食小菜为糖蒜、辣酱、葱花、香菜末四种。羊肉泡馍风味浓厚醇美,深受西北人的欢迎,其中西安的泡馍做得最好,有名的泡馍馆有义祥楼、一间楼、同盛祥、鼎兴春等。

　　"老佛爷"慈禧太后对于吃已经到了穷奢极侈的地步,据说她平常最普通的一顿午饭也要吃一百多道菜,其奢侈程度令人瞠目。1900 年庚子事变时,她打扮成乡下地主婆的模样从北京马不停蹄逃到西安,在西安,她吃了醇香厚重的腊牛羊肉后,觉得从来没有吃过这么好吃的东西,宫廷御厨根本做不出这种味道来,于是命人天天进献,大吃特吃,一直吃到八国联军退兵才离开西安。清真腊牛羊肉的做法是选用优质牛肉或羊肉,用花椒、茴香、良姜、桂皮、草果等调料炖烂,晾去水份而成,成品的肉色鲜嫩红润,肥脂洁白,用清香的荷叶包上,外面再用草纸、红皮纸包扎,可以长途携带,一个月内成品的肉不变质。

　　秦菜除了上面介绍的几种外,有名的特色菜还非常多,例如柿子饼、泡油糕、水晶饼、酿金钱发菜、八卦鱼肚、状元祭塔、酸枣肉、鸡茸鱼翅、对子鱼、烤三鸡、葫芦鸡、汤三元、汤四喜、烟熏鸡、豆瓣娃娃鱼、清烹羊肉等等。

　　吃秦菜佳肴,岂可无酒! 陕西除了西凤酒较为有名之外,人们在历史上一直喜欢喝黄桂稠酒,这是用糯米酿制成的一种甜酒,洁白似乳浆,酒中加些糖腌桂花,甘美醇香无比。

从大汉之都到大唐之都

长安回望绣成堆。在这座巅峰之城，就在这个登峰造极的风华之地，世界历史连续开启了它新时代的瑰丽大幕。

秦朝时，长安所在地为秦都咸阳的一个乡聚，系秦始皇弟弟长安君成峤的封地，因此被称为"长安"。

汉长安面积达 30 多平方公里，规模在当时的世界首屈一指，城内宫阁遍布，形局宏大富丽，世所罕见，被称作"千门万户"。

唐长安周长 35.56 公里，面积达 84 平方公里，是现在西安城墙内面积的 9.7 倍，比元大都大 1.7 倍，比明清北京城大 1.4 倍，比古代罗马城大 7 倍，是公元 447 年建造的君士坦丁堡的 7 倍，是公元 800 年建造的巴格达的 6.2 倍。它是当时世界的轴心。

著名汉学家爱德华·谢弗认为唐长安的人口达到了 200 万，他认为对大唐王朝来说，7 世纪是一个征服和移民的世纪，8 世纪是一个神奇魔幻无所不能的世纪。"在唐朝统治的万花筒般的 3 个世纪里，几乎每个亚洲国家都有人曾进入过这片神奇的土地。"

估计唐长安同当时三百多个国家和地区有着经济文化上的友好往来，那时的国际交通已较为畅通，长安往北，经蒙古草原可达叶尼塞河、鄂毕河一带，往西沿着著名的丝绸之路可一直到达西亚和欧洲，西南经成都沿着汉代开辟的南方丝绸之路可达南诏，往东则经河北、辽东可到朝鲜半岛。此外，通过四通八达的驿道，还可连接海上丝绸之路抵达日本、东南亚及西亚地区。据有的专家考证，盛唐时长期待在长安的少数民族和外国人有好几万。大量香软光艳的丝绸和精美绝伦的瓷器从长安被运往世界各地，而各国的大宛马、汗血马、明珠、巨象、翠羽、珊瑚、宝石、玛瑙也滚滚而来。这是一个夹在蓬勃之气和新奇之气中间的上升时代，一只西里伯斯的白鹦，一条撒尔马罕的小狗，一本摩羯陀的奇书，一剂占城的烈性药，等等，每一种东西都可能以不同的方式引发唐朝人的想象力，从而改变唐朝的生活模式。

晚清时的西安大雁塔　柏石曼摄

　　7世纪时，中亚撒尔马罕国的国王曾两次向唐朝进贡一种灿黄的珍稀桃子，"大如鹅卵，其色如金"，时人称之为金桃，这种罕见的吉祥果很可能一度移栽到了皇家果园中。撒尔马罕国的金桃飘浮着大唐的芬芳和诗意，它让人想起普鲁斯特所说的"历史，隐藏在智力所能企及的范围以外的地方，隐藏在我们无法猜度的物质客体之中"。

　　今天，当我们站在残败的褐黄色乾陵神道上，望着那些当年从四面八方涌入长安的外国人塑像群时，尽管这些雕像的头颅已荡然无存，但我们仍能从他们别具风情的衣饰上，感受到唐长安四海归心的雍容魅力。当大量的日本人、新罗人、骠国(缅甸)人、真腊(柬埔寨)人、天竺(印度)人、狮子国(斯里兰卡)人、波斯(伊朗)人、大食(阿拉伯帝国)人、拂菻(东罗马帝国)人漫步在长安街头，那种心情，恐怕要比现在中国人到纽约、伦敦、巴黎激动而美妙很多吧。

西安草堂寺的鸠摩罗什塔

265

汉长安,樗里子的预言

刘邦建立汉朝后,确实修造了两座富丽的宫殿,这就是位于樗里子坟墓两侧的未央宫和长乐宫。

王图霸业谈笑间。烈焰滚滚的公元前 11 世纪,周文王率领周部落消灭了居住在今天西安东面的崇国后,在沣水两岸营造了新的都城丰京。

按照《诗经》记载,到周武王时,占卜时一个吉兆显示:如果建立一个新都城的话,周部落当显赫天下。于是周武王就在滈水两岸开阔的土地上营造了新都城——一个比丰京规模更宏伟的镐京。迁入镐京后不久,周武王果然一举歼灭了强大的商朝。

从那时候起,先后有十来个王朝和政权把都城建在这里。战国后期,秦国出了个聪明绝顶的贵族,此人叫樗里子,身上最大的特征是脑门上长了个鸡蛋大小的肉瘤。樗里子的聪慧令秦国人叹服不已,于是人们不无幽默地把他脑门上的肉瘤称作"智囊"。这个樗里子今天看来多少是个预言者,有一次喝醉之后,他笑着对别人说,他死后坟墓的两边将会出现两个巍峨的宫殿。樗里子说得一点不错,过了一些年,刘邦建立汉朝后,确实修造了两座富丽的宫殿,这就是位于樗里子坟墓两侧的未央宫和长乐宫。

以未央宫、长乐宫、建章宫为主体的汉长安城,主体工程修建于刘邦和他软弱得像根稻草似的儿子汉惠帝时期,其形状受地形和宫殿的限制(造宫殿在前,筑城在后),犹如天上北斗七星一样极不规则,故又被称作"斗城"。汉长安城的规模在当时世界上首屈一指,面积达 30 多平方公里。

三大宫殿群占去当时长安城的很大部分。其中未央宫是皇帝居住和办公的场所,包括前殿、宣室、宣德、东明、宣明、昆德等三四十座大殿,以及麒麟、天禄、玉堂等阁,渐台、织室、凌室等重要建筑物。未央宫"金铺五户""重轩镂槛",灿烂到了连刘邦都觉得有点过分的地步。长乐宫是以皇太后为首的妃嫔们居住的地方,包括前殿、临华、长信、永寿、永宁等殿,以及鸿台、西阙等高大建筑,华丽至极。建章宫是汉武帝时修造的,庞大的宫殿楼阁数目及规模比未央宫、长乐宫大得多,就连前殿西侧的广中殿,也可以容纳一万人左右。整个建章宫由骈荡、天梁、奇宝、和玉堂、神明堂、疏圃、奇华、铜柱、函德等 26 殿,以及凤阙、神明台等许多高耸入云的建筑组成,其规模之宏大富丽,世间罕见,被称为"千门万户"。一代大帝汉武帝就在建章宫君临天下,治理着这个朝气蓬勃的东方大国,同时他经常到巨大华美的神明台上,做着仙人光临、指点长生不老妙法的美梦。

三大宫殿群位于长安城的南方和西方,足足占去了整个都城的一半。长安城的周围有12座大城门,城内街道纵横,楼宇比邻,遮天蔽日,天下巨富汇集。尤其是丝绸之路开通后,这里更成了冒险家、商人和有钱人的乐园。

那时的长安城外,河水清澈明净,山岭苍黛毓秀,沃野千里的秦川大地一望无际。城内林木葱郁,整个长安仿佛掩映在绿海中。一直到东汉末年董卓之乱,汉长安城维持了数百年之久的尊贵和弘丽气象。

唐长安,三百年繁花

也许一种叫朱雀的奇鸟,能见证大唐帝都三百年繁花时光。

也许一种叫朱雀的奇鸟,能见证大唐帝都三百年繁花时光。

英武有为的北周武帝统一混乱的北方后,年纪轻轻就死了,大权落到了老谋深算的老丈人杨坚手里,没过上几年,他就建立隋朝,把外孙的龙袍披到了自己身上,这一年他41岁。杨坚是正宗的陕西人,生长在西岳华山脚下,他建立了在历史上具有划时代意义的隋朝后,一面派儿子杨广率大军横扫偏安长江以南的陈朝,一面派能干的鲜卑人宇文恺设计营造庞大的新都大兴城。这个大兴城,就是后来的唐长安城,到唐玄宗开元年间进入极盛。

唐长安城整体布局异常严谨,它主要由外郭城(居民区)、宫城(中央机关)、皇城(皇族居住区)、三大内(皇家宫殿)及其他一些建筑组成,总面积达84平方公里。

外郭城以南北向的朱雀大街为中轴,分布着东西向14条大街,南北向11条街。街道笔直宽敞,设有地下排水沟,两旁种植有大量槐树和榆树。朱雀大街的宽度经过考古人员的实测,竟为150多米,真是令人吃惊。以朱雀大街为界,西面分布着55个坊(居民住宅区),东面分布着55坊,两面还设有繁忙的专门性商业区东市和西市。长安城的每个坊都形成独立的整体,设有整齐的围墙。这样,整个外郭城就像下围棋的棋盘一样,空间秩序感极强。外郭城的这种封闭式形状,仔细分析一下就会发现,它是大一统专制制度下的产物,它暗示了这样一种文化观念:强调个人作为社会和城市一分子的集体主义,强调个人必须在权威俯视下过温和的良民生活。

　　皇城又被老百姓们称作子城,是唐朝中央军政机构和宗庙的所在地,面积约 5.2 平方公里,形状为东西略长(2800 米左右)、南北略短(1850 米左右)的长方形。今天的西安城,就主要是由唐皇城直接发展而来的。皇城的位置在外郭城北方,里面衙门林立,文武百官每天像潮水一样进进出出。

　　宫城位于皇城以北,面积大约有 4.2 平方公里,四周的城墙尤为坚固高大。宫城是供皇帝居住和处理朝政的地方,由太极宫、东宫、掖庭宫三个部分组成,其中太极宫在中间,东宫位于东部,掖庭宫位于西部。一般说来,隋唐的皇太子都住在东宫里,像杨勇、杨广、李建成、李世民、李治等人,做太子的时候都住在这里。东宫内共有殿阁宫院二十多所,如明德殿、崇教殿、光天殿、崇文殿、宜春宫、宜秋宫、山池院等等。另外东宫内的崇文馆实际上是皇家图书馆的所在地,皇亲国戚的子弟也在这里接受教育,学习文化。掖庭宫里居住着大量的妃嫔和宫女,皇帝老儿忙完国家大事后,常来这里找乐子。据记载唐太宗一次就把掖庭宫里的三千宫女释放回了老家,可见宫中至少有好几千宫女,这些可怜的女人,除了从早到晚忙着服侍皇帝家族之外,还要成为他们掌中的玩物,晚年景况往往凄凉。

　　宫城中央的太极宫隋朝时又叫大兴宫,皇帝大都在这里召见群臣,商讨国家大事。太极宫由太极殿、两仪殿、甘露殿、武德殿、紫云阁、鹤羽殿、临照殿等三四十处殿阁亭馆组成,富丽非凡,宛若仙境。另外,宫内还有一处以湖光水色为主的四大海池;当年李世民发动玄武门之变杀死兄弟时,其父李渊正兴高采烈地在海池里泛舟哩。

　　宫城里的太极宫和另外两处庞大的皇家宫殿群大明宫、兴庆宫,合起来称作三大内。三大内中,太极宫建于隋代;大明宫是唐高宗时修造的,修造的原因据说是唐高宗有风湿病,太极宫太阴潮了,他柔弱的龙体受不了;兴庆宫建于唐代中期,是一座集园林与殿阁于一体的巨型宫殿群,景物绝胜令人倾倒。三大内中最为巍峨壮丽的宫殿当推大明宫含元殿,这是一座突兀高耸的巨型大殿,简直就像白云中的天宫一样,整个大殿的颜色以红白为主,柱额、门窗为红色,墙为白色镶红线,顶上全是金碧辉煌的鎏金铜瓦。含元殿是中国建筑史上的一个奇迹,它壮丽的造型像一只打开双翼的巨鹤,以雄视天下的气度迎接着来自五湖四海的人们的朝拜。

　　唐长安的形制是古代东方都城的典范,日本国的平城京和平安京、渤海国上京龙泉府都高度效仿了长安城的规划。

唐长安最著名的游乐之地是曲江池、杏园、乐游原及大慈恩寺。大慈恩寺由以怕老婆著称的唐高宗李治修造，在他做太子的时候，为了感怀死去的慈母文德皇后的恩情，于公元 647 年建了长安最大的寺庙大慈恩寺，过了一些年，又在寺内修造了著名的慈恩寺塔（即大雁塔）。

现在大雁塔周围已经没有几间留下来的老建筑了，而在盛唐时，大慈恩寺最多的时候有琼宇精舍共 13 院，1897 间房屋，里面和尚多得不得了。

在大雁塔古朴的雄浑身影下，我们可以浮想联翩地凭吊高僧玄奘及他的两大弟子窥基、圆测，大画家阎立本在石板上描绘的精美图像，大书法家褚遂良书写的《大唐三藏圣教序》碑和《述三藏圣教序记》碑，线条华贵的乐舞浮雕，以及无数由大诗人杜甫、宋之问、岑参、高适等人抒写的"雁塔诗"。而最令我们心神俱驰的事则是"雁塔题名"。

开创于隋代的科举制度正式形成于武则天时代。唐朝的科举一般说来分为明经科和进士科，进士科非常难考，因为每次参加考试的人多达上千，但录取的不过是凤毛麟角，少则十几人，最多也就三十人左右。当时考进士主要考文学水平的高低，考上的人除了靠开后门爬上去的之外，大都是少有的才子，所以考上的人在文学盛行的大唐王朝可以说是名满天下前途无量。因此成为进士几乎是大多数读书人的一个理想，而那些新进士也享受了毕生难忘的礼遇，他们骑着高头大马，佩着大红花前往曲江池参加"曲江会"后，还要受到皇上的接见，参加"芙蓉宴"，那心情就如孟郊所说的"春风得意马蹄疾，一日看尽长安花"。最后，新进士们还要一起来到大雁塔下，把自己的大名刻在塔砖上流芳千古。当年白居易同其他 16 个被录取的新科进士完成"雁塔题名"的大雅之事后，兴奋得彻夜难眠，提笔写下"慈恩塔下留名处，十七人中最少年"的诗句。

长安城东郊的灞桥也是个诗意扑人眼眉的地方，这里是饯别之地，唐代著名的饯别风俗"灞桥折柳"就发生在这里，"柳"通"留"，送别时折柳相赠，寄托一腔深情。当年"一醉累月轻王侯"的谪仙李太白就在一个清冷的春日，于声声骊歌中写下送别之诗："送君灞陵亭，灞水流浩浩。上有无花之古树，下有伤心之春草……"

万千金粉归为黄土

当我们随意地捧起一把散发着麦香的关中泥土时，有谁能说这不是汉唐万千金粉楼台化成的尘埃？

沧海洗古今。到头来时间成了唯一的胜利者。汉唐盛世的浩大声势囚禁在昨日流光中，当我们随意地捧起一把散发着麦香的关中泥土时，有谁能说这不是汉唐万千金粉楼台化成的尘埃？

历史上,长安最早的皇家园林大概是周文王在沣水西岸修造的灵囿。按照记载,古老的灵囿是一处水光连天的大型园林,水中长着茂密的蒲苇,水畔建有许多光彩异常的楼台,其中最为高大绝美的是灵台。灵囿里养着无数毛色柔亮的白鸟,它们轻捷地叫着,常常在灵台周围盘旋。岸边肥美的鹿群自由地遨游,在阳光下食野之苹。

秦始皇不但是个讲求个人英雄主义的君主,而且他的性格中还有相当浪漫的一面,他派大军每消灭一国后,就命令身边的人把这个国家最好的宫殿园林画下来,然后在渭水之畔大兴土木重新修建,到了东方六国全部被消灭后,六种风格迥异的宫殿园林群就荟萃一堂了,始皇帝望着这些被他俘虏过来的"风景",那种纵横天下的得意心情妙不可言。秦始皇打听到哪个诸侯的老婆长得漂亮了,就将她捉到六国宫殿里养起来;听说诸侯国的哪件东西好了,就把它运到六国宫殿里摆起来。所以,六国宫殿不是君王生活或办公的场所,而是一处供胜利者消遣的娱乐场所。当然,秦始皇消遣了一阵子之后,也就有些喜新厌旧了,于是让70万囚犯营造历史上规模空前的阿房宫和骊山陵墓,对于六国宫殿,他已没有当初的雅兴了,于是干脆把六国最主要的王公贵族全部迁进六国宫殿里,让他们在自己的眼皮底下老老实实地当亡国奴。

长安历史上最大的皇家园林是西汉时期的上林苑。上林苑建于长安西境,绕其走一圈足足有二百多里路。在这个大得无法想象的皇家园林里长着数不清的奇花异草,饲养着数不尽的珍禽异兽。里面修筑着近百组大型宫苑建筑群,号称"千门万户"的汉长安三大宫殿群之一建章宫就是其中最大的一组。建章宫东面有二十余丈高的凤阙,北面有大型人工湖太液池,池中有叫蓬莱、方丈、瀛洲、壶梁的海上仙岛,池畔有二十多丈高的瑰丽无比的渐台,南面是汉武帝为迎请神仙而建的神明台,高达五十多丈,而上林苑中比神明台还要高大的是柏梁台。上林苑襟山带河,从林木深秀的终南山到渭水之滨,全都在它的范围之内。上林苑中的景物,最令人叹为观止的是周长达四十里的巨型人工湖昆明池,这个湖最初是为训练水军挖成的,后来收归上林苑,汉武帝在建章宫大宴群臣之余,常带着一帮倾城倾国的美人,什么陈皇后、卫皇后、李夫人、钩弋夫人之类,在高朗清爽的秋天泛舟湖上,吟诗作赋。上林苑在汉武帝时代盛极一时,喜欢写些马屁文章的大才子司马相如,曾经为汉武帝写过歌颂上林苑的《上林赋》,其文辞豪丽,气韵宏大。汉武帝是个具有多重性格的闲不住的家伙,有的时候,他带着一帮贵族子弟旌旗飘舞,骑马张弓,在上林苑里举行狩猎活动,玩得几乎忘掉了军政大事。

唐代的皇家园林比之汉代的规模就小得多了,但精美豪华有过之而无不及,最具代表性的有兴庆宫、华清池、禁苑、四大海池、太液池、定昆池等。

现在的关中已经看不到什么湖了,汉代波涛滚滚的昆明池及像滈水这样的河流,也早就不复存在了。但唐朝时就不一样了,长安周围山水丰丽,纵横的河流、波光潋滟的人工湖随处可见。

兴庆宫中的龙池是个出奇幽美的大湖,水色澄碧,湖面如镜,宫阙山川倒映水中,真可谓"山光积翠遥疑逼,水态含青近若空"。每当初夏季节,满湖荷花开了,碧水、绿叶、红花、台阁融为一体,令人销魂。大名鼎鼎的唐明皇非常喜欢兴庆宫,他在这里住了几十年,常在龙池里泛舟作歌。而那位香腮如雪肤若凝脂的胖美人杨玉环,也正是从这里一步步地由唐明皇的儿媳妇变为贵妃娘娘的。

唐代第一华美、灿若仙境的皇家园林当数华清池。现在的华清池只是唐代华清池的残山剩水了,但风景依然可排为陕西第一,它在唐代时的风采可想而知。在当时,每年十月份唐明皇都要在大队人马的簇拥下到这里来过冬。唐明皇在华清池有滋有味地体验着权力和爱情所带来的双重甜蜜,他整天泡在温柔明和的温泉水里;要不就和成天吵着要吃荔枝的杨贵妃在月光下谈些"在天愿作比翼鸟,在地愿为连理枝"之类的情话;要不就玩斗鸡,打马球,或亲自击鼓指挥梨园子弟们奏响丝竹之音。他是中国历史上最会玩的皇帝,比汉武帝还会玩。玩音乐、玩爱情、玩斗鸡、玩马球、玩围棋、玩山水文章,玩着玩着不知不觉就玩过了头,结果"渔阳鼙鼓动地来,惊破霓裳羽衣曲",那位最受宠信的胡儿安禄山造起反来,很快就坏了他的大事,坏了整个大唐的江山。

大唐王朝的皇家园林中规模最大的是位于长安城北郊的禁苑,虽然它远不能够同西汉的上林苑相比,但东西长13里、南北长13里的规模还是够壮观的。禁苑内宫亭楼台一座紧连着一座,茂密的林木中,饲养着大量动物,王公贵族们常常喝得醉醺醺地在这里绸衣拖地纵情嬉乐,他们不会理会"夕阳无限好,只是近黄昏"。

遗存至今的唐代丝路骆驼画像

晚清时,汉中府城楼

1914年,唐代乾陵神道 谢阁兰 摄

响当当的历史舵手

"秦中自古帝王州。"对于关中百二河山经久不衰的帝王之气，人们有理由满怀敬畏，这块土地上竟然先后出现了数以百计的帝王，黄帝、周文王、周武王、秦始皇、汉高祖、汉武帝、隋文帝、唐太宗……响当当的历史舵手，倒下一批，接着又出现一批，时至今日，他们中相当一部分人仍披金戴玉长眠于此。

汉家宫阙都做了土。"黄鹤一去不复返。"

东汉末年，大名士仲长统预感到天下大乱的局面将必然到来，仰天叹息道："大树将倾，非一绳所能系维。"这句话用在五代之后的陕西倒也恰当，那以后陕西的整个历史便江河日下，任何人力都无法挽回了。从那以后，陕西的气候越来越干旱，风水变衰，山水逐渐枯竭，钟灵之气黯然，随之孕育出的英雄豪杰一天少似一天。而在此之前的两千年间，八百里秦川风流人物如垂天之云，何止万千，随口说出几个就足以令人仰慕不已了——

军事上有吴起、王翦、王贲、蒙恬、马援、窦固、窦宪、班超、马超、杜预、杨素、李靖、侯君集等。书法上有颜真卿、柳公权、怀素等。画坛上有阎立本、韩干、韩滉、周昉、张萱、关同、李成、范宽等。在历史学领域，中国当之无愧是世界第一大国，而在中国数不清的历史学家中又有谁能与陕西人司马迁、班固比肩呢？文学方面更是人才济济了，仅唐代一朝就涌现出了白居易、杜牧、韦应物、常建、薛涛、杨炯等大诗人。另外，大建筑学家宇文恺，药王孙思邈，大发明家马钧，坚贞不屈的外交家张骞、苏武，大隐士梁鸿、韩康等等，无不是人中龙凤。

273

江山属于浪荡之徒

如果天下不发生大乱的话,也许刘邦这辈子就在乡下市井中糊里糊涂地打发自己花哨的小日子了。

竹林名士阮籍观赏了楚汉古战场后,曾长长地叹息自己生活的时代缺少豪杰:"时无英雄,竟使竖子成名。"

苏东坡在《留侯论》中说:"古之所谓豪杰之士者,必有过人之节。人情有所不能忍者,匹夫见辱,拔剑而起,挺身而斗,此不足为勇也。天下有大勇者,卒然临之而不惊,无故加之而不怒,此其所挟持者甚大,而其志甚远也……观夫高祖(刘邦)之所以胜,而项籍(项羽)之所以败者,在能忍与不能忍之间而已矣。"有没有器量对于成为大人物有着至关重要的作用,这一点上,刘邦在一时并起的豪杰中是很突出的,而他那为了实现最高目标而不择手段的厚黑胆识,则更令项羽、英布、韩信辈相形见绌了。

刘邦并不是陕西人,却对陕西辉煌的秦汉轴心时代起到了奠基作用。他年轻时候是个游手好闲不务正业的浪荡之徒,喜欢女色,喜欢喝酒吃狗肉,当上亭长之后依然如此。其心腹猛将樊哙那时候是个以屠狗为业的屠夫,整天干着杀狗、煮狗、卖肉的勾当。身为亭长的刘邦常去吃樊哙煮的狗肉,吃完后赞不绝口,一分钱不付就跑了。刘邦的父亲刘太公对他很是失望,骂他是不成器的无赖,比不上他的哥哥那么会经营家业;对此刘邦很是耿耿于怀,所以当上皇帝后在未央宫里得意洋洋地对太公说:"当初您老人家经常骂我是无赖,不如哥哥那么会经营家业,现在我创立的家业与哥哥相比谁的大呢?"

正所谓"乱世出英雄""时势造英雄"。如果天下不发生大乱的话,也许刘邦这辈子就在乡下市井中糊里糊涂地打发自己花哨的小日子了,但是他以惊人的勇气把握住了天赐良机,并一举获得成功。西汉初年许多叱咤风云的大人物出身都很卑微,周勃是在丧礼上奏哀乐的吹鼓手,灌婴是以贩卖丝绸为生的小商贩,萧何是刘邦老家沛县城里比七品芝麻官还要小得多的小官,曹参和郦食其都是看守监狱的小吏,韩信是寄人篱下连吃饭都成问题的流浪汉,樊哙是浑身上下充满狗味的屠夫,英布是为秦始皇修造骊山陵墓的刑徒,娄敬是守城的小兵,季布乃四海为家的楚地游侠。就是这么一批人,在风云激荡的时代中脱颖而出,成了声名俱泰的开国元勋。由此,陈胜那句"王侯将相宁有种乎"的名言回荡在我们耳畔,使我们相信所谓王侯将相只不过是"枪杆子里面出政权"的胜利果实。

其实刘邦早就滋生了乱臣贼子的念头。有一回他送一帮苦力到咸阳去为秦始皇干活，当看到在万众欢呼声中始皇帝威风凛凛地出现在声势浩大的仪仗队伍中时，他不禁喟然感叹道："大丈夫出生到这个世界上，就应该像这个样子啊！"他的满肚子政治肠子由此暴露无遗。没想到时间仅仅过了几年，这位据《史记》记载左边屁股上长着72颗黑痣的无赖亭长，就真的成了历史上赫赫有名的真龙天子汉高祖。

长期以来，刘邦就很看不起那些道貌岸然的读书人，他可以把他们高高的帽子一把抓下，然后往里面淋漓尽致地撒上一泡尿。老儒生郦食其去拜见他时，他竟满不在乎地一边让两个女子替自己洗脚，一边与这位老先生说话，狂傲至极。

但刘邦还是有点英雄气概的，他在临死前，已重病缠身，将不久于人世了，吕后哭哭啼啼地叫了个名医来给他看病，这位名医对刘邦说："陛下的病可以治好。"刘邦听了这话顿时火冒三丈，大骂道："我以布衣的出身提三尺剑取天下，这难道不是上天的意思吗？我的命是上天给的，就算是扁鹊来了又能怎样呢？"于是拒绝医治而死。这比起妄想长生的秦始皇和汉武帝来，更令人起敬。

同时刘邦之心肠狠毒也是皇帝中出类拔萃的，诛杀韩信、彭越、英布这些功臣以保刘家天下的事暂且不说，成皋之战时，项羽要在阵前杀掉其父刘太公以威胁刘邦，没想到刘邦竟对项羽说："杀了之后，不要忘了给我送一碗肉汤来喝。"有一次楚兵追来，刘邦为了尽早逃命，竟将亲生女儿鲁元公主推下车去，其冷酷无情由此可见一斑。

杨广的大头症

7世纪初，一个全身布满浪漫之毒的怪人隆重出场了，他就是杨广。

7世纪初，一个全身布满浪漫之毒的怪人隆重出场了，他就是杨广。

阅读赵蕤的《长短经》，可得出一个深刻结论：道德、学问、制度、权力等，就像一柄锋利的刀，刀本身并无好坏之分，刀的本身不是问题，问题在于使刀的人，人可以用刀来救人，也可以用刀来杀人。这就是"水能载舟亦能覆舟"的道理，所以，越是聪明至极才华盖世之人，越要小心走向事物的反面，这样的例子史上太多了，隋炀帝杨广就是个代表性人物。

像一只全身长满彩羽满脑子飘飞幻象的怪鸟,杨广是个不可思议的皇帝,我们很难想象一个睿智贤明、才情并茂、礼贤下士、虚怀若谷的人同时又是一个冷酷残暴、荒淫无耻、狂妄自大的人。杨广在做太子之前给人的印象简直就是集美德与才能于一身的明君形象,但当了皇帝之后却是最为穷凶极恶的暴君。

在尼姑庵里长大的隋文帝杨坚是个非常能干的皇帝,但他无疑没有看清楚亲儿子的真实面目,他把太子杨勇废了之后就把继承的位置交给了杨广,这一方面是因为他那以吃醋闻名的老婆独孤皇后整天在面前说杨广的好话,另一方面宫廷内外全是赞美杨广的欢呼声,这使得他毫不犹豫地下了决心。当时杨广正在江都(扬州)担任江南地区最高指挥官,他儒雅的风度、干练的办事能力以及尊重人才的做派,赢得了陈朝旧士的上下拥戴,在其精心经营下,蒸蒸日上的江都成了具有浓郁文化气息的江左名城。每次杨广离开京城前往江南,都要在父母面前泪水涟涟,依依不舍,父母见儿子如此孝敬,也情不自禁地流下了难舍的眼泪。

杨广的文学水平是很高的,他的许多作品与当时的大文人薛道衡相比也毫不逊色,例如那句"寒鸦飞数点,流水绕孤村"就曾被传诵一时。细细打量,可发现杨广的整个政治生涯贯穿着某种诗化的极端浪漫个性,这种浪漫个性是隐蔽在心灵深处的,不容易察觉,它后来毫无节制地泛滥开来,像一朵恶之花无节制地盛开,终于毁掉了本该前程似锦的隋王朝。

杨广相貌英俊,风度翩翩,对于爱情有着炽热的追求。他的妻子萧后原是南方梁朝帝室的后裔,具有天仙般的美貌和翩若惊鸿的才情,这位江南女子很快就把杨广搞得神魂颠倒,让他许下种种海枯石烂的誓言。在萧后的影响下,杨广沉迷于江南青山绿水,他学会了一口流利的吴语,在振兴江南之余,他深深爱上这块清凉毓秀的玉映之地,甚至当上皇帝后,为了心爱的江南,不惜花费巨大人力物力多次东游,在江都一住就是数月。杨广东游的船队舳舻相连,绵延两百余里,陆上护驾骑兵在十万以上,两岸插满彩色旌旗,水陆相映,叹为观止。最后一次从长安东游江南,据说仅仅是因为杨广听说江都罕见的琼花开了,顿时高兴得手舞足蹈,遂不顾天下已行将大乱的颓势,即刻率领大队人马前去观赏这一人间奇观。这次东游杨广再也回不去了,不但动乱时局无法收拾,自己在最后关头只能对着镜子自语道:这颗好头颅谁来砍下?

276

杨坚曾得意地对大臣说："从前的帝主妻妾太多，儿子们不同母亲，所以往往分党相争。不像我的五个儿子，一母同胞，情同手足。"然而他错了，其子杨广一边小心翼翼地展示着才干，一边不动声色地迎合父母，静观政局变动，在十几年里，他天衣无缝地完成了种种伪装，等到时机一成熟，他就急不可待地杀死了自己的父亲和兄长，暴露出了灵魂深处被压抑已久的毒焰。这还不算，为了毁灭罪证，他几下就把对自己忠心耿耿、居功至伟的宰相杨素弄死了。

作为著名的暴君之一，杨广与秦二世胡亥式的傻瓜暴君有很大差别，与孙皓、石虎这些行为非常坦率直接的暴君也不属于一个类型。杨广的残暴是隐蔽得很深的，从表面上无论如何也看不出这个才华横溢、大义凛然、彬彬有礼的人，会是比豺狼更凶狠的暴君。民间用"大头症"来形容一个极端自私的人所发作的强烈炫耀症，杨广所得的正是这一病症。他当上皇帝后的第一件事情就是和父亲美丽的妃子陈夫人睡觉，然后下令在全国到处修造壮丽华美的行宫，到最后这些行宫里据说一共住了近十万供杨广一人寻欢作乐的美女，其中一个最闻名的宫殿是迷楼，动用了数万能工巧匠建成。"千门万牖，上下金碧……壁彻生光，琐窗射日，工巧至极，自古无有也……人误入者，虽终日不能出。"这座绚丽而怪诞的迷宫，倒和杨广迷离的一生相匹配，也唯有他才喜欢这么唯美怪诞的建筑。

杨广让高句丽王朝的使者转告他们的国王，命其到涿郡来拜见自己，结果那位国王没有来，于是杨广龙颜大怒，多次集中全国精锐部队进攻高句丽，最后搞得百姓怨声载道，国家元气大伤。另外，杨广干的一件前无古人的大事就是命令八百万民夫挖凿大运河，这条运河出现的原因与杨广丰富的想象力有关，它全长两千七百多公里，是沟通伏尔加河和顿河的运河的二十六倍。对杨广来说，天下是拿来折腾的，贺若弼等正直的大臣忧心忡忡，他们多次苦苦进谏，其结果是自己的脑袋搬了家。伊索寓言里说：一个农夫牵着一头驴走过悬崖，农夫恐怕驴子跌下去，牵它往里面靠一点，可驴子坚决不肯，越牵它越要往外挣扎，最后跌下了深谷，弄得粉身碎骨，农夫叹口气摇头说："你胜利了。"杨广做了15年的皇帝，最后他也像这头驴子一样"胜利"了！

贞观大帝的征服

为大唐开创出罕见的黄金时代。

每逢亲王(皇帝的儿子)的声望和力量跟皇太子相等或超越皇太子时，王朝就注定要发生流血惨剧，这是专制政体下无法解决的死结。李世民并不是皇位的法定继承人，尽管他在房玄龄、徐懋功等十八学士及尉迟恭、秦琼等大批英豪的辅佐下为唐朝的建立创下了伟烈丰功。但为了夺得皇位，公元626年，他发动"玄武门政变"，先下手杀死了

20世纪初，西安府西门外的牌楼 莫理循 摄

1910年的华清池 莫理循 摄

大哥李建成全家及支持李建成的四弟李元吉，当时其父李渊正在太极宫内的四大海池上泛舟乘凉，他得到报告后伤心欲绝，为了避免成为第二个杨坚，他被迫把皇位让了出来。由此可见李世民是个刚健强硬的人，为了获得最高权力不惜杀死亲兄弟，其做法俨然第二个杨广，然而历史的重演到此为止，以后即着相反的方向发展。事实证明李世民是中国历史上最杰出的君主，他用高超的智慧和能量治理着他的帝国，并为中国开创出罕见的黄金时代。

御人之术莫高于御人之心。李世民当上皇帝后，采取的重要措施之一是感戴那些在战争年代为大唐战死沙场的将士，下令寻找收集他们的遗骨，举行隆重的祭奠活动后加以安葬，后来又陆续拨出专款维修坟墓。这一举动使活着的将士深为感动，他们在战场上前仆后继英勇无畏，开疆拓土。他们打败了北方的突厥人，东北的高句丽，西部的吐谷浑、高昌、龟兹等王国，使大唐的声威震动了整个世界。

贞观五年(631)，许多地方发生严重饥荒，为数众多的百姓为了生存被迫卖掉自己的儿女，李世民于是下令发放粮食救助灾民，并从皇家国库中拨出钱财将灾民卖掉的儿女全部赎回，使灾民不仅渡过了难关而且重新获得团聚，天下百姓无不感恩戴德。

当上皇帝后不久，唐太宗对身边侍臣说："皇宫里有那么多宫女，关在里面一辈子也出不去，她们的命运实在是可怜。放一些出去吧，让她们成个家好好过日子。"旋即命令左丞戴胄、给事中杜正伦挑选三千宫女放了出去。

唐太宗在位二十三年间，海内晏清，全国被判处死刑的人在最少的年份仅有二十几人。贞观六年，全国共有二百九十人被判处死刑，执行前，李世民突然产生怜悯之情，于是对这些死囚训话说："你们都是有父母的人，不幸犯下了死罪，现在新年就要到了，想来你们的亲人非常惦念你们，朕今天开恩放你们回家去与亲人团聚，明年秋天再回来接受死刑，希望按时归来，不要辜负了朕的恩典。"朝廷大臣对此议论纷纷，认为这帮穷凶极恶之徒断无再回来受死的可能。到了第二年约定的日期，囚犯们竟全部都回来了，一个不少。李世民认为他们很讲信义，就全部赦免了他们的死罪。这件事就是有名的唐太宗纵囚事件，后来另一位著名的开国君主赵匡胤读到这段史实后，感叹说："我可做不到啊！"

开国元勋李责力(即徐懋功)生了重病，李世民亲自剪下胡须，烧成灰做药引他治病，他感动得叩头流血，要舍生报恩。将军李思摩在作战时中了箭伤，李世民用嘴为他吮吸伤口里的毒血，李思摩感动得痛哭流涕，发誓要战死沙场以报龙恩。忠臣张谨死了，李世民哀伤过度，禁不住放声大哭。贞观十七年，著名谏臣魏徵病重时，李世民有天晚上梦见他前来向自己告别，醒来后他心情异常难过，泪流满面，果然魏徵就在这天夜里死了，李世民怀着悲痛的心情为他作了碑文，并亲自用自己擅长的飞白体来书写。

就是这么一个伟大的君主，晚年却干了件愚蠢得不能再愚蠢的事。将军王玄策作战时俘虏了一个叫那罗迩娑婆的和尚，李世民听说他会配制长生不老药，大为高兴，就命令把和尚带到宫中来为自己制药。一年之后，长生不老药配制成功了，李世民怀着激动的心情迫不及待地把药吃了下去，结果很快就毒发而死，这时候他的身体还相当好，年仅52岁。

后来唐朝又有唐宪宗、唐穆宗、唐文宗、唐武宗四个皇帝先后因为吃长生不老药而死。汉代的汉武帝为了获得长生不老药，更是不惜把自己金枝玉叶的亲生女儿嫁给制药的方士，结果是肉包子打狗有去无回。这使我们想到了春秋时候贤相晏婴对长生不老问题高明的见解——一次，齐景公和晏婴、艾孔、梁丘据等八人到郊外的牛山游玩，齐景公在山上望着遍野美景，突然放声大哭起来，叹息着说："这锦绣江山，这繁华都城是多么迷人呀！可人为什么会死呢？我要是一死这一切就会扔下了。"艾孔和梁丘据等人在旁边听了，想想也有道理，就陪着国君哭起来，只有晏婴一个人在一旁发笑，齐景公便生气地责备他，晏婴说："人要是永远不死的话，那您的老祖宗齐太公、您的祖父灵公、您的父亲庄公全都活着，这个国君的位置哪会让您来坐呢？正因为有生有死，您才能继承国君的位置，可你却想永远不死，这不是太可笑了吗？"

可惜，晏婴的这段话，李世民可能没有读到过。

手持菊花笑傲江湖

他是拯救者，他是逍遥者，他是手持菊花的笑傲江湖者。

常放浪形骸于山水明月间的谪仙人李白，曾在政治理论家赵蕤门下研习帝王学，他的一大理想是像范蠡、张良那样，以"帝王之师"的姿态在政治上大展鸿图，成就一番人间伟业，然后弃天下如敝履，薄帝王将相而不为，归隐山林澄怀味道。可惜李白一辈子都没能实现这一愿望。比李白稍晚，八百里秦川孕育出了一位仙才翩翩的旷代逸才，他实现了"归隐山林"与"帝王之师"的完美结合。这个人就是邺侯李泌。

李泌的早慧在历史上极为罕见，他比孔融、黄香、王粲、司马光、徐文长这些著名的神童智商高得多，只有战国后期十二岁就获得了宰相地位的秦国人甘罗可与之相比。李泌七岁时已对儒、道、佛思想有很深的体悟，唐明皇听说了他的传闻，有一次在与宰相张说下围棋时宣他入宫。李泌到了跟前，唐明皇让张说和李泌各以"方圆动静"为题说一副对联，张说随口说道："方若棋局，圆若棋子。动若棋生，静若棋死。"不料李泌马上接着说："方若行义，圆若用智。动若骋材，静若得意。"此联一出，唐明皇与张说惊叹不已，于是李泌一下子就出了名。当时的另一个宰相兼大诗人张九龄，对年幼的李泌非常器重，把他看作自己的朋友。

李泌长大后，对《易经》《老子》有着深入的研究，又受到过世外高人懒残和尚的指点,所以经常出没于衡山、华山、嵩山、终南山的绿林明月之间,寻仙求道,淡泊明志,孜孜不倦地追求道家仙家境界,他的隐逸生涯主要是在衡山度过的。与此同时,他又与玄宗、肃宗、代宗和德宗四朝皇帝保持密切联系,深受这些皇帝的敬仰和器重,他们把他视为能够正确指导自己处理天下大事和皇宫私事的帝师。事实上李泌也在扮演这一帝师的角色,于幕后运筹帷幄,唐肃宗坚决贯彻李泌制订的战略,"安史之乱"才得以顺利平定下来。在他的大力推荐下,郭子仪得以成为功勋赫赫的中兴名将,在他的周旋下,李晟、马燧这些忠诚的名将得以存活,在他的策划劝说下,唐玄宗与儿子唐肃宗的矛盾得以化解,唐玄宗愿意从四川回到长安养老。他排解了无数次宫廷冲突,处理了无数件安邦定国大事。而当李泌敏感地察觉到灾难即将降临到自己身上时,就告别皇帝到白云深处过隐逸生活去了,直到在皇帝的恳求下不得不重新返回。李泌数次拒绝了肃宗、代宗要他出任宰相的要求,但不知为什么,晚年67岁时却应德宗的恳请到京师任过一段时间的宰相。在此期间,德宗对太子很不满意,有次一怒之下要废掉太子,另立侄儿为太子,李泌极力劝谏,使得德宗没在冲动之下作出决定,过了一天,德宗单独召见李泌,哭着向他称谢道:"如果不是你的恳切相劝,朕已犯下大错,后悔也来不及了。太子仁孝,其实没有什么过错。"在此之前,肃宗就曾和儿子闹得不可开交,盛怒之下逼杀儿子,在朝中协助肃宗的李泌非常失望,辞官与肃宗道别时,吟诵了《黄瓜台》辞:"种瓜黄台下,瓜熟子离离。一摘使瓜好,再摘使瓜稀。三摘犹自可,摘绝抱蔓归。"肃宗听后深为后悔,忍不住大哭起来。

"迹似留侯术更淳",有些人认为李泌和汉初的留侯张良有些相似,尤胜于后者。有的史书评论李泌说:"泌有谋略,而好谈神仙怪诞,故为世所轻。"对此,南怀瑾反驳道:"查遍正史,李泌从来没有以神仙怪诞来立身处世。个性思想爱好仙佛,只是个人的好恶倾向,与经世学术,又有何妨? 善用谋略拨乱反正、安邦定国,谋略有什么不好? "

17岁那年,李泌写了一首《长歌行》:"天覆吾,地载吾,天地生吾有意无? 不然绝粒升天衢,不然鸣珂游帝都。焉能不贵复不去,空作昂藏一丈夫。一丈夫兮一丈夫,平生志气是良图。请君看取百年事,业就扁舟泛五湖。"这首少年之作,吐露了李泌的一生心迹——既显既隐,可入可出,大进大退。

藏功业于烟霞,李泌是史上一个神出鬼没的奇才,他以经天纬地之才和德慧淡泊之心,实现了灵魂与大自然、政治间的高度默契。他把一个又一个皇帝搞得伏在自己的肩膀上痛哭流涕,同时又把灵魂从黑暗的政治中解放出来,归向了无限高渺的自然。他是拯救者,他是逍遥者,他是手持菊花的笑傲江湖者。

流失到大英博物馆的唐代帛画仙人骑鹤图

流失到大英博物馆的唐代罗汉像

黑夜里的素士

一腔山林耕不尽，半腹白云藏海春。

一腔山林耕不尽，半腹白云藏海春。

东汉年间，陕西隐士梁鸿在黑夜里唱着素歌。像他这样的光风霁月之士，遇上黑暗时代，想要兼济天下无疑是走向一扇窄门，但是他又不能忍受世间之大不平，于是独善其身，遁世而生。这位颇擅古琴的隐士在一曲《遁世操》中度过了其坚韧的一生。

梁鸿很早就父母双亡了，早年的孤苦激起他异乎常人的情志。为了生存下去，从最高学府太学毕业后，他被迫养猪谋生，一边做放猪娃一边读书。有一次，梁鸿读书专心得过了头，不小心家中着火了，大火不但把梁鸿的家化为一片灰烬，而且邻居也深受其害。事后，梁鸿把自己的猪全部给邻居作为赔偿，但邻居仍然嫌少，于是梁鸿决定做邻居的仆人，无偿干活，以作赔偿。周围的人都很同情梁鸿，纷纷谴责邻居太黑，搞得邻居很惭愧，要把猪全还给梁鸿，但梁鸿坚决不肯，并决意做他家的仆人。由此可见梁鸿的品格。

有许多有权有势的人仰慕梁鸿的才学和人品，想把他招为女婿，结果无一例外均遭到拒绝。与梁鸿同县有个女子叫孟光，长得又黑又胖又丑，力气很大，能把石臼举起来，到了 30 岁还不愿意结婚，父母问她原因，她坚定不移地说："我一定要嫁给像梁鸿那样有高尚气节的贤人。"孟光的事传到梁鸿耳里，他感到惊奇，就去把孟光娶来做妻子。结婚那天，孟光穿着自己织的华丽衣服进了梁家，梁鸿见了，一连 7 天没有理睬她，后来，孟光把衣服换成粗布衣服，梁鸿这才高兴地说："这才是梁鸿的老婆啊，可以和我一起去深山隐居。"于是向来仰慕前世高士生涯的梁鸿带着孟光隐居于霸陵山，在高山流水间既耕既读，弹琴自咏。后来，两人又隐姓埋名前往齐鲁一带隐居。

梁鸿晚年与其妻孟光隐居在遥远的吴郡，借宿于大财主皋伯通家中，每天靠给别人舂米来维持生计。孟光对待丈夫恭敬得不得了，每次做好了饭送来，从不敢仰视梁鸿，而是把放置饭菜的案一直举到齐眉毛的地方（这就是"举案齐眉"的出处）。而梁鸿对孟光也相敬如宾。时间长了，皋伯通觉得这对与众不同的布衣夫妇很奇怪，便细心观察，结果发现他们实际上是一对世外高人，于是就对他们很客气，经常关照他们。

梁鸿去世后，皋伯通把他葬在春秋时期著名刺客要离的坟旁，吴郡人赞叹说："要离烈士，伯鸾（梁鸿字）清高，可令相近。"一些年后，孟光也去世了，后世把她与传说中黄帝的王后嫫母、东周时齐宣王的王后钟离春并提，认为她们都是相貌奇丑但具有大贤大德的杰出女性。